가문에서 추방당한 아키라는
새로운 곳에서 주도(州都)를 수호하는
수비대로서 훈련을 거듭하는 한편,

우게즈
아키라

고성능의 회복용 부적을
만드는 능력을 살려
이중생활을 하고 있었다……

물거품에
신은 잠이 든다 1
추방당한 소년은 화신의 검을 쥔다

—이대로 가면 사키가 위험하다.

그렇게 생각한 순간,

아키라의 몸이

무의식중에 움직였다.

쿠가
료타

"와. 너 회기부를 만들 수 있구나."

"흥. 회기부밖에 못 만드나,
초보적인 부적이잖아."

"—무슨 소리야?
우리는 그 초보 부적도 못 만들잖아."

린도
사키

"―말해 보아라.
그대의 바람, 그 모두를 내가 이루어 주마."

물거품에 신은 잠이 든다

추 방 당 한  소 년 은
화 신 의  검 을  쥔 다

**야스다 노라**
nora yasuda

그림 —— 아루테라

目次

# 서장 늦여름의 기억은 지금도 선명하게 1

"—따라서, 우리 우게츠의 땅에서 우게츠 아키라를 추방할 것을 결정한다."

우게츠 가문 당주, 우게츠 텐잔의 아무 감정도 보이지 않는 냉담한 목소리가 기침 소리 하나 나지 않는 우게츠 저택에 울려 퍼졌다.

우게츠 직계의 핏줄을 타고나 부정할 여지없이 당대의 적자였던 우게츠 아키라는, 그 순간 성을 빼앗기고 의지할 곳 없는 아키라가 되었다.

아키라는 방의 가장 아랫자리에서 이마를 대고 **억지로** 엎드려 절한 채 다다미에 손톱을 세웠다. 필사적으로 마음을 억누르고 시선을 다다미 한곳에 고정하며 버티고 있었다.

그 취급은 그야말로 죄인과 같아서 아키라는 우게츠의 적자임에도 그 자리에 있는 누구보다도 신분이 낮아 보였다.

혐오, 모멸, 조롱. 온갖 악의를 품은 **그것들.**

열 살이 된 지 이제 한 달이 지났을 뿐인 어린 몸에 그 자리에 모인 우게츠의 가신들의 시선이 거침없이 꽂혔다.

그것들은 보이지 않는 바늘이 되고, 고통마저 수반하는 무언의 압력이 되어 아키라의 작은 몸을 찔러 댔다.

……이렇게 될 것은 알고 있었다.

각오도 분명히 하고 왔다. 언젠가가 아니라 언제든지 들을 각오를 해 왔다.

―했을 터였다.

그런 자신의 의사와는 다르게 아키라의 몸은 말라리아에 걸린 것처럼 잘게 떨렸다.

여기까지다. 그 현실에 아키라의 자아[마음]가 버티지 못했다.

눈물을 머금고 몸을 떠는 아키라를 우게츠의 당주를 비롯한 참석한 모두가 당연한 일이라고 웃으면서 내려다보았다.

이 세상에 태어난 자는 반드시 그 몸에 정령을 타고난다.

생명이 있는 것은 무엇이든 그 생을 사는 동안 정령과 함께 지낸다.

―그것이 이 세상의 상식이었다.

극동의 대양에 떠 있는 섬, 타카마가하라.

그곳은 다섯 신이 다섯 주[나라]를 다스리는 섬나라다.

타국이 한 신만 모시는 게 고작인 깃에 비해 많은 신이 있는 이 섬나라에 사는 자들에게는 고위 정령이 깃들기 쉽다.

특히 귀인. 오슈를 다스리는 신인(神人)인 삼궁(三宮)의 신관과 타카마가하라의 동서남북으로 나뉜 주의 태수인 사원(四院). 그 사원을 각기 두 가문이 모시는 형태로 팔가(八家)라 불리는 화족은 각각 강대한 상위 정령력을 바탕으로 용맥 위의 요충지를 다스리고 있다.

아키라의 생가인 우게츠 가문은 북부의 주, 코쿠텐슈에 영지를 지닌 팔가 중 하나다.

그 역사는 팔가 중에서도 가장 오래되었고, 무에 있어서도 최강이라고 이름 높다.

그런 우게츠 가문에서 겉으로 드러낼 수 없는 오점이라며 멸시당하는 것이 아키라였다.

아키라가 무언가를 저지른 것은 아니다.

공부는 남들보다 더 열심히 했고, 재능도 나쁘지 않다.

검술은 열 살의 나이에 어른조차 압도할 경지에 도달했음에도 게을리하지 않고 성실하게 검을 들었다.

조용한 성격에 모난 부분도 없고, 어린 시절을 고요하게 지내 왔다.

그러나 아키라에게는 간과할 수 없는 유일한 문제가 있다.

태어났을 때부터 **정령이 깃들지 않았다는 것이다.**

누구나 정령이 깃든 이 세상에서 정령에게 버림받은 불길한 아이.

—그것이 아키라였다.

이 아이는 언젠가 육도윤회의 길에서 벗어나 재앙을 흩뿌리고 부정체로 타락할 것이 분명하다.

그렇게 판단되어 본래는 태어난 날 몰래 처분될 터였다.

부정체란 장기(瘴氣)라 불리는 황천의 독에서 생기는 재앙의 총칭이다.

정령력을 휘둘러 부정체를 물리치는 일을 사명으로 하는 병사들을 이끄는 무가 화족. 그중에서도 강대한 상위 정령과 함께 위사가 되어야 할 팔가의 계승자가 불길한 아이라니 절대 밖으로 새어 나가서는 안 되고, 역사서에 한마디도 남아서는 안 될 수치다.

그럼에도 아키라가 목숨을 부지할 수 있었던 까닭은 행운이 거듭되었기 때문이었다.

먼저 아키라의 탄생을 우게츠 가문 이상으로 기뻐한 것이 코쿠텐슈를 다스리는 사원 중 하나인 기오인이었던 점이 컸다.

아키라가 어머니의 배 속에 있었을 때였다. 어디서 들었는지 우게츠 가문의 당주가 그 사실을 알리기도 전에 기오인의 당주가 직접 찾아와 어머니의 임신을 확인했었다.

그 후 거부할 수 없는 명령으로 아키라보다 몇 달 먼저 태어날 예정이었던, 기오인의 후계인 딸과의 혼약을 맺을 정도였으니 기쁨이 얼마나 컸을지 알 것이다.

삼궁·사원의 일각인 기오인이 반려 선발 심의를 통하지 않고 완전히 제 뜻만으로 혼약을 결정한 것은 주 내에서도 화제가 되었으나, 상대가 우게츠인 것에 놀라움이 줄었다.

팔가에서 가장 오래된 역사를 걸어온 우게츠 가문은 주인이라 모시는 기오인에 대한 충성심에는 의심할 여지가 없다고 일컬어졌기 때문이다.

지금까지 기오인은 화족 세력의 균형을 맞추기 위해 팔가에서 사위를 들이는 일은 없었으나, 그 신의를 깨고 바란 것이 충신인 우게 츠의 아이였기에 다른 가문의 누구나 납득할 만했다.

　─열 달 열흘 후, 아키라에게 정령이 깃들지 않은 사실이 우게츠 내에서 판명되었을 때, 상황은 이미 돌이킬 수 없는 곳까지 진행되고 말았다.

　혼약 관계로 기오인에서 맡게 된 아키라는 그 처분조차 기오인에 묻지 않으면 안 되었다.

　그러나 불길한 아이의 존재가 세상에 드러나면 평생 우게츠에 씻을 수 없는 오점이 된다.

　아키라의 처분을 어쩌지 못하게 된 상황에서 뒷배가 되어 주기 위해 할머니인 우게츠 후사에가 나섰다.

　우게츠에서 오래도록 부엌살림을 맡아온 여걸로 선대 치세부터 <sup>여당주</sup>여사라고 불린 그녀는 아키라의 처지를 불쌍하게 여겼는지 적극적으로 아키라를 예뻐해 주었다.

　시간이 흘러 파멸의 시작은 결정적인 형태로 찾아왔다.

　아키라가 일곱 살이 되었을 때, 『씨자첨기(氏子籤祇)』에서 떨어진 것이다.

　『씨자첨기』란 토지신과 **평범한** 인간을 잇는 의식이다.

　사실, 신성이 살아 있는 이 땅에서 토지신과의 계약은 다른 이들이 상상하는 것보다 크다.

　인별성에 호적 등록을 한 아이는 토지신의 씨자가 되어 그 땅의 일원임을 신에게 인정받을 필요가 있다.

그러나 씨자로 인정받기 위한 의식,『씨자첨기』를 뽑은 결과, 아키라에게 주어진 제비에는 아무 내용도 없었다.

이어서 열 번을 다시 뽑아도 주어진 결과는 백지뿐이었다.

아키라에게 정령이 깃들지 않았다는 사실, 그 결함은 토지신조차 받아들일 수 없는 것이라고 알려진 순간이었다.

시간은 통기(統紀) 3996년. 엽월(8월)도 끝 무렵에 접어들 즈음.

오랫동안 아키라를 감싸 주었던 할머니 우게츠 후사에가 사망하고 초칠일도 지나지 않은 나흘째 되던 날이었다.

우게츠 내부에서 비호를 잃은 아키라는 고향이었던 사미다레 영지에서 추방당하는 쓰라린 일을 겪게 되었다.

"정령이 깃들지 않아 부정체에 가까운 자가 이 이상 저택을 어슬렁거리게 둘 수는 없다. 어서 떠나라."

아리카는 죄인이 앉는 가장 낮은 위치에서 절을 하듯 엎드려 있었다. 그 자세로 아버지였던 텐잔의 분부를 받아들였다.

그러나 물러나라는 허가를 받지 못하였기에 아키라의 절하는 자세가 풀리는 일은 없다.

이것이 우게츠 중의의 일상이었다.

아키라의 퇴장이 허락되는 것은 중의의 출석자 모두가 퇴장한 뒤여야 하는 것이 저택의 상식인 것이다.

"정령에게 버림받았다. 공부도 검도 평균 이하. 게다가 유일한 희망을 걸고 부적술을 배우게 해도 간신히 잘하게 된 것은 붓을 다루는 것뿐. ……네놈에게는 완전히 정이 떨어졌다."

모멸로 얼룩진 말을 내뱉은 텐잔이 우측 상석의 두 번째 자리에 앉은 청년을 힐끗 바라보았다.

"나오토시. 지도자로서 실제 이 녀석의 실력은 어땠나?"

아키라에게 부적술을 가르친 후와 나오토시가 절을 하고는 아키라에 대한 평가를 내렸다.

나오토시는 지도자로서 솔직한 감상을 말한 것이지만, 연민의 정을 갖고 한 행동이 아키라에게는 구원이었을 것이다.

"……부적문은 부족함 없이 쓸 수 있습니다만, 영맥의 자각이 없었습니다. 역부족이어서 송구합니다만, 아키라 군에게 부적술의 재능은 없다고 생각됩니다."

정밀한 영력의 조작에는 영맥을 자각할 필요가 있다. 이것은 부적술의 수련을 거듭하면 자연히 깨닫는 것이지만, 아키라는 아무리 수련을 거듭해도 전혀 자각하지 못했다.

왜냐하면 영력 조작에는 중위 이상의 정령이 있어야 하기 때문이다. 정령이 없는 아키라에게는 처음부터 불가능한 일이지만, 그것을 지적하는 사람은 이 자리에 없었다.

"흥. 뭐, 병사는커녕 씨자로도 인정받지 못한 부정체에 가까운 너에게 재능 따위는 너무 과한 바람이었던가. 네 신변은 아직 기오인이 맡았기에 우리가 처분할 수는 없다. 여기까지 키워 준 은혜를 생각한다면 자살을 선택하기를 바라지만, 그건 심하다고 해야 할까. 그러나 기오인의 앞에 우리의 수치를 드러내기 전에 널 추방하겠다. 이 시점에서 여기 있는 소마가 우게츠의 적자가 된다. 모두 이의는 없겠지."

"—지금부터 우게츠의 적자를 명받았습니다, 우게츠 소마라고 합니다. 가신 여러분, 이제부터 많은 지도 편달 부탁드립니다!"

왼쪽 상석에 앉은 소마가 머리를 숙이며 싹싹하게 적자로서의 인사를 했다.

그 뒤에는 명확하게 모습을 드러낼 만큼 강한 정령력을 지닌, 홑겹 기모노 히토에를 입은 여성 신령이 미소를 띠고 서 있었다.

우게츠의 장래에 아첨하는 가신들이 입을 모아 축하의 말을 해 댔다.

표정이 보이지 않도록 여전히 절하고 있는 아키라에 대해서는 이미 그곳에 있는 자들의 머릿속에 없었다.

아키라는 그저 무심하게 절하고 있을 뿐이었다.

—아키라의 퇴장이 이루어진 것은 그로부터 일 각이 <sup>2시간</sup> 지나서였다.

# 서장 늦여름의 기억은 지금도 선명하게 2

죄인처럼 여비도 주어지지 않았고, 짐 정리는 사분의 일 각[30분]도 지나지 않아 끝났다.

아키라는 나오토시를 따라 앞문에서 정문까지 그리 길지도 않은, 굵은 자갈이 깔린 길을 걸었다.

자그락자그락 발밑에서 자갈이 우는 가운데, 사제 관계였던 두 사람은 시종일관 침묵하며 걸음을 맞췄다.

—그렇게 발길이 향한 앞에서, 담소를 나누는 두 남자의 그림자가 드리워졌다.

"……카노 공은 이웃 영지로 향하십니까?"

"네, 불 구슬이 맹위를 떨치고 있어서요. 그건 무리를 짓는다고 들었으니 당분간 그곳에 붙잡혀 있겠죠."

"우게츠 배신(陪臣)을 필두로 모시고 수비대 출동이라니. 우게츠 당주님의 마음 씀씀이에 이웃 영지의 자들도 감사하는 마음뿐이겠지요."

"하하하……!"

그들은 아키라의 존재를 알아차렸을 터였다. 그러나 나아가는 발걸음에 흐트러짐이 없고, 옆을 지나가는 속도에는 조금의 망설임도 보이지 않았다.

—나오토시를 향해서 조용히 인사할 뿐.

아키라와 남자들이 교차하는 순간, 남자들이 걸친 파견 병사의 상징인 겉옷을 크게 흩날렸다.

시야 끝에서 펄럭이는 옷자락에 시선을 빼앗기지 않도록 아키라
는 애써 아래를 보며 이를 악물었다.

"아키라 군, 높은 곳을 바라는 것은 그러기를 허락받은 자의 특권
이야. 너는 당분간 앞으로의 생활만 생각해."

"……네."

그 눈동자에 뜬 선망의 빛을 발견한 나오토시가 일부러 현실을 입
에 담았다.

받아들여야 할 현실의 괴로움에 답변이 늦었으나, 그럼에도 아키
라의 총명함은 사라지는 일 없이 나오토시에게 긍정적인 대답을 돌
려주었다.

─불쌍한 아이다.

나오토시는 정식으로 우게츠의 가신이 아니다. 동부 헤키쥬슈에
영지를 지닌 후와 가문의 차남으로 이 년 전쯤에 불려 와 우게츠의
먼 친척에 사위로 들어간 외척이다.

겉으로는 음양술의 숙달을 내세워 초빙된 나오토시는 정치 역학의
결과, 후와 가문 직계의 차남임에도 주<sup>나라</sup>를 넘어 우게츠에 편입되었다.

후와라는 성의 반납을 주위에서 거부당하여 우게츠 내에서는 취
급도 여전히 애매한 상태다.

그 경위 때문에 입지가 좁은 것도 있어서인지 나오토시는 아키라
에 대한 동정을 금하지 않았다.

저택을 방문했을 때, 저택 안쪽에 방치된 아키라를 보고 그 심한
취급에 놀랐다.

그러나 취급과는 달리 아키라의 우수함은 발군이었다.

초등학교 입학도 허락받지 않은 나이에 거의 독학으로 읽고 쓰는 것과 사칙 연산을 익혔다.

여덟 살의 아키라가 서투나마 풍수 계산을 해내는 모습에는 부적술의 지도를 위해 불려 온 나오토시 역시 놀랐던 것을 기억한다.

내키지 않아 하는 텐잔을 설득하여 전입시킨 초등학교에서는 무엇보다 무의 측면에서 놀라운 재능을 발휘했다.

검술과 유술(柔術)로는 고학년을 상대로도 무패를 자랑했고, 지도자에게 전국 대회에 나갈 것을 권유받은 적도 있을 정도다.

……그러나 우게츠 텐잔의 눈을 거치면 화려하게 빛나는 아키라의 재능도 바래어 보였는지 강하게 반대하여 대회 진출 이야기는 거품이 되어 사라졌다.

당시부터 텐잔은 기오인이 얽힌 행사 외에는 모두 소마를 데리고 다녔다.

그 때문에 나오토시가 몰랐던 것과 마찬가지로 소마 이외에 텐잔의 아이가 있다는 사실은 알려지지 않았다.

겉으로 드러나는 일 없이 아키라의 존재 자체를 죽이려고 했다.

—그러나 생각하기에 따라서는 이것이 다행일지도 모른다.

우게츠에 있어도 아키라에게 안주할 곳이 없는 것은 명백했기 때문이다.

이 땅의 비호를 기대하지 않고, 외부에서 자신이 머물 곳을 찾는 것은 그리 나쁜 선택지가 아니다.

떡갈나무로 만든 정문에 도달하여 문지기에게 문을 열도록 지시를 내렸다.

평소라면 여럿이 통과해야 할 때만 여는 것이 허락되었다. 그러나 실제로 죄를 범한 것이 아닌, 우게츠였던 자의 성대한 출발이라는 뜻을 담아 나오토시는 자신의 뜻을 관철하기로 정했다.

모두 여는 것은 어렵겠지만, 사람 한 사람이 통과할 정도로는 틈이 열렸다.

"……아키라 군, 당주님의 명이야. 이제 이 땅에 돌아와서는 안 돼."

"……네."

아리카가 초연하게 답했다. 섣부른 배려는 독이나 마찬가지임을 알기에 나오토시는 최대한 사무적으로 말을 이었다.

"이해하고 있겠지만, 당주님의 지시는 세 가지. 하나, 우게츠의 이름을 내세우는 것은 용서하지 않는다. 둘, 오늘 내로 우게츠의 영지 사미다레령에서 나갈 것. 셋, 기오인을 번거롭게 해서는 안 된다. 코쿠텐슈에서의 추방. 만약 코쿠텐슈 내에서 발견될 경우 우게츠는 너를 찾아 공격할 것이다. —이상이야. 서둘러 이 땅을 떠날 것을 권할게."

나오토시는 알려 주면서 너무 심한 조건이라며 속으로 이를 갈았다.

저택에서 내려간 곳에 있는 사미다레령의 영노(領都) 츠즈라에는 주 너머로 지나가는 기차역이 있지만, 돈이 넉넉하지 못한 아키라는 도보로 넘어가는 것 외에 수단이 없다.

그러나 갈 길은 멀고 저녁도 가까워진 시간에 이것을 선택하기는 어렵다.

남쪽의 옛 가도를 통해 산을 넘는 것이 거리로서는 현실적일 것이다.

그러나 주 경계를 넘는다고 해도 아키라가 가진 것으로 생활 기반을 갖추기란 불가능에 가깝다.

열 살이 된 참인 아이가 버틸 수 있는 행동이 아니다.

─이것은 유배란 이름을 빌린 처형이다.

나오토시는 고언 하나쯤은 말하고 싶었으나, 텐잔에게 대적할 만큼 자신의 발언력이 높지 않은 것도 충분히 잘 안다.

따라서 아키라에게 수입을 얻을 수단을 제안하여 조금이라도 보복하기로 했다.

"……아키라 군, 책궤는 갖고 있지?"

"……네."

얼마 없는 소지품 중에는 부적술을 연습할 때 받은 붓과 먹 등이 갖추어져 있다.

또한 연습으로 작성한 회생부와 회기부가 약 백 장. 그리고 다소 많이 준, 영력을 담기 위한 고급 종이가 몇 다발.

"그 부적은 아직 완성되지 않았지만, 영력만 담으면 부적으로 완성돼. 부적사 조합에 가면 헐값에 사려고 할지 모르겠지만, 내쫓지는 않을 거야."

"……"

"소지한 부적과 종이를 이용해 쓴 부적을 모두 팔면 당분간 생활정도는 유지할 수 있을 거야. ─뒤는 아키라 군에게 달렸어."

"……네."

"그럼, 잘해보렴."

"……감사합니다. ─나오토시 선생님."

깊숙이 머리를 숙이고 여전히 기어들어 가는 목소리로 답하는 아키라를 안쓰럽게 보며, 나오토시는 남은 감정을 떨쳐 내듯이 정문을 닫았다.

◇

떡갈나무로 만든 문이 중후한 소리를 내며 무정하게 닫혔다.

아키라는 망연자실하여 그 자리에 잠시 서 있었다.

그러나 다시 문이 열리는 일은 없었고, 아키라는 미련이 남은 얼굴로 터벅터벅 걷기 시작했다.

몇 걸음 걷다 문을 돌아보았다. 또 걸어가다 얼마 되지 않아 다시 돌아본다.

—희미하게 마음 어딘가에 기대하고 있다.

저 문이 활짝 열리며 본 적 없는 웃는 얼굴로 가족이 맞이해 주는 환상<sup>꿈</sup>을.

어린 시절부터 몇 번이나 꿈을 꾸었던가.

아련하게 믿고 있던 가족이라는 환상을 최후까지, 문이 시야에서 사라지는 그 순간까지 기대하였다.

시야에서 저택 전체가 보이지 않게 되자, 결국 이루어지지 않던 환상이 깨졌다.

그 순간 마음 안쪽에서 말하기 어려운 충동이 감정을 밀어 올렸다. 아키라는 몸을 돌려 속에 휘몰아치는 충동에 몸을 맡기고 힘차게 츠즈라로 이어지는 자갈길을 달려갔다.

아키라는 개나리 산이라 불리는 산 중턱에 있는 우게츠 저택에서 츠즈라까지 가는 비탈길을 단숨에 내려갔다.

그러나 발을 헛디디며 자갈에 걸려 바닥에 힘껏 구르고 말았다.

"으아앗!!"

아키라의 몸이 자갈을 흩뿌리며 내리막길을 빠르게 미끄러졌다.

충격과 뒤늦게 찾아온 고통에 괴로워하며 바닥에 웅크렸다.

생각보다 크게 다친 상처에서 피가 점점 배어 나왔다.

……뭐야. 추방당했는데 의외로 멀쩡하잖아.

어딘가 남의 일처럼 머리 한구석에서 중얼거렸다.

—마음 어딘가에서 단단하면서 무른 것에 금이 가며 뒤틀리는 소리라고 표현해야 할 소리가 울렸다.

—빠직, 빠지직, 툭, 투둑. 뒤틀리는 소리는 한 번으로 끝나지 않고 몇 겹이나 겹쳐져 아키라의 고막을 때렸다.

그 순간 시야가 크게 흔들리며 부옇게 번졌다.

뚝, 뚝. 조금씩 기울기 시작한 햇빛이 비치는 자갈길에서 커다란 눈물방울이 떨어져 검은 자국을 남겼다.

감정이 기묘하게 잔잔해진 채, 끝이 없을 기세로 눈물이 줄줄 흘렀다.

—멀쩡한데 왜 눈물이 흐를까.

자신의 일인데 왠지 그 기묘함이 재미있어서 떨리는 입가가 일그러진 웃음을 지었다.

아직 맹위를 떨치는 여름 무더위에 지지 않는, 어디까지고 부드러운 따스함으로 이루어진 눈물이 바닥에 깨지고 말라갔다.

—아아. 이것은 나의 마음에 있던 **선한 것**이다.

멈추어야 한다. **내 마음의 선한 것**이 흘러 나가는 것을.

이 눈물이 모두 메말랐을 때, 분명히 나는 돌이킬 수 없게 된다.

"으, 으흑, 흐, 흐으."

이를 악물고 흘리지 않도록 버텼다.

"으…… 으으…… 후우, 후."

얼마나 그러고 있었을까. 짧았을지도 모르고, 길었을지도 모른다.

햇빛의 기울기가 커질 즈음, 그제야 아키라는 일어났다.

눈물이 모두 말라 버렸는지, 버텨 낸 것인지 타인은 알 길이 없다.

아키라 자신도 분명히 모른다.

이제 울지 않는다. 그 사실만 있으면 충분했다.

눈물 흔적을 소매로 대충 닦은 아키라는 까진 상처를 치료하기 위해 짐에서 자신이 만든 회생부를 꺼냈다.

팔면 돈이 된다고 충고를 받았으나, 하나쯤은 자신이 쓰는 것도 좋을 것이라고 생각했다.

회생부는 몸의 손상을 수복하는 회복 부적이다.

몸의 회복 술식은 복잡하여 담는 영력의 양도 훨씬 많이 필요하다.

그에 상응하여 가격도 당연히 비싸고 아이의 찰과상 정도에 사용하는 것은 돈을 시궁창에 버리는 것과 마찬가지라고 한다.

……뭐, 자신은 발휘할 수 없을 테니 고가 회생부를 잃을 것이라고도 생각할 수 없지만.

부적을 봉한 붉은 영사에 검지와 중지를 세우고 절단할 의사를 담아 잘라 내는 동작을 취했다.

뚝. 아키라의 긴장과는 달리 희미한 소리와 함께 손쉽게 손끝을 따라 영사가 끊어졌다.

"……어라?"

누구보다 그 현상에 놀란 사람은 실행한 아키라 본인이었다.

정령이 깃들지 않은 아키라의 손은 형태를 취했을 뿐, 부적의 힘을 발휘하는 것은 불가능했을 터였다.

당황한 아키라의 손바닥에 **검게 빛나는** 인광이 뿜어져 나오자 부적의 모습이 창백하게 빛나며 불타오르는 잉걸불로 바뀌었다.

**그것**은 틀림없이 치유의 불이었다.

소리도 없이 타오르는 푸르스름한 불은 붉게 물들기 시작한 세계의 일각을 치유의 색으로 물들였다.

"……앗, 어라?"

푸른 반짝임에 비친 표정이 현실로 돌아와 서둘러 다친 팔에 치유의 불을 댔다.

—아름다운 빛.

한층 밝게 불타오르며 기분 좋은 **청량**한 열이 환부를 치유하기 시작했다.

"……뭐야. 쓸 수 있잖아."

단지 그것만으로 사고의 함정이 만든 무의식의 함정.

"……부적을 쓸 수 있다면—."

희미한 희망이 돌아온 혼잣말이었으나, 그 뒷말은 이어지지 못했다.

가족에게 인정받을 수 있을까. 가족이 받아들여 줄까.

무엇보다 저 어둡고 답답한 저택 구석에서 숨 막히는 생활로 스스로 돌아가는 것일까.

─그것은 싫다.

마음속으로 태어나서 이제 막 일어난 어린 짐승이 이를 드러내며 소리를 질렀다.

─아아, 그것은 **죽어도 싫다**.

이윽고 모두 치유된 몸에 고통은 조금도 남지 않았고, 기묘하게 잔잔해진 마음은 상쾌함마저 느낄 정도로 비뚤어진 만족감을 느꼈다.

우게츠 정문에서 등을 돌린 아키라는 땅거미가 지려는 언덕길을 달려갔다.

달리다가 넘어질 뻔하여 자세를 바로잡고 어두운 밤이 과거를 덧칠하여 뒤덮을 때까지 전력으로.

그렇게 나아가던 아키라는 저택이 있는 방향을 향해 크게 숨을 들이켰다.

"─**나**는 부정체가 아니야!"

까마귀일까. 커다란 소리에 놀랐는지 나무숲 안쪽에서 새가 몇 마리 날아갔다.

"두고 보자, **우게츠**! 언젠가 수비병이 되어 주마. 너희를 돌아보며 반드시 비웃어 주마! 그때가 되어 후회하지 마라!!"

그것은 태어나서 처음으로 외친 아키라의 본심, 우게츠를 물어뜯으려고 드러낸 새끼 늑대의 송곳니였다.

진정한 아키라는 할머니에게 유품으로 받은 부적을 품에서 꺼냈다.

기모노와 일상 용품 등 자질구레한 유품에 섞여 있던 개나리 산기슭에 있는 신사의 부적이다.

저녁매미가 우는 신사의 경내는 할머니가 좋아했던 개나리가 길가에 겹겹이 자라고 있었다. 봄에 흐드러지게 피는 노란 꽃은 이제 볼 일이 없겠지만, 별로 아쉬움은 느끼지 않았다.

―아아, 그런가. 나는 이 꽃을 좋아했던 게 아니야.

―저 꽃을 보며 미소 짓는 할머니의 옆얼굴을 보는 것이 좋았다.

뒤에 있는 썩은 나무의 구멍에 부적을 대자, 구멍에 걸려 있던 숨겨진 봉인이 풀렸다.

구멍 안쪽에 숨겨진 것은 기름종이로 감은 양손에 조금 넘칠 정도의 짐이었다.

할머니의 배려에 감사하며 아키라는 몇 겹이나 기름종이에 감긴 그것을 풀었다.

안에는 고무줄로 묶은 50엔 지폐 다발, 부적을 쓰기 위한 종이와 한계까지 영력을 담은 성수, 편지가 있었다.

어둠이 퍼지기 시작하며 저녁놀이 지려 하자 아키라는 서둘러 편지를 읽었다.

안에는 앞으로의 지침이 간결하게 쓰여 있었다.

가능하면 빨리 코쿠텐슈에서 나갈 것과 다른 주로 건너가 생활 기반을 마련하기 위한 일반적인 방법.

만약 곤란하면 할머니의 출신지인 슈몬슈의 야츠루기 가문을 의지할 것.

잠시 뒤 할머니의 유품을 짐 속에 정리한 아키라는 자리에서 일어났다.

―이제 눈물도 흐르지 않았다.

걷기 시작한 아키라의 발걸음은 망설임 없이 결연했다.

이윽고 종종걸음으로, 그리고 달리기로 바뀌었다.

마음 깊은 곳에서 무언가 허탈하게 우는 소리로부터 눈을 돌리고, 달리는 것을 멈추지 않았다.

서두르자.

멀리 목적지인 역에서 주철 기차가 경적을 울리며 도착 신호를 내는 소리가 들렸다.

그것은 지금도 선명하게 남은 늦여름의 기억.

아키라의 마음 깊은 곳에는 여전히 무언가가 허탈하게 울고 있다.


팁: 화폐 단위에 대하여.

화폐 단위의 명칭은 엔, 센, 린.

각자 100 단위로 올라가는 형태가 된다.

최소 단위는 린으로 현실의 화폐 가치로 따지면 1린=1엔이 된다.

즉, 1엔=100센이고 1센=100린이 된다.

참고로 아키라가 할머니에게 받은 50엔은 현실의 화폐 가치로 따지면 50만 엔이라는 거금이 된다.

# 1화 카렌에서 생을 받다 1

　—통기 3999년 문월 삭일.[7월 1일]

　남부 슈몬슈, 주도 카렌.

　초여름 더위는 특히 이곳, 남부에서는 맹위를 떨치기로 유명하다.

　이제 희미한 빛이 비치는 이른 아침의 시간조차 땀이 맺히는 것을 막지 못할 만큼 열기가 강했다.

　카렌의 남동쪽 교외 부근에 있는, 카렌 남동의 수비를 주요 임무로 하는 제8수비대 주둔소에 병설된 도장은 이른 아침에도 아침 훈련의 위세로 활기가 넘쳤다.

　"더 공격해라! 상단, 준비해!"

　"네!!"

　제8수비대의 대장과 도장 사범을 겸임하는 아소기 겐지의 호령이 날아왔다.

　일격에 적을 쓰러뜨릴 수 있는 강인한 검사와 어깨를 나란히 하는 아소기 겐지는 슈몬슈 중에서도 열 손가락 안에 들 만큼 유명하다. 따라서 아소기가 이끄는 8번대는 수비대 필두인 1번대에 이어 실력자가 모였다고 주목받았다.

　주도 수비의 선봉으로서 사망률이 높은 수비대 중에서도 특출나게 생존율이 높고, 아소기 겐지를 필두로 한 8번대는 최근 그 용명함에 박차를 가하고 있었다.

나이가 많아야 이제 열넷밖에 되지 않은 소년들이 겐지를 따라 복창했다.

　전혀 흐트러짐 없는 동작으로 목도를 휘두른다.

　"하압!"

　젊은 위세를 몰아 내리친다.

　"하압! 하압! 하압! 하압! 하압!"

　모두와 목소리와 동작이 어우러져 단단한 삼나무 판자 바닥을 삐걱거리게 했다.

　떡갈나무로 만든 목도를 휘두르는 소년들의 표정에는 전장에 있는 듯한 강한 긴장감이 감돌았다.

　조금이라도 주위와 박자가 어긋난다면 질타와 동시에 휘두르기 연습이 백 번 추가되기 때문이다.

　겐지의 목도가 허공을 흔들림 없이 베어 냈다. 그와 동시에 소년들의 위세와 함께 떡갈나무로 만든 목도가 흐트러짐 없이 휘둘러졌다.

　후덥지근한 열기가 휘몰아치며, 땀으로 범벅이 된 얼굴에서 땀이 떨어져 반질반질한 나무 바닥을 적셨다.

　그런 소년들에 섞여 올해 열셋이 된 아키라도 긴장한 표정으로 목도를 휘두르고 있었다.

　이것은 도장에서는 흔한 풍경이고, 반복되는 매일의 연속이었다.

　삼 년 전 추방된 그날, 기차에 올라타 흘러온 머나먼 땅.

　남부 슈몬슈의 주도 카렌에서 아키라는 비슷한 처지인 소년들과 함께 주도 수비대의 훈련을 받으며 평온한 나날을 보내고 있었다.

◇

땡, 땡. 아침 훈련의 종료를 알리는 종소리가 들렸다.

아침 훈련 뒤, 배급되는 보리 주먹밥과 단무지로 달려드는 소년들을 보며 사범 아소기 겐지는 주둔소 내에 있는 사무실로 돌아갔다.

자신의 책상에 앉기 전 일과가 된 음양계를 확인했다.

"……양기 3, 장기의 농도는 5 이하. —**너무 좋은데.**"

말과는 달리 겐지의 표정은 어두웠다.

포기하지 않고 음양 균형과 장기의 농도를 재는 기기의 테두리를 튕겨 결과를 다시 쟀다.

특히 신경 쓰이는 것은 장기 농도를 검출하는 바늘의 흔들림이다.

장기란 부정적인 감정에 더럽혀진 영기를 말한다. 이 수치가 높으면 높을수록 상위 부정체가 발생할 전조라고 여겨진다.

그러나 결과에 변화는 없었다. 겐지는 짐승의 숨과 비슷하게 으르렁거리고는 자신의 자리에 털썩 앉았다.

"이 시간의 수치로서는 너무 좋다고 말할 수 없지 않을까요? 장기 농도가 낮아서 나쁜 것은 아니잖아요."

사무 쪽을 주로 맡고 있는 부장 니쿠라 신이 경리 서류로부터 고개를 들고 의아한 듯 말을 걸었다.

수치를 보기에는 특징이 없는 나날의 변동밖에 기록되지 않아서 위험성도 느낄 수 없기 때문이다.

"오늘만이 아니야. 소강보다 조금 나은 상황이, 장기 농도도 옅은 상태로 벌써 열흘 가까이 되었잖아."

"네에⋯⋯."

니쿠라의 어중간한 대답에 제대로 설명하지 못하는 겐지는 신경질이 나는지 목덜미를 긁었다.

겐지가 느낀 불온함은 극단적으로 말하면 그냥 감에 불과하다.

"⋯⋯수고가 많으십니다. 아소기 님, 오늘 아침 식사를 가져왔습니다."

두 명 사이에 깔린 침묵의 장막은 사무실에서 이어진 미닫이문이 갑자기 열린 것으로 깨졌다.

주둔소의 식사를 만들기 위해 온 인근 여성들이 미닫이 너머에서 겐지가 먹을 주먹밥 두 개를 들고 얼굴을 들이밀었다.

"매번 죄송합니다. 꼬마들은 감사 인사를 하던가요?"

"먹는 것에 정신이 없는 듯해서. ⋯⋯그 정도 아이들은 그런 법이죠. ―그런데 묘카쿠 산의 순찰은 언제 할지 물어봐도 될까요?"

"오늘 기슭을 돌아볼 예정인데, 무슨 일이 있습니까?"

얼굴을 보인 진짜 이유는 이쪽인가. 바로 화제를 끝맺고, 겐지는 여성 대표와 시선을 마주쳤다.

"지난번에 중턱을 돌아본 사냥꾼이 부정한 짐승 무리를 발견했다고 해서요. ⋯⋯장기가 짙어서 물러나지 않을 수 없었다고 합니다만."

"그렇군요. 지원을 청하는 거라면, 산 사냥을 생각해 보겠습니다."

겐지의 약속에 식사를 만들러 온 여성이 명백하게 안도하는 표정을 지었다.

머리를 숙이며 밖으로 사라지는 여성을 배웅하고 겐지는 일지를 들었다.

"……어제까지 불침번인 자들의 교전 기록은?"

"어디 보자, ……최근 일주일만 보면 적네요. 중형 네코마타[#1]와 개 형태의 부정한 짐승이 고작이에요. 대형이 마지막으로 확인된 것은 이 주일 전에 대형 지네 정도인가요."

부정한 짐승이란 장기에 의해 폭주한 산짐승으로 하위로 분류되는 부정체를 말한다.

그중에서도 대형 지네는 독이 성가시지만, 그래도 하위 영역을 벗어나지 않는다.

"1구 본부에서의 정기 회의가 오늘이었지? 내 우려를 전달해 줘. 경계 구분은 노란색이면 돼. 당분간 위사를 최소 두 명, 지원을 보내도록 요청해 봐."

위사란 국토 수비를 맡은 수비대 중에서도 특히 강력한 정령 기술을 쓸 수 있는 자를 말한다.

8번대에는 아소기 겐지와 니쿠라 신 두 명이 위사이고 다른 여섯 명이 수비대로서 임무를 맡고 있지만, 그 외에는 몸을 단련하는 평범한 병사일 뿐이다.

절대적으로 수가 적은 위사는 8번대뿐만 아니라 어느 부대에서도 인원 부족에 시달리고 있다.

"오늘 주최자는 총대장인 반다 님입니다. 대장은 미움받고 있으니 귀찮게 여기지 않을까요?"

"흥. 총대장님은 공을 세우려고 초조할 거야. 조금 전의 청원을 내

---

**#1 네코마타** 고양이 요괴의 일종.

걸면 관심을 보일 거야."

"—하하. 알겠습니다. 아소기 대장의 위엄을 빌려 열심히, 훌륭한 연설을 한바탕해 보죠."

"부탁해. ……아, 그리고 부적 재고는 얼마나 남았지?"

"일반 재고분이라면 있습니다만, 격부<sup>공격 계통</sup>가 조금 모자란 듯합니다."

"회의가 끝나면 살 수 있는 상한까지 사 둬. 회부<sup>회복 계통</sup>는?"

"통상보다 큰 전투라면 두 번쯤 버틸 정도는 재고가 있습니다."

젠지의 감은 부족하다고 속삭였지만, 수비대의 경제도 몹시 쪼들린다.

자신의 돈으로 예비 지원금을 추가해 두어야 할까.

거기까지 생각한 젠지의 머릿속에 떠오르는 것이 있었다.

"그러고 보니 니쿠라. 요즘 소문으로 들리는 회부, 들은 적 있나?"

"으음. 몹시 효과가 좋다는 회생부 말입니까?"

"그거야. 놀랍게도 뜯길 뻔한 팔을 순식간에 치료했다고 하던데."

"아무래도 그건 헛소문이겠지만, 이쪽에서도 조사하였습니다. 아직 확증은 없으므로 나중에 보고할 생각이었습니다만. 소문의 회생부는……."

거기까지 말하는데 사무실로 이어지는 미닫이문이 삐걱거리는 소리를 내며 열렸다.

"실례하겠습니다. —아침 훈련의 일지를 가져왔습니다."

입실 인사와 함께 연병반의 반장이 된 아키라의 등에 니쿠라의 말이 뒤를 따랐다.

"아키라 군, 회기부의 보충을 부탁하고 싶은데 얼마나 만들어졌습니까?”

“이번 주 분량은 엊그제 납품했을 텐데요?”

“대장님의 지시로 대량으로 소비할 상황이 있을지도 모릅니다. 일
정이 당겨져서 미안하지만, 만들었다면 있는 만큼 주세요.”

니쿠라의 요청에 조금 생각에 잠긴다. 잠깐 고민한 끝에 아키라는
고개를 끄덕였다.

남부 슈몬슈는 부적술과 상성이 나빠서 아소기 겐지의 부대도 만
성적인 부적 부족에 시달리고 있다.

아키라가 회기부를 만들 수 있다는 것을 안 겐지는 일주일에 한
번씩 회기부의 납품을 계약하였다.

“……다음 주 분량의 부적을 미리 넘기고, 후에 그만큼 납품은 불
가능하다는 것을 양해하여 주신다면.”

“문제없습니다, 부탁할게요.”

동의를 얻은 것에 고개를 끄덕이고, 아키라는 겐지가 앉은 책상
앞에 섰다.

“아소기 대장님. 잠깐 시간 되십니까?”

“그래. 뭔데?”

“지난번에 부탁드린 수비대 승격 건…….”

“……안 돼.”

아키라의 말을 끊고 겐지가 단호하게 거부했다.

“……흠, 전에도 말했을 텐데. 확실히 평민 출신이더라도 공적을 인
정받으면 수비병으로 **간주**하여 수비병급으로 만드는 제도가 있어.
……적지만 전례가 없는 건 아니야. 하지만 그것은 정규병으로 승격

한 사람에게 적용되는 거다. 적어도 연병(練兵)인 너는 인정이 안 돼."

예상했던 엄격한 말에 그래도 납득하지 못하고 아키라는 입술을 깨물었다.

"그럼 어떻게 해야 수비병으로 인정받을 수 있습니까?"

"—먼저 중위 정령을 데리고 있을 것. 부적을 쓸 수 있는 이상 이건 괜찮겠지만, 정령 기술을 행사하려면 정령기가 반드시 필요해. 그것을 입수할 방법이 없다면 수비병은 될 수 없어."

귀중한 영적 강철을 바탕으로 만드는 정령 도구는 화족의 신분 증명에 쓰일 만큼 엄격하게 관리되고 있다.

물론 일반 사람에게 유통되지 않는다.

"전례인 수비병급이 된 사람은 어떻게 되었죠?"

"아마 유력한 화족의 후원을 받았을 거야. —아키라. 부적을 쓸 수 있는 네가 수비병이 되고 싶은 마음을 모르는 바는 아니야. 하지만 왜 그렇게 서두르는 거지?"

"……그것은."

아키라는 겐지가 던진 지극히 당연한 의문에 대답할 말을 아직 찾지 못했다.

침묵 속에 지나가는 어색한 시간이 잠시 흐르고, 결국 아키라는 인사만 남기고 몸을 돌렸다.

아키라가 떠난 뒤, 애매한 침묵이 내부를 지배하는 가운데, 서류에 붓을 놀리고 있던 니쿠라가 틈을 보아 겐지에게 시선을 보냈다.

"……그냥 보내도 되겠습니까? 아소기 가문에서 키울 수비병을 찾고 있다고 말씀하시지 않았던가요?"

"어머니가 말했을 뿐이야. 나의 고향은 오 년도 전에 없어졌어. 어머니가 좇는 것은 부정체에 삼켜진 과거의 잔상이야. ……그런 것에 아이들을 내몰 수는 없잖아."

겐지의 대답은 니쿠라가 충분히 예상한 범주 내에 있는 말이었다.

"……그 제안, 아키라 군에게 하지 않았군요."

"그거야말로 지금은 역효과겠지. 어디서 적당한 기회를 봐서 말해볼 심산이야. ―이야기를 되돌리자. 아까 회생부 건으로."

노골적으로 돌리는 화제에 니쿠라는 더욱 언급하는 일 없이 고개를 끄덕이고 말을 맞췄다.

"회생부의 효과는 확실해요. 작성자는 겐세이라는 아호를 지닌 노인이라고 하고, 삼 년 전부터 일주일에 한 번, 조합에 내고 있다고 합니다."

"그렇게 전부터?! 왜 이쪽에 정보를 넘기지 않았어!"

겐지의 짜증에 니쿠라는 어깨를 으쓱하고 넘겼다.

묵인하는 경우가 많기는 하지만, 미등록 부적을 거래하는 것은 위법에 해당한다.

뒷거래는 문제지만, 귀중한 부적 작성자를 확보하는 것이 우선이었다.

"조합이 겐세이 공의 부적에 무단으로 인장을 찍지 않았다면 지금도 들키지 않았겠지요."

효과가 높다는 것을 조합이 보증한다는 인장은 있기만 해도 가격의 높낮이가 완전히 달라진다.

즉, 겐세이의 승낙을 받지 않고 인장을 찍음으로써 조합은 겐세이의 요금 중개료<sup>마진</sup>를 손에 넣으려고 한 것이다.

"조합이 주제넘게 나선 것인가, 돈의 망령들이 쓸데없는 짓만 하는군."

"그것으로 일이 밝혀졌으니 다행이지 않습니까. 아무튼 입고되면 우선적으로 넘기라고 협박해 두었어요."

"─잘했어. 입수하면 소문의 효과를 검증해 볼까."

"알겠습니다."

송곳니를 드러내며 웃는 겐지를 보며 니쿠라도 따라 웃었다.

아키라가 수비대 주둔소를 나갈 즈음에는 동료들의 모습은 이미 사라져 있었다. 흩어진 그들의 박정함에 미소가 나왔지만, 책망할 마음은 없다.

중학교에 다닐 여유가 있는 사람은 아키라뿐이기 때문이다.

다른 동료들은 목수나 장사 등에 견습으로 들어가 매일 먹고사는 것이 일반적이다.

할머니의 유언에 따라 슈몬슈의 수비대에 입대했을 때, 주를 넘어가는 사람은 드물지도 않고, 고향에서 쫓겨나 주도로 흘러들어 가 수비대에 들어가는 소년이 의외로 많다는 것을 처음 알았다.

수비대는 주로 부정체에 대한 방위를 목적으로 하여 활동하는데 아키라를 비롯한 연병의 역할은 수비병들이 현장에 도착할 때까지 시간을 버는 것이 대부분이다.

그만큼 당연히 사망률도 제법 높다.

그래도 이렇게 들어온 소년은 수비대에 소속되는 것이 관례였다.

입대하고 육 년간 수비대에서 살아남을 수 있다면, 시민권 취득이 허락되기 때문이다.

그것은 주도의 일원으로 인정받을 수 있는 현실적인 방법 중 하나다. 어떤 사정으로 고향에서 추방당한 소년들이 꿈꾸는, 아마 가장 큰 야망.

오늘 밤은 아키라가 반을 맡은 이래로 첫 불침번이다. 실적을 남기면 주도의 일원으로 수비병이 될 것을 믿고 지금은 흙투성이가 되어 살아갈 수밖에 없다.

그것이 아키라가 지금 버티고 있는 가장 큰 이유였다.

하기휴가 전 종업식에 늦을 수는 없다. 무더위 속에 아키라는 종종걸음으로 발을 내디뎠다.


팁: 수비대에 대하여.

수비대는 정규병에 소속된 4분대와 연병에 소속된 2반으로 구성되어 있다.

수비대마다 6~8명의 수비병이 소속되어 있다.

사망률이 높은 것은 연병이며, 정규병은 그 정도는 아니다.

참고로 아키라가 약 삼 년 만에 연병반의 반장이 될 수 있는 것은 그만큼 사망률이 높아 이 년 이상 살아남은 자가 적기 때문이다.

# 1화 카렌에서 생을 받다 2

아키라가 다니는 오즈누 제3중등학교가 끝난 것은 점심이 지나고 얼마 뒤의 일이었다.

하기휴가 전의 소란스러움과 달리 점심이 지나 종업식을 마친 학교는 꺼림칙할 만큼 고요함이 가득했다.

아직 새로운 목조 건물의 정면으로 나오자 중천에 뜬 햇빛이 가차 없이 아키라에게 쏟아졌다.

눈을 가늘게 뜨고 하늘을 올려다보자 구름 하나 없는 맑은 하늘이 펼쳐져 있다.

아키라는 소나기라도 한바탕 쏟아지지 않을까 하며 막연하게 기대하였다. 그러나 불침번 때 질척거리는 산을 걷는 어려움을 생각하면 내리지 않는 편이 좋겠다며 마음속으로 자기중심적인 방향 전환을 하였다.

아키라는 몸을 돌려 건물 옆으로 이동했다.

오즈누 제3중등학교 뒤편에는 학교 이름의 유래가 된 오즈누 신사가 무성한 덤불에 둘러싸여 인접해 있다.

아키라는 신사 으슥한 곳에 숨겨 둔 허름한 두건을 쓰고, 마찬가지로 허름한 겉옷을 걸쳤다.

가짜 수염을 붙여 얼굴을 가리고 자세를 의식하자, 그곳에는 어디

에나 있을 법한 왜소한 노인이 서 있었다.

아키라는 기본적으로 어른을 신용하지 않았다.

그것은 유소년기의 경험에 의한 거지만, 그 외에도 앞으로 향할 곳에는 틈만 있으면 약점을 잡으려고 하는 어른이 다수 있는 것을 알기 때문이었다.

다른 사람의 눈을 피하며 타테바미 강의 대교를 건너 번화가로 발을 들이자 그 앞에 아키라의 목적지이기도 한 부적사 조합이 서 있다.

부적사 조합은 본래 음양료의 발단이 되는 재야의 음양사를 통괄하는 조직이지만, 현재는 부적의 관리를 주요 목적으로 하는 역사적인 조직이다.

서양풍에 강하게 영향을 받은 붉은 벽돌 건물은 몇 년 전에 신축한 것으로 건물도(겉모습) 조직도(내용물) 이제야 통일된 분위기가 감돌았다.

대양을 세 개 건넌 곳에 있는 론다리아에서 밀어닥친 문명개화의 파도에 영향받았다는 소쇄주(모더니즘)의 건물은 말하지 않으면 도저히 그런 역사를 지닌 조직으로 보이지 않는다.

내부로 발을 들이자 니스가 꼼꼼하게 칠해져 광택이 나는 카운터와 양장을 입은 세련된 사람들이 대화를 나누고 있는 로비가 보였다.

일반적으로 떠올리는 음양사의 모습과 동떨어진 그 모습이 시야에 들어오지 않도록 아키라는 고개를 숙이고 할아버지 흉내를 내며 항상 이용하는 카운터 앞에 섰다.

할아버지 흉내를 낸 것이 벌써 삼 년이다. 솔직히 익숙해졌고, 의외로 상대를 보지 않는 카운터의 여성 직원은 상대를 의심도 하지 않고 대응했다.

"오랜만입니다, **겐세이 님**. 오늘도 평소와 같은 용건이십니까?"

항상 담당하는 직원이 귀엽게 꾸벅 머리를 숙였다.

소리를 내지 않고 고개만 끄덕여 대답한 뒤, 품에 준비해 둔 회생부 열 장을 카운터에 놓았다.

아키라는 수비대에 내는 회기부와 달리 부적사 조합에 회생부를 내는 것으로 자신의 수입을 얻었다.


몸을 침식하는 부정체를 정화하고, 상처를 치유하는 회생부는 작성 기술이 까다롭기에 유통되는 수도 꽤 적다. 반면에 수비병들의 수요는 항상 높으므로 공급 부족에 시달리고 있다.

당연히 그 수요와 공급 균형에 따라 가격이 정해진다. 겐세이라 이름을 위장한 아키라의 부적도 조합 내에서 고액으로 거래되었다.

"—기다리셨습니다, 이번 대금입니다. 금액을 확인하시겠습니까?"

카운터에 5엔이라는 고액지폐가 놓였다.

세심한 주의를 기울여 부적 대금을 소매에 넣고, 엄지로 퉁기며 눈길도 주지 않고 숫자를 셌다.

확실히 다섯 장의 엔화 지폐인 것을 확인하고 오래 있을 필요는 없다며 몸을 돌렸다.

"아, 기다려 주십시오, 겐세이 님. 인장 건에 대해서……."

갑자기 말을 거는 직원의 말에 아키라는 불쾌한 기분이 들었다.

—이러니 별로 다가가고 싶지 않다.

무엇을 꾀하는지 최근 이 직원은 자꾸만 아키라의 부적 값을 올리는 방향으로 나아가려는 행동을 보였다.

숨겨진 부분이 많은 아키라는 더할 나위 없이 성가신 이런 부류의 교섭을 확연히 피해왔다.

"본 조합의 직원의 섣부른 행동으로 겐세이 님께 폐를 끼친 부분, 진심으로 사과드립니다."

과하지 않은 정도로 숙인 머리에서는 지금까지 보여 온 조합의 고압적인 태도가 조금도 보이지 않는다.

당혹스러운 아키라는 속으로 한 걸음 물러났다.

신경 쓰지 않는다. 그런 뜻을 담아 고개를 가로젓는 아키라를 보며 직원은 안도하는 숨을 내뱉었다.

즉, **지금부터 할 말이 본론이라는 뜻이다.** 아키라는 마음을 다잡았다. 상대가 지금까지의 방침을 양보한 것은 그 이상 어려운 요청을 하기 위한 전제에 불과하다.

"—겐세이 님께 여쭙겠습니다만, 왜 인장을 찍으시지 않는 겁니까? 본 조합은 겐세이 님께서 인장을 지닐 것을 강하게 희망합니다. 확실히 본 조합에 인장을 지닌 분이 계시면 조합의 평가가 높아지므로 **다소** 무리하게 이야기를 진행한 경위가 있습니다만, 겐세이 님에게도 절대 불리하게 작용할 이야기는 아닙니다."

아키라가 인장 찍기를 싫어하는 이유는 매우 단순하고 명쾌하다.

인장 찍기란 조합의 인증을 받는 것이다.

확실히 조합에 가입하면 명확한 이점이 있다.

부적은 고액이지만, 영력을 담은 성수와 영사는 물론 부적의 재료가 될 종이와 먹에 이르기까지 엄선해야 하기에 고액으로 거래된다.

그러나 조합에 가입하면 재료에 드는 재료비를 일부 부담해 주는 것이다.

필요 경비를 줄일 수 있는 것은 아키라에게도 몹시 매력적이지만, 반면에 조합에 겐세이의 정체가 노출될 가능성도 생긴다.

그것은 눈에 띄지 않고 살기를 바란 할머니의 가르침 그 자체를 배신하는 행위다.

아니, 그것은 변명이다. 마음 깊은 곳에 있는 본심은 오직 하나다.

어른에게 짓밟힌 아이가 키운 마음속의 어린 짐승. 그것이 이를 드러내고 으르렁댄다.

―나의 인생에서 이 이상 어른들을 이롭게 할까 보냐.

아키라가 거절하는 의사를 담아 고개를 저었다.

이렇게까지 명확하게 거부당할 거라고 생각하지 않았는지 직원이 당혹스러운 표정을 지었다.

그래도 직원은 작은 기대를 품고 몇 번이나 형태를 바꾼 제안을 하였지만, 결국 거절의 뜻을 뒤집지는 못했다.

돈을 들고 부적사 조합에서 나온 아키라는 뒷골목에서 두건을 거칠게 벗고 다른 사람의 눈을 피하며 큰길로 걸음을 옮겼다.

중간에 있는 은행의 커다란 시계를 올려다보자, 시곗바늘이 마침 15시를 가리켰다.

―지금부터 자리에 누워도 일 각 반이면 많이 자는 것인가.

아키라가 한숨을 쉬고 땡볕으로 발을 들였다.

후덥지근하게 찌는 열기에 아키라는 무심코 겉옷의 덧깃을 크게 벌렸다.

—추레한 아이의 모습이 마음에 들지 않는지 양장을 입은 남성이 째려보며 아키라의 앞을 지나갔다.

그 건너편의 정류장에서 노면 전차가 땡땡 종을 울리며 발차를 서둘렀다.

그 뒤로 혼잡하게 오가는 사람과 자전거 무리, 그 흐름에 밀려 아키라는 귀갓길에 올랐다.

이곳은 다른 나라와 무역이 허용된 유일한 주로, 남부 슈몬슈 태수가 거주하는 주도 카렌이다.

카렌은 주 태수인 쿠호인의 비호 아래 문명개화의 울림이 닿는 것이 가장 빠르다. 카렌의 영토는 이천 정을 넘고도 여전히 그 발전에 그늘이 질 기미가 없었다.

이 땅에 최초로 철도망이 완성된 지 이십 년. 광대한 카렌을 반나절이면 횡단할 수 있는 고속 운송에 사람도 물건도 크게 그 은혜를 입었다.

사람도 부(富)도 삼켜 버릴 듯한 그 번화함은 아키라의 기억에 남은 고향의 거리와 달라서, 큰길을 오가는 많은 인파는 카렌의 인구 삼백만 명이 모두 이 거리에 서 있는 것이 아닐까 착각하게 할 정도였다.

그러나 그 번영도 번화가를 비롯한 중심부에 한하고, 교외는 전기조차 제대로 들어오지 않는 시대에 뒤처진 자들이 삶에 신음하는 모습뿐.

타테바미 강에 걸린 다리를 건너면 아까의 활기참이 순식간에 모습을 감추고 오가는 사람의 모습은 생활하는 사람으로 바뀌었다.

더욱 교외로 발을 옮기자 전선도 제대로 깔리지 않은 논에 둘러싸인 광경만이 펼쳐졌다.

그 논이 눈에 띄는 3구 교외에 세워진 공동 주택 중 한 곳이 아키라가 이곳에 도착했을 때부터 변하지 않은 안주의 땅이다.

공동 주택의 입구에 늙어서 눈이 보이지 않게 된 주택의 주인인 할머니가 풍로를 피우는 것이 보였다.

풍로 위에 굽기 시작한 전병이 지글지글 맛있는 소리와 냄새를 풍긴다.

"할머니, 다녀왔어."

"어이쿠, 아키라. 오늘은 평소보다 늦었구나. 불침번이라고 하지 않았나?"

"맞아. 일 각 뒤에 깨워 주면 고맙겠는데."

"히히. 아무래도 힘든가 보구나. 좋아, 전병을 사 준다면."

"쳇, 계산은 확실하다니까. ……세 개 줘."

"10린이다."

아키라는 불평하면서도 내민 손바닥 위에 10린을 얹었다. 그것은 서로 익숙한 일상 대화였다.

히죽 웃으며 전병에 설탕과 간장이 듬뿍 묻은 솔을 흔든다.

숯 위로 떨어지는 간장과 설탕 가루가 한층 요란한 소리를 내며 주위에 식욕을 돋우는 냄새를 퍼뜨렸다.

"방금 구운 것은 각별하니까."

황홀함이 담긴 그 말에 아키라의 얼굴이 풀어졌다.

아키라가 이 땅에서 사는 데 필요한 다양한 지식은 이 할머니에게 얻은 것이다.

이 할머니도 다른 주에서 흘러들어 왔다고 아키라에게 말했다. 따라서 아무것도 모르는 아이를 그냥 보고만 있을 수 없었다고. 그리고 이 공동 주택으로 데리고 와서 살아가기 위한 수단을 알려 주었다.

친절하게 전해진 그 지식은 아키라에게 살아가는 전제 그 자체였다.

그렇기에 눈앞에 있는 할머니는 아키라가 자신의 할머니 외에 진심으로 신용할 수 있는 몇 없는 존재였다.

신문지에 싸서 건네준 세 개의 전병. 아키라는 그중 하나를 깨물었다.

간장과 설탕의 달콤함이 숯 향기와 함께 그윽하게 입속에 퍼졌다.

오독오독 소리를 내며 정신없이 씹었다.

손가락에 남은 소스까지 핥으니, 꼬르륵거리던 배도 만족한 듯 제법 조용해졌다.

"그러고 보니 전에 부탁한 것 말인데."

"**그것** 말이냐? 야츠루기라는 화족의 행방. ……카렌에 화족이 얼마나 있는 줄 아느냐? 작은 알갱이도 많이 넣으면 상당한 수가 되거든."

"역시 어려운가."

할머니의 본가를 찾으라는 유언을 받았지만, 단서조차 발견하지 못했다.

그리 기대하지 않았으나, 그래도 성과가 없자 아키라는 어깨를 늘어뜨렸다.

"뭐, 영지를 지닌 화족이 아닌 것쯤은 단언하마. —하지만 아키라. 이 건이 아니더라도 화족과 얽히는 건 관두어라. 그들은 제대로 된 것을 갖고 있지 않아, 만나는 것만으로도 손해야."

"……나도 알아."

아무래도 과거에 문제가 있었던 모양이다. 얼굴을 찡그리고 신경 질적으로 말하는 할머니를 자극하지 않도록 어깨를 으쓱하고 아키 라는 방으로 돌아갔다.

아키라는 책 대여점에서 빌린 책 몇 페이지만 읽었다. 풍수 계산 의 전문서라고 해도 내용은 초보 영역을 벗어나지 못했다. 역시 더 깊은 지식을 원한다면 신학교를 목표로 해야 하냐며 탄식했다.

독서를 포기하고 얇은 이불 안으로 들어가자 금세 졸음이 쏟아 졌다.

—아키라는 꿈을 꾼 적이 없다. 짓눌릴 듯한 악몽은 현실에서 질 릴 만큼 보았기 때문이다.

그래도 현실은 지나간다. 어디까지나 천천히 성급하게.

어디까지고 평온하게 흘러가는 이 시간, 그것이 카렌에서 생을 얻 은 아키라가 지키기로 맹세한 일상이었다.

팁: 부적사 조합에 대하여.

음양료의 발단이 되는 조합. 겉으로는 중앙 음양성과는 다르게 독립한 조직으로 되어 있다.

본래 음양사의 영역인 부적을 중위 정령이 깃든 자라도 작성할 수 있게 하여 민간에 보급하는 것을 목적으로 한다.

다만 원가를 포함한 단가 자체가 높고, 중위 정령이 깃든 자는 기본적으로 화족이기 때문인지 본래의 목적은 생각만큼 달성하지 못한 것이 현실이다.

실제로는 음양성의 낙하산 인사처라는 한심한 목적을 위해 이용되는 일이 많다.

## 2화  타버린 재로 흩날리는 것은 용담 한 송이 1

어둠이 깊어질 무렵, 아키라는 수비대 주둔소에 도달했다.

지각은 아니지만, 조금 늦다. 빠른 걸음으로 주둔소 부지 안으로 들어가자 전투 용품 창고 앞에 반원들이 모여 있는 것이 보였다.

"반장, 늦었잖아!!"

"미안해, 열쇠 가져올게."

친한 동료들이다. 아소기 겐지에게 보이는 모습과는 완전히 다르게 편안한 말투를 주고받고 사무실로 향했다.

"아키라, 들어가겠습니다."

"그래."

대답을 듣고 문을 열자 겐지가 각반 끈을 묶고 있었다.

"전투 용품 창고 열쇠를 빌리러 왔습니다."

"가져가. ……그리고 아키라."

"네."

각반을 모두 묶고 겐지가 일어났다.

"위사 후보가 두 명, 이쪽에 지원이 올 거다."

가끔 있는 화제라 놀랍지는 않다. 그러나 다음 말에 아키라는 얼굴이 굳는 것을 감추지 못했다.

"모처럼 위사 머릿수가 모였어. 산 사냥에 나설 거다, 그럴 생각으로 준비해."

"이렇게 갑자기요?!"

아무리 준비해도 몇 사람쯤 순직자가 나오는 산 사냥은 이렇게 급하게 할 일이 아니다.

위사 두 명 대신 산 사냥이라니 너무 불리한 교환 조건이다.

"훈련은 계속될 거다. 반을 셋으로 나눠, 절차는 알지?"

"……네."

아키라와의 대화를 일방적으로 끝내고, 겐지는 안에서 준비하고 있는 니쿠라에게 시선을 보냈다.

"그런데 니쿠라. 반다 공이 꽤 순순히 지원을 승인했던데?"

"그건 대장님의 인덕이겠죠."

"뭐?"

"회의에 출석했던 위사 후보 한 사람이 지원에 손을 들어 줬습니다. 제법 귀여운 아가씨였는데 아는 사이에요?"

"위사 후보인 아가씨?"

"실례하겠습니다!"

겐지가 고개를 갸웃할 때, 발랄한 소녀의 목소리가 아키라의 뒤에서 울렸다.

이어서 바로 사무실 문이 열리며 귤 향기와 함께 자그마한 소녀가 들어왔다.

아키라의 옆을 지나치자 그 등에 크게 그려진 가문의 문장이 눈에 띄었다.

—오각형 안에 핀 한 송이 용담.

두근. 심장이 크게 한 번 불길한 소리를 내며 뛰었다.

기억 저편에서 떠오르는 나오토시가 보여 준 문장 중 하나다.

팔가 중 5위인 린도가의 문장이 아키라의 눈앞에서 흔들리고 있다.

"오랜만입니다, 아소기 선생님!"

밝은 목소리와 함께 포니테일로 묶은 머리가 소녀의 어깨 위에서 찰랑거렸다.

그 소녀는 아키라와 비슷한 또래의 쾌활한 인상을 주는 소녀였다.

"린도의 사키 양인가, 오랜만입니다. 그럼, 이번 지원은."

"네, 제가 입후보했습니다. 일주일 동안, 잘 부탁드립니다!"

면식이 있는 소녀를 향해 겐지가 웃는 표정을 지었다.

어릴 때부터 낯가림이 없던 사키는 지도자 역할로 린도 가문에 머물던 겐지를 선생님이라고 부르며 따르게 되었다.

"하하. 남자로 가득한 곳에 꽃이 피겠네. 그런데 일주일이나 괜찮겠어요? ……분명히 중앙의 텐료 학교에 진학했다고 들었습니다만."

중앙 주도 텐료에 있는 텐료 학교는 상위 화족의 자녀를 교육하는 유서 깊은 배움터다.

텐료 학교에 진학했다면 수비대에 발을 들일 여유는 없을 텐데.

"선생님. 학교는 며칠 전부터 하기휴가에 들어갔어요. 위사 후보인 저희는 주도 수비대로 흩어졌고요."

"아아. 위사 후보의 경험을 쌓기 위함인가."

"일시적으로 위사가 늘어났으니 이쪽으로 돌릴 여유가 생겼군요."

위사들의 평화로운 대화지만, 아키라는 그 내용에 화만 났다.

가장 기피하던 팔가의 경험(먹이)이 되라는 말이나 마찬가지기 때문이다.

아키라는 자연히 거칠어지는 호흡을 필사적으로 가다듬으며 이 자리를 떠나기로 결심했다.

"그럼 다른 한 사람도?"

"네, 이제 곧 올 거예요. 그쪽은 대단해요. 그야 쿠가의……."

"—실례하겠습니다."

무뚝뚝한 소리로 입실을 알림과 동시에 비슷한 또래의 소년이 추가로 들어왔다.

"쳇, 방해돼, 비켜."

소년이 문으로 향하던 발을 멈춘 아키라를 어깨로 밀쳐 낸다. 치졸하면서도 명확한 신분 차이에 익숙한 오만함.

사키의 옆에 나란히 서서 붉게 물들인 기모노의 등에 이 또한 기억에 남은 문장이 흔들리고 있었다.

—이중으로 둘러싼 참억새 둘.

팔가 중 2위인 쿠가 가문이다.

보고 싶지도 않던 가문의 문장이 무슨 인연인가 아키라의 눈앞에 둘이나 늘어섰다.

"그 문장은 쿠가의……."

"쿠가 료타, 지금 도착했습니다. 일주일 동안, 잘 부탁드립니다."

상사와 연장자에게는 존댓말을 쓸 수 있는지 겐지와는 평범하게 대화가 가능한 모양이다.

"……그래, 들어 본 적 있어. 쿠가의 신동이던가."

"네. 주위에선 그렇게 부르더군요."

태연한 척하고 있지만, 싫지도 않은 듯 소년은 어쩐지 의기양양하게 대답한다.

"텐료 학교에서는 북부 아이에게 당해서 의기소침했지만."

"시끄러워, 쓸데없는 말 하지 마!"

"······저기 니쿠라 부장님. 잠시 시간 되십니까?"

용건을 얼른 끝내고 싶은 마음 하나로 아키라는 화기애애한 대화에 끼어들었다.

"아침 용건입니다만, 가져왔습니다. 확인해 주시기 바랍니다."

아키라가 다발로 묶은 회기부를 내밀었다. 잠시 멍하니 바라보던 니쿠라가 허둥지둥 그 다발을 받아 들었다.

"아, 아아. 부적입니까, 감사합니다. 대금은······."

"업무가 끝난 뒤에 주셔도 됩니다. 그럼 저는 준비하러 돌아가겠습니다."

"와. 너 회기부를 만들 수 있구나."

사키가 뒤에서 손을 들여다보는 바람에 아키라는 깜짝 놀라 몸을 떨었다.

"흥. 회기부밖에 못 만드나, 초보적인 부적이잖아."

"—무슨 소리야? 우리는 그 초보 부적도 못 만들잖아."

"윽."

"그런데 슈몬슈 출신은 분명히 부적과 상성이 나쁘다고 했는데. 너, 출신지가 어디야?"

"······코쿠텐슈입니다."

아키라는 간신히 굳어버린 혀뿌리를 녹여 작게 대답했다.

"뭐야, 외부인이냐."

아키라가 다른 주에서 온 사람이라는 것을 안 료타의 어조에 모멸감이 섞였다.

"아, 역시. 코쿠텐슈는 음양술과 상성이 좋지. ……어라?"

사키가 고개를 갸웃했다. 말로 하고 나서 무언가 기억을 떠올린 것이다.

"……저기, 너. 어디서 만난 적 없어?"

그 말에 아키라는 돌리던 발을 멈췄다. 찬찬히 사키의 눈을 바라보았지만, 기억에 없다.

"……아니요, 오늘이 처음일 터입니다."

"그래? 이상하네, 어디서 만난 느낌이 드는데."

"너무 다가가지 마, 사키! 외부인은 무슨 생각을 할지 모르잖아."

사키가 뒤에서 신경질적으로 거칠게 말하는 료타를 무시하고, 더욱 얼굴을 가까이 하여 아키라의 용모를 살펴보려고 했다.

대단한 미소녀와 가까이서 마주 보는 첫 경험에 부끄러움이 느껴져 아키라는 다른 방향으로 이리저리 시선을 옮겼다.

"……죄송합니다. 저도 이곳에 온 지 제법 시간이 지났습니다만, 아가씨와 만나 뵌 기억은 없습니다."

기억을 찾아봐도 납득이 가지 않는 듯한 사키의 태도에 질렸는지 료타가 끼어들었다.

"봐, 기억이 없다는데 뭘 자꾸 그래. 난 먼저 준비하러 들어갈 테니까!"

"그, 그래. 미안해. 오늘 연병반 담당이 너야?"

겐지가 고개를 끄덕이며 대화에 참여했다.

"맞아, 오늘 연병반 대표 아키라야. 무뚝뚝한 녀석이지만, 일은 잘해. 아가씨도 기대해 줘."

"역시 그랬구나. 오늘 잘 부탁해. 린도 사키야."

신분 차이를 별로 신경 쓰지 않는지 사키는 환한 웃음과 함께 오른손을 내밀었다.

"……아키라입니다. 잘 부탁합니다."

악수를 하고 준비하러 돌아가려는 아키라의 뒤에서 겐지가 말을 걸었다.

"참, 아키라."

"네."

조금 생각에 잠기던 겐지가 진지한 얼굴로 말을 이었다.

"오늘 일이 끝나면 할 말이 있다. 잠시 남아라."

"……알겠습니다."

"음, 역시 어디선가 본 적이 있단 말이지."

떠나는 아키라의 모습이 마음에 걸려 사키는 기억을 되짚었다.

끙끙 앓으며 고개를 갸웃하지만, 역시 대답이 나오지 않는다.

"포기해, 아가씨. 그런 때는 오히려 대답이 안 나오는 게 세상 이치거든."

"윽. 그럴게요."

겐지에게 웃음을 사는 바람에 사키는 결국 포기했다.

게다가 **료타가 없는 사이에** 겐지에게 부탁할 용건도 있다.

아소기 겐지의 실력은 슈몬슈에서도 손꼽힌다. 틀림없이 부탁하기에 적임자일 것이다.

"선생님, 저기, 쿠가 말인데요……."

말을 어물거리는 사키의 모습에 겐지는 부탁할 내용이 예상되었다.

그야 잠깐 이야기했을 뿐인데 저렇다. 집이든 어디든 적을 만들 것이다.

"그래, 괜찮아. ─니쿠라, 나는 쿠가와 함께 움직일게. 너는 수비병들을 통솔해."

"알겠습니다. 그런데 괜찮으시겠어요? 저 성격, 명령을 들을 것으로 보이지 않는데요."

"그러니까 하는 말이지. 설마 위사를 상대로 물어뜯을 만큼 반발하지는 않을 테니까."

"……알겠습니다."

니쿠라 대신 사키가 조심스럽게 머리를 숙였다.

"죄송해요, 선생님. 쿠가의 일은 부탁드릴게요."

"그래, 맡겨줘. ……보아하니 **부탁한 곳**은 쿠가의 당주님인가?"

"네, 직접 부탁받아서."

"보호자인가. ……거절하진 못했고?"

겐지의 간결한 물음에 사키가 곤란한 표정으로 고개를 가로저었다.

쿠가 가문의 당주가 직접 부탁한 것도 있지만, 그것은 동시에 아버지의 지시이기도 했다.

"전에 아버님과 싸워서 거절할 수 없었어요."

"당주님과 싸움을? ……아하. 아가씨의 희망을 들켰구나."

겐지의 쓴웃음이 섞인 놀림에 사키는 입을 삐죽였다.

"수비대가 제 입대 희망서를 들고 린도 가문에 직접 물어보러 왔어요. 비겁하지 않아요?"

"그야 당연하지. 팔가의 직계 위사, 그것도 여성이 입대 희망서를 내다니 전대미문이야. 수비대도 착오가 아닌지 제정신인지 의심할 테지. 남자들이 모인 수비대에 들어가고 싶다는 걸 안 당주님의 마음도 헤아려 줘."

뾰로통한 표정을 지은 사키의 머리를 보호 역할을 맡던 시절에 했던 것처럼 난잡하게 쓰다듬었다.

헝클어진 머리에 불만스럽기는 하지만, 반가움이 더 컸는지 볼을 부풀리기만 했다.

"……아버님은 수비대에 들어가고 싶다면 쿠가를 지키는 것이 교환 조건이라고. 성격은 그렇지만, 어린 시절부터 알고 지냈으니 제 말에는 비교적 귀를 기울여 줄 테니까요. 하지만 학교에서 결투에 지더니 더 삐치고 말았거든요."

"아까 말한 북부의 아이인가?"

"네, 우게츠 소마. 오십 년 만이었나, 신령이 깃든 우게츠의 적자. 아마 기오인의 차기 당주님과의 혼약이 결정되었던가."

"아아, 확실히 유명하긴 해. 신령사가 상대라면 쿠가의 도련님도 힘들겠지."

"개수일촉(鎧袖一觸)이었어요. 원래 힘이 다른 데다 성격까지 천지 차이인걸요. 못 이기지."

사키 역시 료타의 한심함에 질렸는지 료타가 진 시합을 들먹이며 웃었다.

북방의 보배라 일컬어지는 우게츠 소마에 대해서는 텐료 학교에 들어가기 전부터 알고 있었다.

왜냐하면 우게츠 텐잔이 팔가의 모임에 출석할 때마다 신나게 자랑했기 때문이다.

텐료 학교에 진학했을 때 처음 마주쳤는데 그 실물은 소문 이상이었다.

수려한 외모에 명랑하고 활달하다. 붙임성 있는 성격에 공부와 무예에도 뛰어나다.

꽃도 무색할 숙녀<sup>소녀</sup>의 이상을 넘치도록 담은 듯한 그 존재는 학교에 재적한 거의 모든 여성의 뜨거운 시선과 남자들의 질투를 모았다.

─참고로 멀리서 바라보았을 때는 사키도 친구에게 맞춰 야단법석을 떨었다.

"─흐음. 아가씨가 그 정도로 반했다니 대단한 상대인 것 같네. 기회가 있으면 꼭 보고 싶군."

"네. 대단한 분이에요. 선생님도 마음에 들어 할지도. ……아아, 그렇구나."

갑자기 이해했다. 그렇구나, 확실히 기분 탓일지도 모른다.

그렇게 생각하자, 입가에 집게손가락을 대고 사키는 터져 나오려는 웃음을 참았다.

"왜 그러지?"

"아하하. 아무것도 아니에요."

웃음으로 넘기며 사키는 이유를 입에 담지 않고 얼버무렸다.

그야 말할 수 없는 것이 당연하지 않은가.

아까 인상에 별로 남지 않은 소년과 학교에서도 주목받는 우게츠 소마. 두 사람이 보인, 시선 안쪽에서 빛나는 반짝임과 그 몸짓이.

—어딘가 먼 부분에서 희미하게 겹쳐 보였다니.

"뭐? 산 사냥이라니 진짜야?"

"……어, 진짜야."

수비대 아키라반의 부반장을 맡은 칸스케가 변경된 불침번 내용에 아연실색하여 아키라에게 되물었다.

좋아서 승낙한 것이 아니다. 대답하는 아키라의 어조에 담긴 혐오의 감정에 칸스케는 뒷말을 잃었다.

아소기 대장의 지시는 기본적으로 반드시 지켜야 한다.

항변을 허락받더라도 결정된 방침을 재고하는 일은 거의 없다.

"칸, 나쁜 일만 있는 건 아니야. 오늘부터 일주일 동안 위사 두 분이 지원으로 들어오게 됐어. 전력은 충분할 거야."

"그건, 그럴지도 모르지만."

다음 말을 찾으며 칸스케가 말끝을 흐렸다.

"이렇게 갑작스러운 건 너무해. 준비도, 각오도 되어 있지 않아."

완전히 동감했기에 섣불리 위로하지 않았다. 아키라는 연병 반장에게 허용된 정규병 제복을 입고 위로와 비슷한 변명으로 자신의 감정을 덮기로 정했다.

"……최근 부정체가 마을로 내려오지 않아. 다른 부대는 모르겠지만, 묘카쿠 산만이라도 부정한 짐승을 없애 두고 싶어."

"머릿수가 포화 상태라는 말이야?"

"글쎄? 하지만 산에서 감당하던 부정체가 무너지면 마을로 향할 거야. ……그렇게 되면 산 사냥 정도의 피해로는 끝나지 않아."

아키라는 장갑을 손에 맞춰 조정하고 도검을 찼다.

기본 준비를 모두 마치고 탈의실에서 밖으로 나갈 때, 아키라는 분한 듯 고개를 숙인 칸스케에게 말을 걸었다.

"칸, 고개 들어. 우리가 어두운 표정을 지으면 다른 녀석들에게 본보기가 안 돼."

"……나도 알아."

목제 문을 열기 전에 조금 머뭇거림과 분함이 섞인 목소리가 아키라의 뒤에서 돌아왔다.

멀리 모인 연병들에게 서둘러 가는 도중에 갑자기 칸스케가 멈췄다.

"봐, 아키라. ―정령기야."

칸스케가 턱으로 가리킨 곳에 붉게 칠한 나기나타(薙刀)를 든 사키와 도검을 허리에 찬 료타의 모습이 보였다.

대화 사이에 나기나타가 흔들릴 때마다 두둥실 보라색 정령 빛이 아른거렸다.

그것은 희소한 영적 강철을 소재로 단련한 정령력을 깃들인 무기이자 수비병의 증거이기도 한 정령기였다.

반원들에게 다가가는 두 명의 귀에 딱히 집중하지 않아도 사키와 료타의 대화가 들렸다.

"아마 우리는 연병의 인솔을 맡겠지. 지시 계통은 쿠가가 맡을래?"

"관심 없어, 그건 사키가 해. 나는 무공만 세우면 돼."

"쿠가는 항상 그러더라, 왜 그렇게 무공에 집착해?"

"……뭐 어때. 그보다 사키, 오봉 전에는 오츠에 얼굴을 비출 수 있어? 어머니가 만나고 싶어 해."

"위사 연수가 끝나면 아버님과 함께 귀성할 테니까 오츠에는 중간에 들를 생각이야. 숙모님의 용태는 어때? 경칩에 뵈었을 때는 건강했는데."

"심장이 약하다고 돌팔이 의사가 지껄였어. 내 혼례에 참석할 때까지 죽지 않겠다고 단언하더니 낙심하더라. 사키도 얼굴을 보여 줘. 어머니는 사키를 마음에 들어 하니까 기분도 좋아질 거야."

"그래. 잘해 주셨으니 나도 만나고 싶어. 쿠가야말로 같이 있지 않아도 돼? 오츠에서도 위사 연수는 가능하잖아?"

"사키와 함께 받는 게 아버님의 지시였거든. —게다가 석 달 전부터 곁에 있어 주는 녀석도 있어. 지금은 이쪽에 오게 되었지만, 잠시 지나면 돌아갈 예정이야. 걱정하지 마."

"……그래."

정말 큰 의미가 없는 일상적인 대화다. 주위에 감도는 산 사냥을 앞둔 긴장감은 어디에도 없는 내용에 칸스케와 목소리를 낮췄다.

"좋겠다, 수비병은. 우리가 목숨을 걸고 여기저기 돌아다니는 걸 구경만 하다가 저 녀석들은 구석으로 몰린 부정한 짐승을 그냥 없애 버리면 끝이니까."

"—그렇게 말하지 마, 칸. 저쪽엔 우리와 다른 고민이 있을 테니까."

"흥, 살기만 할 뿐인 인생에 고생도 모르는 도련님, 아가씨에게 무슨 고민이 있을지."

일찍이 그런 생활의 한 구석에서 떨면서 매일을 보낸 아키라는 기억 깊은 곳에서 괴롭히는 환통을 무시하고 비웃음을 지었다.

"글쎄. 하지만 저들도 상하 관계는 있잖아. 저 녀석들도 어딜 가든 위와 아래 사이에 끼어 있지. 우리보다 고생하진 않겠지만, 그래도 숙이고 싶지 않은 상대에게 숙여야 할 머리는 갖고 있지 않으면 안 될 테니까."

"……그런 건가."

"그런 거야."

속으로 창피한 마음이 사라진 것은 아니지만, 아키라가 어깨를 두드리자 납득한 듯 가장하고 칸스케가 고개를 끄덕였다.

"……아~아. 우리 기간이 끝나려면 아직 삼 년은 남았지. ……아키라는 기간이 끝나면 어떻게 할 셈이야?"

"안 정했어. 고등학교에 진학하는 건 아무래도 무리일 테니 수비대에 남을까."

"뭐?! 정규병이 되려고? 하지 마, 하지 마. 정규병은 바보밖에 선택하지 않아."

어깨를 나란히 한 칸스케가 아키라의 대답에 쏘아붙이듯이 단언했다.

여기서 된 전례도 적은 수비병급이 되고 싶다는 말을 입에 담으면, 그것이야말로 바보를 보는 눈으로 볼 것이다.

"그렇게까지 말하지 마. 그냥 나는 하고 싶은 일도 없으니까. ……

칸은 뭘 하고 싶은데?"

"봉공하는 상업 가문이 매년 몇 명인가 분점으로 독립하는 걸 인정해 주거든. 돈을 모아서 내해를 행상하는 운송선을 타고 싶어. 형으로 따르는 사람이 코쿠텐슈의 항로에 가자고 하거든."

아키라가 화제를 돌리기 위해 묻자, 칸스케가 눈을 빛내며 꿈을 말했다.

그 눈부신 모습을 직시하지 못하고, 아키라는 그러냐고 대답만 하고 끝냈다.

두 사람은 어깨를 나란히 하고 걸어갔다. 두 사람이 향하는 곳에는 준비를 마친 대원들이 지시를 기다리며 모여 있었다.

팁: 정령기에 대하여.

영적 강철이라 불리는 금속을 정제, 단조하여 만든 무구의 총칭.

중위 정령 이상의 정령력을 이러한 무구에 담으면 그 정령력에 따른 강함을 무구에 부여한다.

또한 정령력을 행사하는 기술의 보조를 목적으로 하기에 주로 수비병이나 위사가 사용한다.

그 특성과 희소성 때문에 개인이 소유하는 일은 별로 없고, 화족의 일족 단위로 관리되고 있다.

## 2화 타버린 재로 흩날리는 것은 용담 한 송이 2

묘카쿠 산은 험준하다고 말하기에는 귀여운 높이의 산에 불과하다.

그러나 완만한 경사의 들판이 펼쳐진 그 산은 카렌 남동쪽에서 북동쪽을 향해 뻗은 나바네 산맥으로 이어지는 입구이므로 결코 가볍게 여길 만한 산이 아니다.

인근 주민과 협력하여 부정한 짐승의 봉인을 위한 횃불을 산 주위에 피운다.

정화 주문을 담은 특수한 장작이 타오르며, 송진이 튀는 소리와 함께 부정한 짐승이 싫어하는 냄새가 나무 사이로 퍼진다.

수비대의 선행반이 몰이꾼을 맡아 어둠이 펼쳐진 숲속으로 사라진 지 반 각이 지날 무렵이었다. 여름이라고는 생각할 수 없는 냉기가 감도는 밤공기를 찢고 호각이 울렸다.

"……시작되었군."

호각의 새된 소리에 나직하게 중얼거리는 겐지의 눈앞에는 벼랑이 펼쳐져 있다.

—예정대로라면 그곳에서 몰이를 당한 부정한 짐승이 떨어질 터였다.

"커다란 부정한 짐승 무리가 낚이면 좋을 텐데요."

부정한 짐승이란 장기에 침식된 산짐승을 말한다.

짐승의 본능에 따라 산 사냥의 기척을 느끼고 도망칠 경우, 나바네 산릉까지 나누어서 들어갈 필요가 생긴다.

"그건 걱정하지 마, 니쿠라."

휴대한 음양계를 꺼내 장기 농도를 측정하던 겐지가 단언했다.

"장기가 급격히 올랐어. 칸스케 녀석, 제법 큰 것을 낚은 모양이야."

"—안심했습니다. ……걱정이라고 하니 하나 더. 절벽 위에 있는 신동의 태도는 어떻던가요?"

그 말에 겐지는 료타가 대기하고 있을 터인 장소로 시선을 옮겼다.

"마무리를 짓는 역할에 만족한 것 같아. 속마음은 모르지만, 불만은 입에 담지 않았어."

몰이꾼이 산 위에서 부정한 짐승을 몰고, 아키라가 이끄는 방패반이 강제로 진로를 바꾸어 절벽 위로 유도한다.

부정한 짐승 무리가 방어에 들어가기 전에 무리를 분산시켜 절벽 위에서 떨어뜨린다.

그때 진지반인 정규병이 제압하는 동안 사키와 료타가 지닌 최대 화력으로 태워 버린다.

—아키라가 제안한 작전은 단순하지만 견실하여 곳곳의 조잡한 부분을 수정한 정도로 원안이 채택되었다.

그러나 니쿠라는 우려하는 점이 있었다. 작전의 잘잘못보다 위사에 대한 부담이 크기 때문이다.

위사는 그 특기인 화력으로 마무리를 짓는 것을 절대적인 기준으로 요구당한다.

즉, 자신의 최대 화력으로 수비대가 모은 부정체를 얼마나 제압할 수 있는지를 묻는다고 해도 과언이 아니다.

"아키라 말인가?"

갑자기 겐지가 그렇게 물었다. 고민의 핵심을 맞추는 바람에 니쿠라는 얼버무리지 못하고 긍정했다.

"위사를 가볍게 여기는 경향인가. 린도의 아가씨를 특히 더 의지하려는 듯 느껴집니다. 아무리 스스럼없는 분이라고 해도 그래서는……."

"확실히 수비대에 들어갔지만, 가볍게 여길 정도는 아니야. —게다가 아키라에게도 이번은 좋은 기회야. 우리 이외의 위사, 특히 신분 차이로 얼마나 화력 차이가 나는지 알아 두는 건 중요해."

*귀종 혈통의 상위 정령*

"그러나 위사라고 해도 아직 젊은이. 적을 놓칠 가능성이 있지 않을까요?"

"그걸 위해 우리가 있어. 게다가 팔가가 아니더라도 정령 기술의 응수는 훈련에서도 흔하니, 아가씨는 물론 쿠가의 신동이라면 보증도 가능할 거야."

"네, 그렇겠군요."

겐지의 태도에 항변하는 것은 무의미하다고 본 니쿠라는 뒤에서 대기하는 열 명 정도의 부대원을 힐끗 보며 화제를 바꾸었다.

"그들의 상태는 어떻습니까?"

그들은 겐지의 강한 주장으로 배치된 보조 부대였다.

언뜻 보면 검도 방패도 없고, 나아가 수비병조차 아닌 정규병 무리. 그러나 잘하면 앞으로 연병의 상황이 완전히 달라지게 할 존재였다.

"……훈련 시간이 너무 짧았으니까. 그러나 외래 상인의 판매 문구가 올바르다면, 부대 운영으로서는 충분할 거다."

"잘되었으면 좋겠군요. ……예상은 했습니다만, 훈련만으로도 나가는 돈이 엄청나니까요."

수비대에 대한 무리한 요구를 통과시킬 만한 실력과 발언력을 모두 지닌 겐지는 수비대의 총대장인 반다에게 경원시되며 눈엣가시로 여겨지고 있다.

겐지의 강한 기세에 밀려 증설된, 뒤에 있는 부대는 실패하면 겐지의 명성에 흠이 간다.

구태의연한 풍조를 고집하는 반다는 지금까지 시대의 흐름을 원하는 자들을 싫어하여 냉대했기 때문이다.

"그러고 보니 이 뒤에 아키라에게 무엇을 부탁할 생각이시죠?"

나가기 전, 겐지가 아키라에게 한 말을 떠올렸다.

"부탁? 아아, 부탁이 아니야. 얼마 전에 말했잖아, **그것**을 본격적으로 제안해 보려고."

"……아아, 그 건 말이군요. 그는 부적도 쓸 수 있으니, 그런 의미로는 괜찮은 시기입니다."

"그렇지? 뭐, 오늘 살아서 돌아갈 수 있으면 말이지만. ―시간이 됐군."

갑자기 겐지가 고개를 들었다. 뒤늦게 장기가 제법 짙어진 것을 니쿠라도 깨달았다.

"전원, 준비하라. ―온다!!"

모두 허둥지둥 두 조로 나뉘어 방패와 창을 들었다.

―그때 산이 진동을 동반하여 울었다.

―시간은 잠시 거슬러 올라간다.

……누구야, 이 배치를 정한 녀석.

아키라는 누구에게 터뜨릴 수도 없는 불만을 속으로 투덜거렸다.

참고로 정한 사람은 아키라 본인이다.

송진과 타르를 바른 짐승을 쫓는 방패로 빈틈없이 몸을 지키고 전방의 나무들을 덮어 감춘 채로 어둠을 노려보았다.

아키라에게 이것은 첫 산 사냥이 아니다. 부담이 집중되는 방패반의 후미를 맡는 것도 익숙하다.

따라서 짜증의 원인은 다른 곳에 있다.

"저기, 아키라라고 했지? 좀 더 어깨의 힘을 빼고 있어, 그러다 더다칠 거야."

아키라보다 더욱 부담이 큰, 구부러진 길 쪽에 대기하고 있는 사키가 배정된 장소의 가혹함을 느끼지 못하게 하는 가벼운 말투로 말을 걸어오는 것이다.

얽히고 싶지도 않지만, 계속 침묵할 수도 없어서 아키라는 떨떠름하게 입을 열었다.

"……저희 연병은 단순히 훈련했을 뿐인 병사에 지나지 않습니다. 정령력을 쓸 수 있는 수비병과 달리 중형 부정한 짐승을 토벌하는 데도 목숨을 걸어야 합니다. 찰나의 방심이 생명을 좌우하므로 항상 긴장하고 있어야 살아남을 확률이 높을 듯합니다."

"하지만 넌 부적을 만들 수 있으니, 중위 정령을 사용할 거 아냐?"

—쓸데없는 소리를…….

무심코 이를 가는 아키라를 향해 방패반 모두의 시선이 집중되었다.

아키라가 부적을 쓸 수 있는 것은 잘 알려진 사실이다. 그러나 평민밖에 없는 수비대에서 살아남을 확률이 높은 아키라는 항상 거슬리는 대상이었다.

—입대 초반에 어긋난 관계가 다시 반복되면 어떡하려고?!

아키라가 방패 테두리를 탁탁 두드리자, 대원들의 시선이 나무들 사이에 퍼진 어둠으로 돌아갔다.

아직 납득하지 않은 사키가 더 따지고 들기 전에 그럴싸한 말을 자아냈다.

"저에게 중위 정령이 깃들어 있다고 해도, 다른 대원은 하위 정령밖에 없습니다. 아가씨를 지키기 위해서도 저희는 최대한 집중하고 있어야 합니다."

"나는 위사야. 지키지 않아도 되는데."

"그러나 화족분입니다. 아가씨가 다치면 저희는 면목이 없습니다."

"에이~."

불만은 남은 모양이다. 사키의 야유가 아키라에게 돌아왔다.

그러나 아키라의 주장에 설득되었는지, 밤의 장막에 어색한 침묵이 흘렀다.

"저기."

침묵을 버티지 못했는지 사키가 다시 입을 열었다.

"이 산의 부정한 짐승은 주로 뭐가 나와?"

"······주로 있던 것은 멧돼지입니다. 사슴도 있습니다만, 굳이 따지자면 나바네 위쪽이 서식처인 듯, 한꺼번에 낚인 적은 없습니다."

"멧돼지인가······. 성가시네."

"네?"

"하나로도 강력한 짐승인데, 무리로 행동하잖아? 게다가 주인이 태어나기 쉽고. 우리 영지에서도 자주 나와."

주인이란 개체가 보유할 수 있는 것 이상의 장기가 깃든 부정한 짐승을 가리킨다.

일반적인 개체보다 강인한 육체와 지성을 지녔고, 몸에서 흘러나오는 장기는 웬만한 정령력마저 상쇄해 버리는 밀도를 자랑한다. 그 위협은 하위 범주를 넘어 중위 부정체에 달한다.

"주인을 본 적이 있습니까?"

"응. 평범한 것보다 비대해진 부정한 짐승이 부대를 먹어 치웠어. 위사 후보인 우리는 막는 것도 어려웠거든. 넌 본 적 있어?"

"이야기는 들은 적이 있습니다만, 다행히 아직."

"······그것을 만나면 도망쳐. 살아남는 것은 수비병 이외라면 부끄러운 일이 아니야."

"수비병 이외라고요?"

"당연하잖아. 내 뒤에 있는 싸울 수 없는 사람들의 앞을 지키라고 부탁받았으니까, 『씨자첨기』로 위사의 자리를 받은 건데."

또래 위사가 입에 담은 각오는 아키라에게 신선한 것이었다. 수비병의 각오 따위, 아키라는 누구에게도 배운 적이 없기 때문이다.

"그렇, 습니까."

그러나 그렇게 대답하는 것이 고작이었다. 『씨자첨기』에는 싫은 기억밖에 없기 때문이다. 마음이 짓눌리며 다시 뽑은 하얀 제비가 머릿속에 선명하게 떠올랐다.

"나도, 어머님도. 지키고 싶어서 위사가 되었어. 너도 무언가 결정—."

거기까지 하던 말을 끊고 시선을 허공으로 옮긴다.

사키에게 감돌던 이완된 분위기가 점점 긴장되어 갔다.

무슨 일인지 물을 필요도 없었다.

—그때까지 잔잔하게 불던 미풍이 멎었다.

가라앉은 공기에 섞인 무어라 말할 수 없는 악취.

—아니, 냄새가 아니다. **공기 그 자체가 썩기 시작한 것이다.**

그 부패가 직접, 코를 찌르고 있다.

—저 앞에 장기를 내뿜는 존재가 있는 것이 명확해졌다.

망설일 틈이 없었다. 방패를 고쳐 들고 모두에게 경계 신호를 보냈다.

"전원, 경계 태세! 온다!!"

아키라의 외침과 동시에 몰이반이 부는 호각 소리가 어둠 깊은 곳에서 날카롭게 울려 퍼졌다.

이어서 독특한 억양이 섞인 소리가 짧게 두 번, 아키라의 귀에 닿았다.

"사냥감은 멧돼지다! 튕겨 나가지 않도록 분발해라!!"

아직 부정한 짐승과의 거리가 멀 텐데, 그래도 지면과 대기를 흔드는 기척이 다가오는 무리의 규모를 전해 주었다.

"……주인일까요?"

"아마 없을 거야. 그것이 있으면 **이 정도로는 끝나지 않아.**"

"안심했습니다. 모두, 방패를 들어라! 접촉과 동시에 두 걸음 밀어 붙여!"

방패를 쥔 반원 모두가 흐트러짐 없는 움직임으로 같은 방향을 향해 방패를 들었다.

"—아니, 한 걸음이야."

"네?"

"한 걸음이면 돼. 단, 확실히 밀어 내야 해."

무슨 의도가 있는지 모르지만, 사키가 아키라의 지시를 변경하게 했다.

한 걸음은 예상보다 너무 얕다. 틀림없이 진로가 벼랑으로 이어지지 않는다. 그러나 사키는 흔들리지 않는 시선으로 아키라를 바라보았다.

되물으려고 해도 이미 시간은 늦었다. 아키라는 사키를 추궁하는 것을 포기하고 방패를 다시 들었다.

"한 걸음이죠?!"

"그래. 두 걸음째는 절대 나아가지 마."

사키는 비명이 섞인 목소리로 확인하는 것에 그렇게 대답하고, 걸음 수를 확인하는 듯 걸으며 아키라 일행에게 등을 보였다.

위사의 요청이다. 아키라는 따를 수밖에 없다.

"전원, 들었지? 한 걸음이다, 확실하게 밀어붙여!"

"네!!!"

반원들이 대답하고 한 박자 뒤에 장기와 함께 엄청난 수의 멧돼지 부정체가 숲속에서 몰려나왔다.

썩은 점액으로 뒤덮인 털, 탁한 붉은색으로 물든 눈. 장기에 침식된 그 흉악한 모습은 멧돼지라고는 생각할 수 없을 만큼 뒤틀려 있었다.

—접적(接敵).

콰앙! 짐승의 썩은 냄새와 함께 생물과 부딪쳤다고는 생각할 수 없는 소리가 방패 너머로 울렸다.

부정한 짐승, 그것도 멧돼지의 돌진력을 정면으로 막아 낼 수 있을 리가 없다. 아키라 일행이 할 수 있는 것은 기껏해야 측면에서 부정한 짐승을 방패로 밀어 내 진로를 바꾸는 정도다.

이때 무리가 지닌 막대한 돌진 압력이 동시에 전해지며, 몸이 저항하려고 삐걱거렸다.

"방패반, 밀어붙여라아앗!!"

"오오오!"

무리를 이룬 생물은 선두에 선 한 마리를 따라 달리는 습성이 있다. 즉, 그 한 마리의 진로를 바꿀 수 있다면 뒤를 따르는 무리도 진로를 바꿔 달리는 것이다.

백에 달할 듯한 거대한 무리의 진로를 바꾸기 위해서는 호흡을 맞춰 접적한 자부터 순서대로 선두의 코끝을 밀어 낼 필요가 있다.

고작 한 번, 한없이 무거운 한 걸음.

으드득 방패 표면을 깎는 멧돼지의 압력에 저항하며 아키라 일행은 전력을 다해 방패를 밀었다.

"하나아아아아앗!"

"이야아아아아앗!!!!"

"—연아(燕牙)."

그리 크지도 않은 사키의 목소리가 아키라의 귀에 들렸다.

—펑!

부탁한 한 걸음을 온 힘을 다해 밀어 낸 그 순간, 폭발하는 소리와 함께 붉은 격류가 아키라 일행의 시야를 뒤덮었다.


팁: 부정한 짐승에 대하여.

수비대가 정한 등급으로는 하위 부정체에 위치한다.

부정한 짐승이란 장기에 타락하여 변질된 야생 짐승을 가리킨다.

본질적으로는 본체였던 짐승과 그리 다를 바 없으나, 장기를 두르고 흉악성이 강해지며 주위를 공격하는 것이 특징이다.

부정한 짐승이 다른 생물과 접촉하여 장기가 감염되면 그 생물도 부정한 짐승으로 전락한다.

산골짜기나 보이지 않는 곳에서 감염을 퍼뜨려 무리를 형성하기에 토벌하러 나서기는 쉽지만, 완전히 없애기란 지극히 어렵다.

참고로 아키라는 이 부정한 짐승으로 전락했다고 소문났었다.

## 2화 타버린 재로 흩날리는 것은 용담 한 송이 3

"자, 그럼."

사키는 공격 지점에서 도움닫기를 위해 열 걸음만큼 거리를 벌렸다.

그 손에 든 붉게 칠한 나기나타, 쇼진비나(燒尽雛)를 춤을 추듯이 손에서 두세 번 회전시켰다.

쇼진비나라는 이름이 부여된 나기나타의 끝이 호를 그릴 때마다 도신에 담긴 사키의 정령력이 보라색 인광을 흩뿌렸고, 나머지 힘이 화염으로 바뀌어 원을 그렸다.

남부 슈몬슈에 군림하는 신은 화행을 관장한다. 당연히 그 신의 비호를 받는 자들에게 깃든 정령은 불에 속한 자가 많다.

사키에게 깃든 정령이 화염 속성을 지닌 것도 필연적인 흐름일 것이다.

"가자. 힘을 빌려 줘, 에즈카 공주."

자신의 영혼과 함께하는 상위 정령이 마음 어딘가에서 미소 지었다.

분출되는 보라색 정령 빛이 휘몰아치며 터짐과 동시에 사키의 주변을 불로 태웠다.

쇼진비나를 들고 살짝 자세를 낮췄다.

그때 어둠 깊은 곳에서 몰이를 당하여 나온 멧돼지 무리가 아키라 일행과 서로 부딪쳤다.

멧돼지의 질주에 지지 않고 한 걸음, 그들이 멧돼지를 밀어 낸 순간.

―허공을 미끄러지는 듯한 걸음으로 사키가 순식간에 거리를 좁혔다.

쿠호인류 정령 기술, 초전―.

왼쪽 다리로 힘차게 바닥을 밟고, 도움닫기로 얻은 관성을 도신까지 전달했다.

온몸의 회전을 더하며 아직 공격 권외에 있을 터인 멧돼지를 향해 건져 올리듯이 베어 올렸다.

"―연아."

쇼진비나가 붉은 원을 그리며, 땅에서 날아오르는 제비처럼 불을 새긴 참격이 멧돼지와 방패 사이로 날아들었다.

참격을 날린 것뿐인 정령 기술인 연아에는 멧돼지의 진로를 바꿀 만큼의 **지속성**이 없다.

따라서 진짜는 2연속 공격을 전제로 한 정령 기술.

연아를 날린 기세를 전혀 줄이지 않고, 여전히 불꽃을 휘감은 도신으로 두 번째 원을 그렸다.

쿠호인류 정령 기술, 연속기―.

"―비습(緋襲)!"

연아의 붉은빛을 따라 용솟음치는 화염 격류가 아키라 일행과 멧돼지 사이를 분리했다.

몸의 오른쪽 절반이 불타며 고통스러운 비명조차 지르지 못하고 쓰러지는 멧돼지의 옆으로, 불을 싫어하여 우는 멧돼지들이 이상적인 위치까지 진로를 바꾸었다.

"―과연……."

아키라의 목에서 무심코 감탄사가 새어 나왔다.

아소기 겐지의 정령 기술을 본 적이 있지만, 사키가 쓴 정령 기술은 위력의 차원이 달랐다.

팔가의 정령력이 만든 작열하는 세계에 승리를 확신했는지 대원들의 마음이 조금 풀어졌다.

그때 농밀한 장기에 보호받는 이형의 멧돼지가 화염 격류를 거스르며 모습을 드러냈다.

상처 하나 보이지 않는 그 몸이 점점 부풀며, 잠시 뒤에 올려다볼 만큼 비대해졌다.

"―주인이다."

체고 구 척 구 촌에 이른 멧돼지가 사키를 향해 질주를 재개했다.

정령 기술을 유지하고 있는 사키는 움직일 수 없다.

―이대로 가면 사키가 위험하다.

그렇게 생각한 순간, 아키라의 몸이 무의식중에 움직였다.

화염 격류에 거스르고 있다고 해도, 강대한 주인이 뿜어낸 폭발적인 순발력을 일시적으로 뛰어넘어 정령 기술을 강제로 깨고 경직된 사키에게 **한걸음**에 도달했다.

―생각하고 있을 틈은 없다.

목덜미를 잡아 사키를 억지로 당겨 내던지고, 대신 아키라가 정면으로 멧돼지의 돌진을 받아 냈다.

―콰앙!!!

간신히 자세를 잡는 데 성공한 방패 너머로 멧돼지가 부딪혔다.

바위나 무언가가 부딪히는 듯한 소리와 함께 아키라의 몸에 지금까지 느낀 적 없는 격렬한 충격이 흘렀다.

——기이이이이이이이이익!!!

"그으으으워어어어억."

계속해서 느껴지는 충격과 고통에 아키라의 목에서 고통에 찬 신음이 새어 나왔다.

정면으로 부정한 짐승을 무리해서 막아 내고 있는 것에 몸이 비명을 지르는 것이다.

단단한 떡갈나무로 만든 방패가 빠직빠직 불길한 소리를 냈다.

그럴 만도 하다. 멧돼지의 돌진에 더해 농밀한 장기에 노출되었기 때문이다.

한 호흡만큼의 시간도 버티지 못하고 순식간에 방패가 안쪽까지 부식되어 부서지기 시작했다.

방패 위쪽이 크게 갈라지며 분노로 빨갛게 불타는 타락한 눈과 아키라의 시선이 교차했다. 명확한 저주가 섞인 장기가 호흡에 섞이며 폐를 침식당한 격통에 의식이 날아갔다.

망설일 틈이 없다. 아키라는 허리에 찬 부적 주머니에서 부적을 하나 검지와 중지 사이에 끼워 꺼내고, 방패가 깨짐과 동시에 멧돼지의 눈앞에 던졌다.

던지고 나서 검지와 중지를 세운 자세 그대로 빠르게 부적을 발동시켰다.

—그 순간 아키라의 시야 전체가 얼어붙었다.

아키라가 사용한 것은 자신이 조금씩 모은 돈으로 입수한 수계부였다.

계부는 회생부에 이어 고가인 부적이다. 사용되는 것도 항구 결계
의 보강과 보조를 위한 것으로, 이런 한때의 위기에서 벗어나는 용
도로 결계를 치기 위한 것만은 아니다.

아키라가 사용한 계부는 가격에 어울리는 위력을 지녔는지 주인
을 중심으로 올려다보아야 할 얼음이 생겨 있었다.

"……굉장해."

아직 장기 탓에 아픈 목을 감싸며 처음 사용한 계부의 위력에 무
심코 감탄사를 내뱉었다.

강대한 부정한 짐승의 거구가 완전히 얼음으로 뒤덮여 있다.

일단 위기는 벗어났다고 안도했을 때, 얼음 너머로 멧돼지의 타락
한 눈이 스르륵 움직여 아키라를 노려보았다.

아키라는 자신도 모르게 한 걸음, 뒤로 물러났다.

안 그래도 거대한 멧돼지의 몸이 얼음 너머에서 더욱 부풀었다.

ー빠직. 얼음 표면에 커다란 금이 갔다.

동시에 얼음 표면에 붙어 있던 계부가 소리도 없어 타버렸다.

봉인했을 터인 부정한 짐승이 결계 안에서 강제로 깨뜨린 것이다.

ーー기이이이이이익.

금이 간 틈을 통해 새어 나온 맹렬한 장기를 들이마시는 바람에
아키라는 그 자리에 쓰러질 뻔했다.

"크으으윽!"

ーー악악아아아!!!

후드득. 얼음이 무너지며 자유로워진 멧돼지의 머리가 격노하여

저주를 담아 울부짖었다.

간신히 고개를 든 아키라의 시야에 자유로워져 앞다리를 크게 쳐든 멧돼지의 모습이 들어왔다.

"―물러나!!"

사키의 호통과 함께 목덜미를 덥석 잡힌 아키라는 아까 자신이 했던 것처럼 멧돼지의 공격 범위 밖으로 내던져졌다.

간발의 차이로 앞다리가 내리침과 동시에 땅울림과 모래 먼지가 일대를 뒤덮었다.

―휘몰아치는 모래 먼지를 흩날리며 아키라와 사키가 각자 다른 방향으로 날아갔다.

격통에 의식이 날아갈 뻔한 아키라는 낙법도 쓰지 못하고 두 번, 세 번 바닥을 굴렀다.

잔챙이의 반격이 거슬렸는지 멧돼지가 아키라를 향해 이를 드러냈다.

―그 틈을 놓칠 만큼 사키는 어리석지 않다.

사키가 자세를 낮추고 쇼진비나를 들었다.

"이이야아아아아아앗!!"

날카로운 기합과 함께 돌격.

빈틈투성이인 옆구리를 향해 날린 것은 주인의 방어를 뚫고 치명상을 야기하는 일격이었다.

쿠호인류 정령 기술, 중전(中伝)―.

"―탁목조철(啄木鳥徹)."

그 일격이 맞은 순간, 몇 번이나 겹쳐져 폭발하는 소리가 멧돼지의 강인한 몸 한 곳을 덮쳤다.

무수한 폭발이 멧돼지의 방어를 강제로 찢고, 쇼진비나의 도신이 그 몸에 완전히 파묻혔다.

——기잇!

도저히 그 고통은 무시하지 못했는지, 멧돼지의 울음소리에 확실한 고통이 섞였다.

공격하는 다리가 멈추는 일은 없다. 사키는 비틀어 찌르듯이 도신을 더욱 밀어 넣어 내장에 닿게 했다.

그것은 방어하지 못하는 내장을 직접 공격하는 연속기다.

쿠호인류 정령 기술, 연속기——.

"——발관(鉢冠)!"

콰앙. 억눌린 폭발 소리가 터진 뒤에 멧돼지가 우뚝 서서 천천히 땅을 울리며 쓰러졌다.

그 목부터 어깨 주위에 이르는 부분이 검게 파고들어 도려내진 안쪽이 완전히 재가 되어 있었다.

강인한 방어가 오히려 문제가 되어 발관의 폭발이 멧돼지 몸속을 크게 태운 것이다.

부정한 짐승의 몸 구조는 본체였던 생물과 그리 다를 바 없다. 아무리 강대한 주인이라고 해도 심장이 날아가면 생을 이을 길이 존재하지 않는다.

이 무리의 중심을 확실히 태워 죽였다. 그 확실한 결과에 사키는 긴장을 풀고 크게 숨을 내뱉었다.

힐끔 뒤를 향해 날려 버린 아키라에게 시선을 보냈다.

아직 농밀한 장기에 휘감긴 아키라에게 의식이 없어서 무사한지 어떤지도 모르겠다.

—구워어어어어어어어어엉!!!

아키라에게 달려가려고 발끝을 향한 순간, 뒤쪽의 나무 건너편에서 땅울림을 수반한 굉음이 울려 퍼졌다.

강대한 정령력의 흔들림, 쿠가 료타가 날린 정령력의 파동이다.

그가 무리를 둘로 갈랐다고 직감적으로 확신했다.

그렇다면 이제 망설일 여유가 없다.

"전원, 경청!"

발끝을 굉음이 들린 방향으로 돌린 사키는 침착함을 잃은 연병들에게 지시를 내렸다.

"반을 둘로 나눠! 하나는 멧돼지에 마무리를 짓고, 나머지는 주변 경계와 안전 확보!"

"네, 넵!!"

허둥거리면서도 적확하게 움직이기 시작한 연병들에게 무리하지 말라는 말을 남기고, 사키는 자신의 역할을 완수하기 위해 소리가 난 방향으로 달려갔다.

단전에 정령력을 집중시키고, 온몸의 영맥 흐름을 가속했다.

그것은 쿠호인에 한하지 않고 상위 정령이 깃든 자는 반드시 가장 먼저 익히는 신체 강화 정령 기술이다.

쿠호인류 정령 기술, 초전—.

"—현신 강림(現神降臨)."

땅을 박차는 사키의 발밑에 폭발한 것처럼 나뭇잎이 날렸다.

현실조차 무시하는 속도로 사키가 가속하기 시작했다.

가까워지는 나무를 어려움 없이 피하고 그 사이로 춤추듯이 빠져나갔다.

두 번째 굉음이 서두르는 사키의 귀에도 들렸다.

—료타가 자신에게 배당된 무리를 섬멸한 모양이다.

멧돼지들이 달려간 흔적을 따라 다시 뛰었다. 예정한 장소까지 앞으로 조금. 쇼진비나를 뒤로 들고 정령력을 더욱 높였다.

료타가 정령 기술을 행사했는지, 검게 그을린 뻥 뚫린 공간이 나왔다.

그 십<sup>18미터</sup> 간 앞에는 우뚝 선 벼랑 끝이 보였다.

사키는 망설이지 않고 그 벼랑을 향해 힘껏 달렸다.

가까워진 벼랑에 발을 멈추지 않고, 꾸준히 정령력을 높였다.

높인다. 높인다.

『—땅아 울어라, 찢기고 갈라져라, 둥둥 북을 치고, 다 같이 마시며, 뜨겁게 춤춰라.』

성공률을 높이기 위해 자기 암시를 위한 주문을 외웠다.

장악하지 못한 정령력이 자주색 인광을 내는 불티가 되어 튀었다.

그 방대한 불티를 휘감고 사키는 더욱 달리는 속도를 높였다.

십 간을 거의 세 걸음에 나아가 사키는 망설이지 않고 벼랑 끝에 펼쳐진 허공으로 높이 뛰었다.

벼랑 밑에는 니쿠라 일행과 진지반, 그리고 그들에게 날뛰며 몰려가는 멧돼지 무리.

—도착이 조금 늦었는지 무리가 둘로 나뉘어 있었다.

쇼진비나를 밤하늘을 향해 높이 들고, 상승시킨 정령력을 단숨에 집중시켰다.

그것은 사키가 낼 수 있는 최대 화력이다.

쿠호인류 정령 기술, 마무리 기술—.

"—석할연(石割鳶)!!"

높이 들었던 보라색 인광과 화염을 두른 도신을 내리쳤다.

그것은 마치 사냥감을 노리고 급락하는 솔개처럼 멧돼지 무리의 한가운데에 박혔다.

쿠웅. 료타가 내는 굉음에 비하면 무난한 소리가 울렸다.

그러나 그 효과는 매우 컸다.

멧돼지들의 발밑이 순식간에 상승하더니, 이어서 무너지듯이 땅이 갈라지며 가라앉았다.

도망치려고 하는 그 발밑을 가라앉는 지반이 붙잡고, 솟구치는 화염이 무리의 일부를 삼켰다.

"후우우우우우."

긴장한 채 크게 숨을 내뱉었다.

무리의 나머지를 처치하기 위해 쇼진비나를 다시 든 사키의 앞으로 대기를 찢는 화염이 순식간에 지나갔다.

쿠호인류 정령 기술, 중전—. 십자야찰(十字野擦).

겐지가 날린 작열하는 참격이 나머지 멧돼지를 남기지 않고 불태웠다.

"—실력이 늘었구나, 아가씨. 그 나이에 석할연를 쓰는 사람은 별로 없어, 당주님도 자랑스럽겠네. ……왜 그러지?"

호쾌하게 웃으며 겐지가 다가왔지만, 사키가 납득하지 않은 것이 여실히 드러나는 표정을 지은 것을 보고 의아하여 고개를 갸웃했다.

그러나 무리도 아닐 것이다. 겐지의 뒤에는 사키보다 많은 수가 화염에 불타 단면을 드러내고 있으니까.

"선생님이 더 대단하잖아요. 중전 기술로 마무리 기술의 위력을 상회하다니, 웬만하면 불가능한 일이잖아요? ……그보다 선생님! 정화수, 있는 만큼 주세요!"

정화수란 신사의 맑은 물을 정제하여 장기를 정화하는 도구이다.

부적에 쓰이는 성수보다 깃든 영격은 낮지만, 싸고 편하게 쓸 수 있는 정화 도구로 인기 있다.

"그, 그래."

드물게 보이는 사키의 심각한 모습에 당황하며 허리에 묶은 죽통을 던져 건넸다.

"아가씨, 이건 왜? 무슨 일 있었나?"

받아 든 죽통을 들고 달려가려던 사키는 고개만 돌려 겐지의 물음에 대답했다.

"반장인 아이가 저를 감싸고 주인의 몸통 박치기를 맞았어요!"

겐지의 답을 기다리지 않고 현신 강림으로 신체 강화를 행사한 소녀의 몸은 중력의 저항을 느끼지 않는 가벼움으로 벼랑을 올라갔다.

벼랑을 끝까지 오른 뒤 더욱 가속한 사키의 얼굴에는 초조함밖에 없었다.

장기를 들이마신 자가 살아남을 확률은 장기를 정화하는 시간에 달렸기 때문이다.

사키가 방패반이 대기하는 장소로 돌아가자, 마침 장기를 휘감은 아키라가 일어나는 모습이 눈에 들어왔다.

"―너!"

"네?"

농밀한 장기가 있음에도 아키라가 평소처럼 대답했다.

"장기를 마셨잖아?! 일어나면 안 돼!"

종종걸음으로 다가간 사키가 아키라의 입에 억지로 정화수를 넣었다.

갑작스러운 행위에 사레가 든 아키라는 개의치 않고 정화수를 흘려보낸다.

"콜록. 가, 갑자기 무슨?!"

"―이걸로 내장의 부식은 막을 수 있을 테지만, 겉은 아직 안 돼. ……누구 정화수 가진 사람?"

"……있습니다. 그러나 반장은……."

"고마워!"

사키가 당황해하며 정화수를 건네는 반원의 말을 듣지 않고, 죽통에서 직접 정화수를 뿌리려고 한다.

"잠시 기다려 주십시오!"

아키라가 서둘러 제지하는 바람에 사키의 움직임이 직전에 멈췄다.

"……왜?"

"괜찮으니까 잠시 기다려 주세요."

저렇게 장기에 침식당했는데 뭐가 괜찮단 말인가. 그렇게 생각하던 사키는 깨달았다.

본래라면 문드러지고 무너질 터인 피부가 변화 하나 보이지 않는다.

애초에 이렇게까지 태연하게 대답이 가능한 것이 너무 이상하다.

말도 안 되는 것을 직시하고 아연실색한 사키의 눈앞에서 아키라가 마치 먼지를 털어 내는 듯한 몸짓으로 장기가 짙은 부분을 두드렸다.

손이 옷에 닿은 순간, 그 부분의 장기가 그대로 사라졌다.

자신의 상식을 완전히 벗어난 현실을 본 사키의 눈이 크게 뜨였다.

"······어?"

당황한 사키를 무시한 채, 무심히 움직이는 아키라의 손이 점점 장기를 없앴다.

"어? 어어?!"

정화한다는 표현이 옳겠지만, 긴장감 없는 손의 움직임이 장기를 없애는 모습은 감사함이든 뭐든 느낄 수 없다.

이윽고 몸에 휘감겨 있던 장기를 모두 털어 낸 아키라가 멍하니 보기만 하는 장식물이 된 사키를 향해 살짝 어깨를 으쓱했다.

"······조금 기합을 넣고 두드리면 장기를 정화할 수 있는 듯해서."

"······그럴 리가 없어."

실제로 가능한 것을 직접 보았으면서도 사키의 머리는 현실을 받아들이지 못했다.

할 말이 없어서 간신히 반론만 입에 담을 수 있었다.

그러나 이 점에 관해서는 현실은 차치하고 사키의 인식이 더 옳다.

장기는 언뜻 검붉은 안개처럼 보이지만, 그 실태는 물질이 아니라 정령력에 가깝다.

음양의, 특히 양기에 속한 생명이 지닌 영력을 침식하는 영원한 독이 장기라 불리는 존재다. 생명 그 자체에 들러붙은 독한 장기를 조금 기합을 담아 털어 내는 것만으로 없앨 수 있다면 아무도 고생하지 않는다.

"그보다 왜 장기의 영향을 받지 않아? 상처 하나 없잖아."

"영향은 있습니다. ……장기를 들이마셨을 때, 기절할 정도로는 아프니까요."

"응. **그 정도로 끝낼 수 있다면**, 영향은 없다는 말이잖아."

보통은 내장이 썩어 녹아내린다. 아픈 것으로 끝낼 수 있다면 확실히 영향이 없다고 해도 다를 바 없을 것이다.

"……그건 신기합니다만, 아무래도 저는 장기에 침식되기 어려운 체질인 모양이라."

"그런 사람, 처음 봤어. 하지만 실제로 눈앞에 있으니 인정할 수밖에 없나. 이해할게. 쓰러졌을 때, 아무도 너를 걱정하지 않았어. 모두 너의 체질을 알고 있구나."

"네. 퍼뜨릴 만한 일도 아니라 반원들 외에는 모릅니다만."

후우. 그제야 실감이 났는지 사키가 이마에 손을 대고 한숨을 한 번 쉬었다.

장기의 영향을 받지 않는 사람이 있다. 사키는 고개를 끄덕여 현실을 받아들인 뒤, 손에 들고 있던 남은 정화수를 아키라의 가슴팍에 밀어붙였다.

"일단 마셔 둬. 장기 영향을 받지 않는다고 해도, 반드시 괜찮은지는 모르잖아? 장기가 독인 건 사실이니 주의해서 나쁠 건 없지."

"……고맙습니다."

억지로 받은 죽통을 가볍게 흔들자 찰랑거리는 소리가 났다.

제법 가벼운 그것은 아키라가 받은 얼마 안 되는 순수한 선의다.

자신의 몸을 걱정하여 건넨 그것을 팔가라는 이유로 거절할 만큼 아키라의 감정은 냉담하지 않았다.

어느새 동쪽 하늘이 조금씩 하얗게 밝아오기 시작했다.

묘카쿠 산의 장기가 꽤 옅어졌다.

장기가 술렁거리는 것은 기본적으로 음기가 가득한 밤중이다.

아침이 오기 시작한 지금, 이 이상의 전투는 없을 것이다. 사키는 그렇게 판단했다.

죽통을 기울여 정화수를 마시는 아키라의 옆에서 사키는 음, 하고 한 번 크게 **기지개**를 켰다.

"오늘은 이걸로 끝이네, 수고했어."

"네. 아가씨도 수고하셨습니다."

딱딱하게 대답하는 아키라를 향해 사키는 어쩔 수 없다며 쓴웃음을 지었다.

근방에 서성거리는 아키라에게 힐끗 시선을 보냈다.

처음에는 평범하다고만 생각했던 그 옆얼굴은 아침 해의 희미한 빛이 비치는 가운데 귀인의 혈통이라고 해도 수긍할 만큼 유려하게 비쳤다.

조금 붙임성만 생기면 분명히 당대 스크린 스타도 될 수 있을 텐데. 그렇게 머리 한구석에서 아쉽게 생각했다.

사키는 그렇게까지 둔하지는 않다. 아키라의 격의를 알아차렸으면서도 그것을 지적하는 것에 망설임을 느꼈다.

수비대에 들어간 연병 거의 전원이 크든 작든 과거에 문제를 품고 있다.

그것은 어쩔 수 없는 일이기도 하고, 화족인 사키는 관용하게 받아들여야 하는 현실이라고 생각했다.

점점 밝아오는 나무들의 어둠 너머에서 지원인 듯한 사람의 기척이 느껴졌다.

그들에게 장소를 알리기 위해 사키는 오른손을 들고 크게 숨을 들이마셨다.


팁: 유파에 대하여.

타카마가하라에는 크게 나누어 다섯 개의 문벌 유파가 존재한다.

쿠호인류, 기오인류, 하리인류, 진로인류, 츠키노미야류 등 다섯 유파이다.

이것은 무엇이 강하고 약함의 차이가 아니라, 주의 신이 어느 속성을 지녔는가에 따라 변화한다.

예를 들어 슈몬슈의 신은 화행을 관장하므로 쿠호인류는 불 속성을 효율적으로 다룰 수 있게 구성되어 있다.

참고로 슈몬슈에서 태어나더라도 물 속성을 지니고 태어날 경우 수행을 다루는 데 특화된 기오인류를 배울 필요가 있다.

## 2화 타버린 재로 흩날리는 것은 용담 한 송이 4

—시간은 조금 거슬러 올라간다.

"반장인 아이가 저를 감싸고 주인의 몸통 박치기를 맞았어요!"

그 말을 남기고 사키는 벼랑을 달려 올라갔다.

남겨진 겐지는 잠시 멍하니 있었으나, 여러 가지 사후 처리를 내팽개치고 사라진 사키를 향해 신음하며 머리를 긁었다.

"니쿠라! 정화수를 있는 대로 모아 위에 있는 자들에게 가져가!"

"이쪽은 어떻게 하시겠습니까?"

"눈에 띄는 피해는 없어. 장기 농도도 평상시로 돌아왔으니 오늘 밤의 전투는 이제 끝났을 거다. 진지반은 안전 확보로 충분해."

이곳을 쭉 둘러본 뒤, 니쿠라는 별로 머뭇거리지 않고 고개를 끄덕였다.

"알겠습니다. 몇 명 데려가죠."

"그래, 서둘러 줘. —거기, 방심하지 마! 확실하게 끝장내!"

손을 하늘하늘 흔들고, 겐지는 진지반을 모으기 위해 대원들에게 걸어갔다.

니쿠라와 헤어지고 겐지는 걸어가며 지시를 내리면서 아까 전투를 돌이켜 보았다.

아키라가 반장이 된 이후 갑작스러운 산 사냥이었지만, 반원들 중 도망치려는 자는 없었다.

방패반에 이어 부담이 큰 진지반이었지만, 위사 후보 두 명의 지원은 큰 도움이 되어 어려움 없이 멧돼지 무리를 제압할 수 있었기 때문이다.

─앞으로 산 사냥의 지침을 세우는 데 큰 설득력이 생겼다.

예상하지 못한 수확에 자연히 미소가 지어졌다.

──기이이이이이이익!

"으아아아아앗!"

멧돼지 소리와 동시에 대원 몇 명이 허공을 날았다.

아직 여력이 남은 멧돼지가 최후의 저항을 위해 일어났다.

"음."

이 상황에서 도망치는 것은 오히려 위험하다.

경계를 맡겼던 겐지의 보조 부대를 불렀다.

**"피스톨 부대 앞으로."**

"네!"

몇 사람이 무릎을 세우고 피스톨을 들어 대원을 밀쳐 낸 멧돼지를 조준했다.

"─쏴라."

건조한 화약 소리가 나란히 울리더니, 멧돼지의 몸에 몇 개의
탄흔이 생겼다.
<sub>구멍</sub>

──기익!!

치명상은 입고 있던 모양이다. 새롭게 뚫린 그 상처 탓에 멧돼지의 몸이 그 자리에 우뚝 섰다.

그 틈을 놓치지 않고 떠밀렸던 대원이 일어나 허리 높이로 든 창으로 멧돼지를 찔렀다.

하나, 둘.

창이 박힌 멧돼지는 한계를 넘어 자연히 옆으로 쓰러졌다.

"피해 보고! 멧돼지와 가까웠던 녀석은 정화수를 마셔둬! —오시마, 잠깐 오겠나?"

큰일은 벌어지지 않았기에 힐문은 하지 않고 피스톨 부대의 책임자를 불렀다.

피스톨 부대를 이끌던 오시마는 겐지와 동년배인 장년 남성이다.

곤란한 듯 웃는 얼굴을 지으며 종종걸음으로 겐지에게 달려온 그 남자는 기간이 지나도 수비대에 남은 독특한 사람으로, 그 긴 경험을 살려 수비대의 총괄 역할을 자진해서 맡은 남자였다.

"……피스톨의 위력은 어때? 앞으로도 실전에서 쓸 수 있겠나?"

겐지가 목소리를 낮추고 물었다.

피스톨은 론다리아를 경유하여 전해진 세이하 대륙의 최신 병기다.

라이플보다 다루기가 쉽고, 이 정도 거리라면 위력의 감소도 신경 쓰이지 않는다.

대륙에서는 부정체와 맞설 주력 병기로 보급되고 있다는 외래 상인의 말씀씨에 넘어가 배치했는데 멧돼지 무리를 쏘아도 별로 좋은 성과를 느끼지 못했다.

이번 산 사냥에서 결과를 내지 못한다면 총대장 반다는 물론, 주위에서 따질 것도 예상된다.

즉시 화력을 강화할 수 있다면 우수하다고 말할 수 있겠지만…….

"무리의 돌진을 조금 막는 것은 성공했습니다. 그러나 부정한 짐승을 막으려면 다소 화력이 부족한 듯합니다."

"외래 상인의 광고 문구에 따르면 부정한 짐승 정도는 충분히 쓰러뜨릴 수 있다고 했는데."

"운용 방법이 다른 것인지, 무언가 방식이 다른지는 모르겠습니다. —대륙의 부정한 짐승이 약한 건 아니겠습니다만."

"그런가. ……일단 상인을 불러 볼까. 지도자를 고용하는 것도 염두에 둬야겠군."

또 지출이 늘어나는가. 겐지는 탄식하며 마음을 가다듬었다.

평지 전체로 퍼진 진지반 대원들을 부감하듯이 바라보았다.

대원들의 움직임에 문제는 없다. 그러나 관심 없는 듯 그 움직임을 바라보는 쿠가 료타는 조금 문제가 있다고 할 수 있다.

료타는 첫 공격에 무리를 둘로 나누고, 이어지는 일격으로 담당한 멧돼지를 재로 만들었다.

쿠가의 신동. 그 평판이 무색하지 않은 기량임은 인정하지 않을 수 없다. 그러나 무공을 세울 수 없는 소량의 부정한 짐승이라면 토벌하러 나아갈 기미조차 보이지 않는 것은 문제였다.

자신의 영지에서도 이런 자세라면 확실히 아무리 실력이 있더라도 가까운 인물까지 멀어질 것이다.

—그나저나 쿠가의 당주님이 지위는 같다고 해도 다른 가문에게 가족의 수치를 드러내고 부탁하다니, 그만큼 절박한 모양이다.

쿠가는 성급함과 초조함을 감추지 못하는 것 같았다. 겐지는 관심이 없어서 흘려들었던 화제를 떠올렸다.

—쿠호인의 차기 당주, 츠구호 님의 반려 선발에 쿠가의 이름이 올라갔던가.

코쿠텐슈의 기오인이 우게츠의 적자를 사위로 바란다고 들은 이후, 나이가 맞는 쿠가의 자식이 후보 필두로 올라갔다고 정세에 둔한 겐지도 소문으로 들은 적 있다.

기억이 확실하다면 츠구호 님은 방년 십이 세. 슬슬 반려 선발이 시작되어도 이상하지 않다.

그래, 초조할 만하다. 쿠가 료타의 실력은 차치하고, 저 성격으로는 틀림없이 선발에서 떨어진다. 그 전에 성격을 교정시켜두고 싶을 것이다.

—아가씨도 성가신 패를 뽑았군.

아버지와 닮았는지 부탁을 거절하지 못하는 성격인 사키는 가족 내에서도 종종 불리한 역을 맡곤 했다. 다른 가문이라고 해도 쿠가 당주가 직접 부탁한다면 거절하는 것도 힘들었을 것이다.

크큭. 사키의 곤란해하는 얼굴을 떠올린 겐지가 참지 못하고 의미심장한 미소를 지었다.

그러나 저 성격을 교정하기란 어려울 것이다.

—그럼 어떻게 할까.

쿠가 료타가 겐지의 지휘를 받는 것은 일주일이면 끝이다.

이 단기간에 사키의 부담을 줄이기 위해서는 혼자서 싸우는 것이 아니라고 직접 체험하게 하여 이해시킬 필요가 있다.

—가장 빠른 방법은 처절한 패배겠지만, 그것은 텐료 학교에서 실패했던가.

생각지도 못한 방향으로 바뀌었다고 사키가 한탄하던 것이 떠올랐다. 섣불리 간섭하여 괜히 반발할 가능성을 생각하며 겐지는 미간에 주름이 지도록 찡그렸다.

　—일단 어떤 식으로 져서 쿠가가 어떻게 되었는지 아가씨에게 자세한 내용을 들을까.

　그렇게 결론을 내리고 아침 해가 비치기 시작한 평지로 걸음을 옮겼다.

　몰이반과 합류한 아키라가 진지반이 친 천막<sup></sup>으로 돌아온 것은 해가 떠서 밤의 서늘함이 거짓말처럼 사라질 무렵이었다.

　천막이라고 해도 갑작스러운 비에 버틸 것만 전제로 한 간결한 것이었으나, 머리 위를 가리는 것의 유무는 의외일 만큼 아키라에게 안도감을 주었다.

　천막 안에는 책상이 하나, 겐지와 니쿠라가 마주 보고 있다.

　"실례하겠습니다. —아키라, 지금 돌아왔습니다."

　"그래, 수고했다. 먼저 피해 보고부터 들을까."

　"네. 몰이반, 희생 두 명. 방패반, 희생 없음. 진지반, 희생 없음. 이상입니다."

　"**손모**가 두 명, 입니까. 산 사냥을 강행한 결과, 위사의 협력은 필수지만 유군(遊軍) 조직의 필요성을 실감하게 하는군요."

　"그렇지? 다음 회합에서 보고할 생각이야."

　악의는 없을 것이다. 그러나 니쿠라가 반원들을 물자로 평가했을 때, 아키라는 무심코 주먹을 강하게 쥐었다.

그러나 불평불만이 입 밖으로 나오는 일은 없었다. 겐지와 니쿠라는 수비대 전체로 본다면 기대 이상일 만큼 양심적인 수비병이다.

—게다가 병대의 수로 손득 계산을 하는 것은 수비대라면 당연하다. 이 정도로 불만을 말한다면 다른 수비대 대원에게 비난받을 것이다.

아키라는 그렇게 자신을 설득하고 자세를 바르게 하며 두 사람의 대화가 끝나기를 기다렸다.

"—그러고 보니 아키라."

"네."

"아가씨를 감싸고 주인의 몸통 박치기를 맞았다며. 잘했다."

"……감사합니다."

잠시 뒤 고개를 든 겐지의 칭찬에 칭찬받을 줄 몰랐던 아키라는 한 박자 늦게 머리를 숙였다.

"그래서 **어땠지?**"

숙인 머리 위에서 더욱 의미심장한 물음이 날아와 시선을 들자, 겐지의 히죽거리는 얼굴이 보였다.

어땠냐니? 갑작스러운 물음에 아키라의 머릿속에 물음표로 가득해졌지만, 금방 대답이 떠올랐다.

아키라가 아소기 겐지 이외의, 그것도 팔가의 위사와 일하는 것은 이것이 처음이다.

겐지는 그 감상을 묻는 듯하다.

"……팔가의 분이 쓰는 정령 기술을 처음 보았습니다. 실례지만, 아소기 대장님의 정령 기술과는 위력의 근본부터 다른 듯합니다."

그렇겠지. 자신을 낮게 평가했음에도 불구하고 겐지는 만족스럽게 고개를 끄덕였다.

상위 정령의 기준은 오전(奧伝)이라 불리는 정령 기술을 행사할 수 있는 단계에 도달한 것뿐이다.

상위 정령이라고 묶어서 표현하더라도 거기에 내포된 정령력의 폭은 크게 차이가 났다.

신기를 행사하기에 이른 신령이 큰 분류로는 상위 정령에 속하는 것으로 보아도 그 어중간함을 알 수 있다.

"맞아. 수비병이 되려면 중위 정령이 깃든 것이 **최소 조건**이지만. 팔가에 깃든 상위 정령은 같은 영역에 서 있는 것조차 황송할 만큼 열량의 차이가 존재해. ―기억해 둬라, 아키라. **저것**이 팔가다."

"……네."

"자, 그럼."

이야기가 일단락된 것을 보고 겐지가 양 손바닥을 짝 마주친 다음 손가락을 교차시켜 잡았다. 과감한 성격으로 알려진 남자가 드물게 조심스러운 말투로 말을 허공에 띄웠다.

"그래서 말이다. 출동 전에 말한『이야기』건인데."

"네."

"아키라, 신학교에 진학할 생각은 없냐?"

"……네?"

그 말의 뜻을 순간 이해하지 못했다.

신학교는 주로 신도나 음양도를 배우는 중고등 통합 학교다. 당연히 깃든 정령은 중위 정령 이상이 요구되기 때문에 필연적으로 그

학교에 진학하는 것은 화족이라고 정해져 있다.

음양술을 배우고 싶은 아키라가 바라는 진로이기는 하지만, 주로 신원 보증 면에서 포기하고 있던 길이기도 하다.

"그, 그러나 제 신원은 어떻게 하죠?"

"확실히 진학하려면 화족의 후견인이 필요해. 하지만 아가씨를 구한 공적을 무시할 수는 없어. 내가 후견인이 되어 주마. ……잘되었구나. 신학교 학생이라면 수비병이 될 길이 열리니까."

"아……."

인정받았다. 뜻밖의 말에 아키라의 눈가에 저절로 눈물이 고였다.

"감사합니다—!!"

"다만 조건이 있어."

머리를 숙이는 아키라에게 겐지가 말을 이었다.

"너도 아는 대로, 수비대는 만성적인 부적 부족에 시달리고 있어. 네가 회기부를 작성할 수 있어서 그것만은 문제없이 돌아가고 있지만, 애초에 8번대에서는 별로 소비하지 않는 부적이기도 해. 너를 고등 신학교에 추천하는 건 새로운 부적 수급을 기대하기 때문이야."

"맞아요. 졸업 때까지 격부를 최소한 두 종류, 저희에게 제공하는 것이 최소 조건이라고 생각하여 주십시오."

"……알겠습니다. 문제없습니다. 고등 신학교로 진학하기를 희망합니다."

이 이상 없을 천재일우의 기회, 너무나 매력적인 제안에 아키라는 바로 수락했다.

부족한 것은 없는지 말을 찾느라 시선을 이리저리 옮기는 니쿠라의 옆에서 겐지가 말을 이었다.

"아키라. 너, 고향을 떠날 때, 씨자 빼기는 했나?"

고향에서 『씨자첩기』를 받아 씨자를 받아들인 자는 평생 그 토지에 소속된 것으로 여겨진다. 고향의 씨자로부터 말 그대로 『빠져서』, 이 제한을 없애는 것을 씨자 빼기라고 한다.

"……네. 고향에 씨자는 존재하지 않습니다."

거짓말은 아니다. 씨자로 인정받지 못한 아키라는 애초에 씨자 등록조차 하지 않았다.

아키라는 정령이 깃들지 않았다는 자신의 문제를 말할 수는 없기에 불리한 사실을 입에 담지 않고 겐지의 물음을 적당히 넘겼다.

"그런가. 그럼, 나중에 후견인으로 소개장을 써 주마. 어서 『씨자첩기』를 받아 둬."

—그리고 아무렇지 않게 말한 내용에 이번에야말로 경직되었다.


**팁: 신학교에 대하여.**

중고등 통합 운영하는 신도와 음양도 지식을 배우는 학교.

주로 가문을 이을 수 없는 차남 이하가 부적사 조합을 상대로 부적을 팔 수 있게 하여 먹고살 돈을 벌기 위한 지식을 배우는 곳이다.

화족은 될 수 없지만, 화족에 대한 콤플렉스는 남보다 강한 자들이 모였기에 학교 내에서는 단순하게 표현하기 힘든 권력 구조가 발전했다고 한다.

## 2화  타버린 재로 흩날리는 것은 용담 한 송이 5

"그런가. 그럼, 나중에 후견인으로 소개장을 써 주마. 어서 『씨자첩기』를 받아 둬."

"……네?"

아무렇지 않은 어조로 나온 말. 그러나 그 내용은 아키라에게 간과할 수 없는 것이었다.

눈물로 얼룩진 시야, 깨질 듯한 마음의 고통. 아무것도 쓰여 있지 않은 새하얀 제비의 기억에 마음을 덮은 상흔이 조금 울었다.

"어, 어째서 『씨자첩기』를 받아야 하는 거죠?"

아키라는 동요하여 무심코 어조가 조금 떨렸다.

"그야…… 필요하니까 그런데?"

설명이 부족한 겐지 대신 니쿠라가 입을 열어 『씨자첩기』가 필요한 이유를 설명해 주었다.

"대장님, 어쩔 수 없잖아요. 본래 그렇게 필요한 사항도 아니니까요. ―아키라 군은 혼석(魂石)을 알고 있나요?"

"……아니요, 견문이 적어 모릅니다."

"아이에게 깃든 정령을 확인하는 혼염(魂染)이라는 의식 때, 혼석이라 불리는 돌에 아이의 혼백의 빛을 복제하거든요."

"……왜 그런 일을?"

"혼석의 빛 유무로 그자의 생사를 관리하기 위해서입니다. 사람이 죽으면 혼석의 빛이 사라져요."

"그럼, 혼석을 부수면 그 사람도 죽는 건가요?"

그 정보에 아키라의 안색이 창백해졌다. 그렇다면 우게츠 일족은 자신이 아직 살아있는 걸 파악하고 있을 것이다. 자신의 생존에 조급해진 아버지, 우게츠 텐잔이라면 혼석에 손을 대더라도 이상하지 않다.

"글쎄, 그건 모릅니다만. 인별성은 어떤 이유가 있더라도 타인이 혼석에 간섭하는 것을 허락하지 않아요. 뭐, 애초에 부술 수 없다고 들었지만."

"부술 수 없다고요?"

"듣기로는 혼염의 영향 아래에 있는 혼석은 인간의 손으로 부수지 못한다고 들었습니다."

후우. 아키라는 두 사람에게 들키지 않도록 안도의 한숨을 내쉬었다.

찰나의 안심은 손에 넣었지만, 문제가 해결된 것은 아니다.

"……그 혼석이 어떻게 연관된 건가요?"

"아키라 군의 혼석은 아직 고향의 인별성에 보관되어 있을 겁니다. 이것을 카렌의 인별성으로 이동시키기 위해서는 씨자 이동이라는 증명이 필요해요."

꾹. 아키라가 주먹을 쥐었다. 확실히 그거라면 『씨자첩기』가 필요한 것도 이해가 간다.

"아, 알겠습니다. 그런데 씨자로 인정받지 못하면 어떻게 될까요?"

"아아. 씨자 빼기한 아이는 반드시 그 걱정을 하더라. ―하지만 안심해라. 토지의 상성으로 받아들여지지 않았다는 말은 들은 적이 있지만, 그렇게 되면 다른 신사에서 다시 받으면 되니까."

"그……그렇습니까. 안심했습니다."

아키라의 걱정을 착각한 겐지가 안심시키려는 듯 그렇게 말했다.

"뭐, 씨자 이동은 별로 일어나지 않으니까 모르는 것도 당연한가. ─뭐야. 아직도 걱정되나?"

"……네. 주눅이 든다고 해야 할까, 저기……."

"하하. 뭐, 자주 듣는 말이기는 해. 이왕 말을 꺼냈으니 말이다. 그렇게 걱정되면 신사도 소개해 주마. 그래…… 1구에 있는 치노와 신사로 가 봐."

"치노와 신사, 라고요?"

"주도에서도 역사가 긴 신사 중 하나야. 이곳의 토지신님은 격식도 높지만, 관대하기로도 유명하니 씨자를 받아들이지 않는 것은 상상도 되지 않아."

"카렌의 다섯 신사 중 하나입니까. 대장님이 그곳에 연줄이 있는 줄 몰랐네요."

"다섯 신사요?"

익숙하지 않은 명칭에 고개를 갸웃하는 아키라에게 니쿠라가 이어서 설명했다.

"치노와, 쇼로, 히모로기, 미츠토리이, 쿠가타치. 카렌과 비슷하게 긴 역사를 자랑하는 다섯 개의 신사를 가리켜 카렌의 다섯 신사라고 합니다. 그런 역사를 지니고 있어서 이곳의 씨자는 다른 씨자의 선망의 대상이에요."

"어느 신사에서 씨자가 되었는지는 네 생각보다 사회에서 중요시되는 요소 중 하나야. 특히 치노와 신사는 쿠호인의 본가가 있는 오토리 산에 가까우니까 다섯 신사 중에서도 각별한 취급을 받거든. 이곳에서 받아 준다면 의지할 곳이 없는 신학교에서도 다소 도움이 될 거다."

겐지의 배려는 기쁘지만, 아키라의 문제는 그것이 아니다.

정령이 없다는 사실에서 기인한 문제가 아키라가 지닌 걱정의 근원이다.

그리고 『씨자첨기』의 **결과는 확정되어 있다.**

씨자가 되지 못한 자의 취급이 어떤 것인지 아키라는 우게츠의 저택에서 뼈저리게 이해했다.

—그래도 이제 받지 않을 수 없다.

여기까지 해 주었는데 받지 않는다면 겐지의 체면<sup>얼굴</sup>에 먹칠을 하게 될 것이다.

"……알겠습니다. 내일 치노와 신사에 가겠습니다."

"그래, 그렇게 해. 인별성<sup>관청</sup>에 신청도 해야 하니 이런 건 서두르는 편이 좋아. —일요일까지 휴가를 줄 테니 필요한 서류 등을 확인해 둬."

"네."

고향인 츠즈라에서는 씨자가 되지 못했더라도 슈몬슈에서는 다른 결과가 나올지도 모른다.

일말의 희망을 걸고 아키라는 그렇게 고개를 끄덕였다.

"앗, 얘. 몸은 괜찮아?"

산 사냥 때 생긴 몇 가지 과제에 대하여 회의를 마치고 천막[텐트]에서 나가자, 그 모습을 발견한 사키가 그때까지 쿠가 료타와 나누던 대화를 억지로 끝내고 아키라에게 말을 걸었다.

가까이 가자 사키의 뒤에서 아키라를 노려보는 료타의 시선이 살기가 섞인 엄청난 것으로 바뀌었는데 그러지 말았으면 좋겠다.

일부러 료타를 시야에서 벗어나게 하고, 아키라는 사키에게 머리를 숙였다.

"챙겨 주셔서 감사드립니다, 사키 아가씨. 덕분에 목숨을 구했습니다."

"신경 쓰지 않아도 돼. ……너라면 그냥 놔두었어도 괜찮았을 테고."

조금 목소리를 낮춘 것은 아키라에 대한 배려겠지만, 경계심 없이 얼굴을 가까이 하지 말았으면 좋겠다.

옆에서 보면 사이좋게 비밀스러운 이야기를 정답게 나누는 듯 보이는지, 쿠가 료타가 날카로운 살의를 드러내는 것이 느껴졌다.

"……그것만이 아니라 인별성에 등록하는 것도요, 아가씨 덕분에 조기 등록이 허락되었습니다."

"나도 도움을 받았으니, 선물이 되면 좋겠네. ―당당하게 가슴 펴. 네 행동에 대한 정당한 보수니까."

"―흥. 뭐야, 사키. 주인이라고 해도 멧돼지 따위에 밀렸단 말이야?"

무엇이 그리 초조한지 료타가 억지로 대화에 끼어들었다.

"……그래. 그 덕분에 살았어."

사키는 순간 불편한 듯 인상을 찡그렸으나, 바로 그런 느낌을 없애고 료타에게 대답했다.

료타는 아키라에 대한 사키의 칭찬에 불쾌한 듯 표정을 일그러뜨렸으나, 곧 아키라에게 시선을 보냈다.

"외부인이 나대지 마. 코쿠텐슈의 녀석이 경계를 넘어서 떠돌면 좋은 일이 없거든."

묘한 위협에 압박당하여 한 걸음, 뒤로 물러났다.

그러나 아키라는 작은 반항심이 일어 다리에 힘을 꾹 주고 그 자리에 머물렀다.

"……죄송합니다. 섣부른 짓을 하였습니다."

"섣부르지 않으니 안심해. ―게다가 이제 곧 외부인도 아니게 되잖아. 아소기 선생님이 후견인이 되어 준다고 하니까."

"흥. 그 아저씨가 후견인이라고 해서 어쨌다는 거야. ―기억해 둬, 씨자가 되든 인별성에 등록하든 네놈은 평생 외부인이야. 대대로 내려온 슈몬슈 출신이 아닌 것은 마음에 새겨 둬."

하고 싶은 말만 위압적으로 내뱉고 료타는 몸을 돌려 떠났다.

말도 나오지 않아 멍하니 서 있는 아키라에게 마찬가지로 당황한 얼굴인 사키가 고개를 갸웃했다.

"미안해. 쿠가는 저기, 평소에는 나름대로 붙임성이 있거든. 산 사냥으로 조금 신경이 날카로워진 모양이야."

"그렇습니까. 쿠가 님의 기분을 상하게 해 버려서 죄송합니다."

첫인상이 그랬던 만큼 료타가 붙임성 있게 구는 모습이 상상되지 않아 아키라는 애매하게 넘겼다.

―게다가 **그것**은 신경이 날카롭다기보다 영역에 발을 들인 수컷을 위협하는 번견 같은…….

"……아아."

납득한 아키라가 무심코 소리 내어 말했다.

아키라는 별로 관심이 없지만, 수비대 내에서도 그런 연애 이야기가 자주 나오기에 아무것도 모르는 것은 아니다.

슬쩍 본 사키의 시선에는 당혹스러움 이외의 감정이 보이지 않았다.

"……저기. 실례지만 두 분은 짝이 된 지 오래되셨습니까?"

"나와 쿠가가? 아니. 가문의 격이 같으니까 자주 마주치긴 했지만, 얽히는 건 좀 불편해. ……아, 이건 비밀로 해 줘."

─안타깝다는 말밖에 할 말이 없지만, 이래서는 가망이 없을 것이다.

아무래도 료타 혼자만 진지한 모양이다.

그러나 상류 계급의 연애는 실제로 순수한 연애로는 성립되지 않는 것을, 일찍이 팔가였기에 기오인과 혼약 관계를 맺었던 아키라는 알고 있었다.

당주끼리 합의하기만 하면, 아직 료타에게도 승산은 남아 있을 것이다.

모쪼록 그렇게 되기를 기도해 주마. 마음에 여유가 생기면 이쪽을 대하는 태도도 조금은 둥글어질 테니까─.

점점 더워지는 초여름 날씨가 묘카쿠 산의 공기를 뒤바꾸는 가운데, 남몰래 한숨을 쉰 아키라는 질릴 만큼 파란 하늘을 올려다보았다.

◇

　이른 아침도 지날 무렵, 공동 주택의 주민들에게 할머니라고 불리는 하루는 말린 무와 가지, 오이를 공동 주택 앞에 늘어놓고 자리를 잡았다.

　하루는 시야가 닫힌 지 오래되었기 때문인지 그 외의 감각은 꽤 민감하다.

　논에 바람이 지나가는 소리에 섞인 발소리로 아키라가 불침번을 마치고 돌아온 것을 알아차렸다.

　"……할머니, 다녀왔어."

　"어서 오너라, 아키라. ……무슨 일이 있었느냐?"

　최근에는 못 들었던 답답한 듯한 어조에 하루는 속으로 고개를 갸웃했다.

　이렇게까지 생각의 바닥에 가라앉은 아키라를 보는 것은 언제 이후일까.

　"할머니, 잠깐 시간 돼?"

　"괜찮다."

　아키라가 갑자기 부탁했지만, 하루는 망설임 없이 승낙했다.

　입 밖으로 낼 말을 찾는지 잠시 조용한 시간이 흘렀고, 그런 뒤에 아키라가 무거운 입을 열었다.

　"……인별성에 조기 등록을 제안받았어."

　"……오호라. 잘된 일 아니냐."

　어떤 나쁜 이야기가 나올지 긴장했더니 예상을 훨씬 뛰어넘는 좋은 소식에 하루는 허탈함을 느꼈다.

아키라는 수비대에서 열여섯 살까지 보내야 하는데 그것을 앞당겨 인별성에 등록하려면 정신이 아득해질 만큼의 거금과 유력자 후견인이 필요할 터였다.

사유 재산의 보유를 인정받지 못한 데다 아무 연줄도 없는 아키라가 준비할 수 있는 것이 아니다.

그렇다면 누군가 후견인이 되었다고 보아야 한다.

"후견인은 누구니?"

"수비대의 아소기 대장님이 후견인이 되어 주겠다고 했어."

그렇다면 문제는 없을 것이다. 아소기 겐지는 슈몬슈의 위사로서 이름을 날린 뛰어난 무사이며, 평민으로부터 인기도 높은 인정파다.

그것을 너무 신뢰하는 것은 위험하지만, 연병 한 사람을 속이는데 함정을 팔 만한 인물로도 보이지 않는다.

"누가 보아도 좋은 이야기 아니냐. 뭘 고민하는 게냐?"

"고민하는 건 아니야. ……인별성에 등록하려면 『씨자첨기』가 필요하다고 하니까."

"……아아. 그것 때문이구나."

고향에서 『씨자첨기』에 인정받지 못하고 씨자가 되지 못했다는 게 아키라가 추방된 이유라고 들은 적이 있었다.

이번 『씨자첨기』로도 받아들여지지 않을 가능성이 무서운 모양이다.

깃든 정령과 토지신의 상성이 나빠서, 씨자로 인정받지 못하는 것은 매우 드물지만 존재한다.

웬만큼 격식에 차이가 나지 않는 한, 토지신과의 상성이 나쁜 것

자체가 별로 일어나지 않는 데다 다른 신사에 갔더니 어려움 없이 씨자가 되는 등의 이야기는 자주 듣기에 그 정도로 큰 문제는 일어날 일도 없다.

그래도 추방당한 사실은 『씨자첩기』에 대한 두려움을 남겼을 것이다.

"무서우냐?"

"무섭냐고? ……응. 무서워. 무엇보다 씨자가 되지 못했을 때 주변의 눈이 너무 무서워."

그것은 아키라의 본심이었다.

아키라는 기대받지 못하는 아이였다. 없는 존재였다. 우게츠 저택 구석에서 숨을 죽이고 기어 다니며 살았다.

그러지 않으면 숨을 쉬는 것조차 용서받지 못하는 삶이었다.

―그러나 카렌에서는 다르다.

사정도 묻지 않고 받아 준 사람이 있다. 처지가 비슷한 수비대 동료가 있다. 부적을 팔아 대가를 지불하는 **대등한** 상대가 있다.

그 모두는 아키라가 이 사회에 포함되어 있다는 실감과 안심을 주었다.

그 모두가 무너질 가능성이 아키라는 두려운 것이다.

하루는 품을 뒤적여 여성용 담뱃대를 꺼냈다.

성냥으로 담배통에 직접 불을 붙이고, 뻐끔 한 번 들이마신다.

채소를 판매하는 사람에게 댓진 냄새는 안 좋겠지만, 몹시 피우고 싶어졌다.

"……론다리아의 말에 『행운의 여신은 속눈썹 위에 깃든다』는 말이 있다고 하더구나."

강한 열기가 공동 주택 앞길을 가차 없이 덮쳤으나, 그늘이 진 이 장소는 버티지 못할 정도는 아니다.

"행운의 신은 그런 불안정한 곳에만 있으니까 금방 굴러떨어진다고."

"……."

하루가 다 피운 담뱃재를 바닥에 떨어뜨리고 짚신 바닥으로 밟아 껐다.

"주저하면 안 돼, 아키라."

결국 아키라가 원한 것은 등을 밀어줄 손이었을 것이다.

강하든, 약하든, 다정하든, 엄하든.

"지금 그야말로 너의 속눈썹에 행운의 신이 내려와 춤을 추고 있어. 없어지기 전에 미소라도 받아야지."

한 걸음 내딛기 위한 힘을 원할 뿐이다.

짧은지 긴지도 모를 조용한 시간이 흘렀다. 하루의 어둠에 갇힌 시야에는 아키라가 어떤 표정으로 서 있는지도 모르겠다.

"……오이, 줘."

어떻게 결론이 났는지는 묻지 않아도 알았다. 그저, 목소리가 다소 밝아진 것만은 하루도 이해할 수 있다.

하루가 소쿠리에 담은 다섯 개 중, 싱싱하고 탱탱한 잘 익은 것을 하나 잡았다.

"10리야."

손바닥 위에 1리 동전이 열 개 떨어졌다.

"잠깐 기다려라."

하루가 손에 든 오이를 가져가려는 아키라를 제지하고, 작은 항아리에 든 보리 된장을 꺼냈다.

"여기서 먹고 갈 거지? 덤이야."

"고마워, 할머니."

짧은 인사를 한 뒤, 아키라가 오독오독 소리를 내며 오이를 씹는 소리가 들렸다.

"……어떻게 할지, 정했느냐?"

그것은 상담한 내용일까, 오늘 일일까, 앞으로의 일일까.

하루는 일부러 아키라에게 애매하게 물었다.

"……오늘, 지금부터 『씨자첨기』를 받으러 갈게. ……행운의 신이 있는 동안 서둘러 미소를 받으러."

"다녀오너라."

불침번이 끝난 오늘 가는 것은 아무래도 너무 성급한 느낌이지만, 모처럼 의욕을 내는데 찬물을 끼얹을 생각이 없는 하루는 고개를 끄덕이고 등을 밀었다.

사실 『씨자첨기』에는 그리 시간이 걸리지 않는다.

—결과가 어떻든 일찍 『씨자첨기』를 받을 수 있는 것은 나쁜 선택이 아닐지도 모른다.

집으로 돌아가지 않고 소개받은 신사를 향해 걸어가는 아키라를 배웅했다.

……하루는 다시 한번 여성용 담뱃대에 불을 붙이고 한 번 뻐끔, 담배 연기를 마셨다.

팁: 씨자첨기에 대하여.

『평범한』 인간과 토지신 사이에서 이루어지는 일종의 계약.

이것을 맺으면 그 토지신의 영역에 있는 한, 어느 정도 우선적으로 은총이 내려지게 된다.

다만 그 토지에 계속 있을 필요가 있기 때문에 그 토지에 얽매여 살지 않을 수 없게 된다.

부여되는 결과는 씨자, 수비병, 신사(神使), 무녀, 위사 다섯 가지이다.

각자 자신에게 깃든 정령의 위계에 따라 결과가 달라진다.

# 3화 씻어 내라 나의 과거를, 정화하라 나의 업을 1

모든 보고를 마치고 피곤함에 지친 사키가 카렌에 있는 린도의 별저로 귀가한 것은 아침이라고 하기에는 다소 늦은 시간이었다.

부정한 짐승의 장기에 노출된 사키의 제복은 곳곳이 불타서 찢어지고, 끊어진 곳이 있었다.

남자들은 우물물로 몸을 닦으면 되겠지만, 숙녀인 사키는 그럴 수도 없고 옷을 갈아입을 수도 없었다.

이 모습으로 정문을 통해 귀가하는 것도 문제일 것 같아서 뒤에 있는 통용문으로 살금살금 안으로 들어갔다.

사키는 뒤뜰에 심어진 금목서 사이를 지나 부엌문을 통해 저택 안으로 조용히 향했다.

자신의 영지인 나제령만큼은 아니지만, 익숙한 자택에 도달한 것으로 단숨에 긴장이 풀어졌다.

"아~ 후아~암."

기지개를 쭉 켜자, 묘한 충족감과 졸음이 단숨에 사키를 덮쳤다.

"어머, 아가씨! 경망스러우세요!!"

"허업?!"

갑자기 옆에서 질타가 날아와 하품이 목구멍으로 넘어갔다.

목소리가 난 쪽을 보자, 툇마루로 이어지는 문에서 중년 여성이 우뚝 서서 노려보고 있다.

가까운 시종 중 한 명인 시바타 세츠코였다.

"아, 아하하…… 세츠코 씨, 지금 돌아왔어요."

경망스러운 행동임은 자각하고 있었기에 어색하게 자세를 바르게 했다.

세츠코는 어이가 없는 듯 한숨을 한 번 쉬었다. 그것으로 분위기가 바뀐다.

"네, 어서 오십시오. 식사 드시겠습니까?"

"응. 뭐가 있어?"

불침번을 서는 동안에는 먹을 시간이 없었기에 먹을 것이 있는 것만으로도 감사하다.

사키는 뒤늦게 공복감을 느끼고 세츠코에게 식사를 요청했다.

"아침 식사 후 남은 것이어도 되겠습니까? 그 전에 물로 몸을 닦으세요. ―그리고 주인님께서 어젯밤부터 이쪽에 와 계십니다."

"아버님이?"

놀랐다. 린도 가문의 당주인 린도 코자부로는 다소 외출을 싫어하는 성격으로 알려져 있다.

현재 대외적인 교섭 일은 장남인 린도 유노스케에게 모두 맡기고 있으므로, 영지에서 떨어진 카렌까지 나오다니 사키에게는 정말 뜻밖의 일이라고 할 수 있다.

"반년에 한 번 쿠호인을 방문하기 위해 일주일은 이쪽에 머무신다고."

"……아아. 벌써 그런 시기인가."

"몸을 닦으면 주인님께 인사하고 오세요. ……식사는 그 뒤에 하시고요."

사키는 몸을 깨끗하게 하면 그대로 잠들 것만 같은 피로감이 느껴졌지만 어쩔 수 없으니 졸음을 어떻게든 참자고 각오했다.

"—사키."

"아버님?!"

중정을 보며 툇마루를 따라 복도를 걷고 있는데 거실 쪽에서 사키를 부르는 소리가 났다.

거실 상석에 앉은 코자부로의 모습이 시야에 들어와 얼른 머리를 숙였다.

"죄송합니다. —안쪽 서재에 계신다고 생각하여. 바로 옷을 갈아입고 오겠습니다, 인사는 그 후에……."

"상관없다. 불침번을 선 뒤겠지. 옷을 갈아입으면 마음이 풀어져 사고의 정밀도가 떨어져. 지금 당장 보고를 들으마."

"……네. 실례하겠습니다."

졸음에 지던 참이기에 사키는 아버지의 제안이 고마웠다.

거실에 무릎걸음으로 나아가 코자부로의 맞은편에 정좌했다.

"대략적인 보고는 들었다. 산 사냥에 갔던 모양이구나. 자세한 경위를 듣고 싶다. 처음부터 말하거라."

고개를 끄덕이고 사키는 묘카쿠 산에 도착한 뒤의 행동을 자세히 설명했다.

멧돼지가 주인이 되어 연병과 협력하여 이것을 격퇴한다…….

설명이 이어지자 코자부로의 표정이 의아한 것에서 강하게 의심하는 것으로 변하였다.

"……기다려라, 사키. 조금 이야기를 부풀린 것 아니냐?"

"부풀렸다고요? 아니요, 모두 솔직하게 말씀드렸습니다만."

"그런 것 치고는 이해할 수 없는 내용이다만……. 먼저 일개 연병이 주인의 다릿심에 이겼단 말이냐?"

"……이겼다고 해도 주인은 『비습』을 거슬러 달려갔고요."

"백번 양보해서 그 점은 넘어가도록 하마. 그런데 그자는 주인의 몸통 박치기를 정면으로 맞고도 버텼다는 것이 된다만?"

"……완전히 버틴 것은 아닙니다. 방패가 순식간에 망가졌고, 장기에 노출되어 쓰러졌으니까요."

"사키, 장기에 노출되면 그것은 당연한 결과다. 하지만 몸통 박치기란 부딪힌 순간 가장 위력을 발휘하는 법이다. 그것을 살아서 넘겼다는 것은 몸통 박치기를 버텨 낸 것과 똑같이 보아야 해."

"아……."

그 뒤에 벌어진 비상식적인 광경에 정신을 빼앗기는 바람에 다른 **평범한** 비상식적인 일을 놓치고 말았다.

"그다음엔 수계부를 이용해 주인을 얼음에 가두었다고."

"앗, 네."

"그것도 이상해. 애초에 본래 계부의 용도와는 전혀 다른 사용법이고, 그 정도로 효과를 낼 거라고는 생각할 수 없다."

"하, 하지만 실제로 효과가 나왔습니다. ―아버님, 저는 거짓말을 늘어놓은 것이 아닙니다."

"네가 이런 쓸데없는 일로 거짓을 말할 것이라고는 생각하지 않는다. 그러나 계부의 정식 사용 목적은 항구 결계의 보조다. 부정한 짐승을 봉인하는 방어 결계를 치기 위해 쓰다니, 낭비한 정도가 아니라 너무 과도한 사용법이야."

별로 의식하지 않았으나, 사키의 머릿속에 아키라의 행동이 희미하게 떠올랐다.

—그렇다, 장기의 영향을 받지 않는 체질, 아버님에게 짐작 가는 곳이 있는지 물어볼까?

문득 그런 생각이 떠올랐다. 그러나—.

"왜 그러느냐?"

"……아니요, 아무것도 아닙니다."

결국 그 사실을 코자부로에게 알리는 일 없이 사키는 애매하게 말을 얼버무렸다.

당사자는 아무렇지도 않게 생각하는 듯했으나, 아무래도 아키라의 체질을 겉으로 드러내서는 안 된다고 제육감이 속삭였기 때문이다.

장기에 영향을 받지 않는다니 들어 본 적도 없다.

그런 무모한 짓을 하고 무사할 수 있다니, 그야말로 인간이 되다만 부정체를 연상케 하지 않는가.

"뭐, 그 연병의 일은 뒤로 미뤄도 되겠지. —본론으로 들어갈까. 사키, 쿠가의 아드님 건이다."

역시 그건가.

아버님이 듣고 싶은 것은 쿠가의 일일 것이라고 예상하기는 했다.

쿠가와 린도, 그 당주들이 떠맡은 중요한 과제는 쿠호인 차기 당주, 츠구호의 반려 선발이다.

팔가는 화족으로서 순수하게 인간이 이를 수 있는 거의 최고위에 해당하지만, 이 팔가 중에서도 엄연한 서열이 존재한다. 서열의 판단 기준은 애매하지만, 가장 큰 이유 중 하나가 역사다.

화족, 귀인으로 일컬어지는 배경은 역사가 지닌 무게이기 때문이다.

따라서 가장 오래된 역사를 자랑하는 우게츠가 흔들림 없이 서열 1위라 내세우는 것이다.

그러나 슈몬슈에 속한 쿠가와 린도 두 가문은 다른 곳과 비교하여 비교적 역사가 짧아서 발언력이 약하다.

팔가 내부에서의 발언력을 보강할 수단으로 쿠가는 쿠호인과의 혼약을 노리고 있다.

"역시 쿠가의 아드님의 태도는 고쳐지지 않았나."

사키의 표정으로 대략적인 상황을 깨닫고 코자부로가 그렇게 중얼거렸다.

"선생님은 실전에서 따끔한 실패를 맛보게 하는 것이 가장 빠른 길이라고 말했습니다."

"흠……. 뭐, 훈련도 포함하여 내일까지 무언가 생각해 볼까."

코자부로가 팔짱을 끼고 생각에 잠기기 시작했다. 이렇게 되면 오랜 시간 움직이지 않게 된다.

사키는 짧게 인사를 남기고 그 자리를 떠났다.

사키가 복도로 나서자 들창으로 들어오는 희미한 햇빛에 몇 번인가 눈을 깜박였다.

머릿속에 떠오른 것은 아키라가 멧돼지와 맞서는 뒷모습이었다.

부정한 짐승에게 다릿심으로 이기고, 강대한 체구의 돌진을 막아낸다.

―수비병이라면 가능할 것이다.

『현신 강림』에 의한 신체 강화의 은혜만 있다면, 쿠가 료타는 물론 위사라면 어려움 없이 가능한 일이다.

─어째서 의아하게 여기지 않았을까.

『현신 강림』을 사용할 수 없을 터인 아키라가 주인이 지닌 폭력을 견뎌 냈다는 것은 아무리 생각해도 이상하다.

꿈뻑. 사고가 수마에 삼켜지려고 한다.

─아아. 이상하다고 하니 하나가 더 있다.

기분 좋게 진창 바닥으로 가라앉기 전에 기억의 한 조각이 표층으로 떠올랐다.

멧돼지에게 짓밟힐 뻔한 아키라로부터 **정령 빛이 뿜어져 나오지 않았던가?**

잘못 보았을지도 모른다. 그러나 그 순간 시야에 들어온 빛.

─**칠흑 같은 빛**을 머금은 정령 빛이 아키라를 수호하듯이 그의 몸을 떠다닌 듯한……

─그것은, 그 빛은…….

그 생각을 끝으로 사키는 결국 잠이 들었다.

주도 카렌의 북부 쿠호인의 성이 있는 오토리 산의 들판에는 화족들이 집을 지은 마을이 형성되어 있다.

그 마을 한복판에 겐지가 소개한 치노와 신사가 있다.

언뜻 보아도 화족임을 알 수 있는 세련된 복장의 참배자들이 오가는 신사 앞마을에서 아키라는 눈에 띄지 않도록 참배 길을 걸었다.

서민도 많이 오가는 화사한 중앙 번화가와 달리 잡다한 분위기는 없고, 어딘가 공기마저 아키라를 거절하는 듯한 압박감이 있었다.

돌바닥이 깔린 참배 길을 지나 금줄이 쳐진 붉은 토리이[#2]를 지났다.

―그 순간 세계가 바뀌었다.

구체적으로 무엇이 달라진 것은 아니다. 시야에 비친 광경은 아까와 같은 광경이고, 오가는 참배자에게 변화가 있는 것도 아니다.

다만 공기라고 해야 할 것이 바뀌었다.

깨끗한 공기가 더욱 투명하고 맑게.

―신력 있는 신의 자리에 적합한 장소임을 가리키듯이.

토리이에서 본전으로 이어지는 참배 길을 걸었다.

――딸랑.

청량한 소리에 이끌려 시선을 옮기자, 여름의 상징인 풍경이 포장마차의 띠에 주렁주렁 걸려 있었다.

――딸랑. 딸, 랑……

이끄는 듯이, 청하는 듯이. 등으로 부는 미풍과 풍경의 청량한 소리에 밀려 아키라는 본전 옆의 사무실로 발을 옮겼다.

"실례하겠습니다."

아키라는 사무실의 접수대에서 무언가를 적고 있던 무녀 의상을 입은 중년 여성에게 조심스럽게 말을 걸었다.

"……아아, 미안해요. 잠시 기다려 줘요."

---

**#2 토리이** 신사 앞에 세워진 기둥 문.

여성은 시선만 힐끗 옮기더니 빠르게 붓을 놀렸다.

"오래 기다렸죠. 무슨 일이에요?"

"……저기, 저, 씨자가 되려고 왔습니다."

"씨자? 아아.『씨자첩기』를 받으러 왔구나?"

씨자라는 말에 아키라가 내민 소개장을 확인하며 접수대 밑을 찾기 시작한다.

"어머나, 아소기 공의 소개네? 그 개구쟁이, 가끔은 참배하러 오라고 전해줘. ……제비 상자가 어디에 있더라?"

아키라는 사무실 안쪽으로 모습을 감춘 여성을 지켜본 뒤, 신사 주변을 빙 둘러보았다.

신사는 그렇게 넓은 것은 아니다. 그러나 신사 앞마을의 번영된 정도를 보면 아주 충분한 은혜가 있을 것이다.

신사는 본전과 배례를 하기 위한 배전(拜殿), 사무실, 신에게 봉납할 가무를 위한 신악전(神楽殿)으로 구성되어 있어서 기본적인 건물밖에 없는 소박한 곳이다.

그러나 다섯 신사라고 불리기에 걸맞다고 할 만큼 중후한 분위기가 단순하지 않은 역사를 느끼게 했다.

―따라……앙, 딸, 랑.

포장마차 판매대에 걸린 풍경 소리가 시원하게 귀를 울렸다. 그때마다 피부로 느껴지는 열기가 가시는 듯했다.

확실히 외부와 세계를 이루는 법칙이 다르다.

이런 곳까지 의식시키지 않고 사람을 이끈다. 권능 있는 신사, 성역이란 이렇게까지 다른 것인가.

"나도 참, 나이를 먹으면 자꾸 깜박한다니까. ……그럼 『씨자첨기』를 하러 가 볼까?"

"부탁드립니다."

겨우 여기까지 왔다. 무의식중에 안도하는 숨을 내쉬고 아키라는 여성에게 머리를 숙였다.


**팁: 치노와 신사에 대하여.**

**카렌의 다섯 신사 중 하나.**

**카렌의 다섯 신사 중에서 가장 격식 있는 신사다.**

**씨자를 받아들이는 데 관대하여 씨자의 수도 가장 많기로 유명하다.**

# 3화 씻어 내라 나의 과거를, 정화하라 나의 업을 2

『씨자첨기』란 그 토지를 지탱하는 토지신과의 계약 의식을 말한다.

계약 그 자체는 인간의 일생에서 그렇게까지 의식할 것은 아니지만, 씨자가 된다는 것은 사회에서 한 명의 인간이라고 인정받을 최소 조건으로 인식된다.

따라서 씨자로 인정받지 못한 아키라는 살아 있기만 한 것으로밖에 인식되지 못했다.

긴장된다. 아키라는 호흡이 가빠져 폐가 터질 것만 같았다.

"그렇게 긴장하지 않아도 돼. 우리 치노와 신사의 신께서는 굉장히 널리 백성을 받아들이거든, 최근 몇백 년은 사람을 거부한 적이 없다고 들었어."

아키라의 긴장감을 느낀 모양이다. 눈앞의 여성이 웃으면서 그렇게 말했다.

"……그렇, 습니까."

친근하게 건네는 말에 긴장하여 굳은 미소를 여성에게 보냈다.

—팽팽하게 당겨진 볼의 아픔이 도저히 성공했다고는 말하기 힘든 결과를 전달했다.

"그래. 자, 제비 상자야. 뽑아 보렴."

사무실 접수대에 육각기둥 형태를 한 하얀 나무 상자가 놓였다.

『씨자첨기』는 그 이름대로 신에게 신탁을 요청하는 제비뽑기다.

대륙의 점술이 변화하여 전해진 그 의식은 제비를 뽑아 점을 치는 형태이지만, 실제로 결과를 내는 것은 정령으로, 신사를 다스리는 토지신이다.

『씨자첨기』의 결과는 크게 나누어 다섯 가지다.

가장 많은 하위 정령은 『씨자』의 결과로 고정되고, 화족에 깃든 중위부터 상위 정령은 주로 싸움에 맞는 정령이 『수비병』, 음양술에 맞는 것은 남성이라면 『신사』, 여성이라면 『무녀』라는 결과가 내려진다.

―그리고 호국을 담당하는 팔가와 그에 준하는 상위 정령이라면 『위사』가 나온다.

이 결과는 거부나 변경을 바랄 수 없다. 왜냐하면 판단을 내리는 것은 토지신이기 때문이다. **평범한** 인간이 의견을 낼 수 있는 것이 아니다.

눈앞에 놓인 하얀 나무 상자를 본 아키라는 무심코 두려움을 느꼈다.

전에 뽑은 하얀 제비는 아키라에게 불쾌한 기억일 뿐이다.

그 결과가 나온 뒤, 우게츠 집안의 사람들은 노골적으로 경멸하는 시선을 보냈기 때문이다.

그 광경이 수비대 동료들과 겹쳐져 보였다.

―이제 싫다. 그런 일을 또 겪을 정도라면, 그냥 도망치는 편이 나을지도 모른다.

부정적인 생각의 감미로움에 제비 상자로 뻗던 손끝이 살며시 떨렸다.

"왜 그래? 안색이 안 좋은데 괜찮아?"

"……괜찮습니다."

걱정하는 여성에게 노골적으로 얼버무리고 하얀 나무로 만든 제비 상자를 살짝 흔들었다.

사락사락 종이가 부딪치는 건조한 소리. 그 상자는 아키라의 기억에 있는 그것보다도 훨씬 가볍게 느껴졌다.

가능한 한 의식을 보내지 않고, 상자를 거꾸로 뒤집어 크게 흔들었다.

—한 번, 두 번, 세 번.

거기까지 흔들었을 때, 가벼운 소리와 함께 두 번 접은 종이가 접수대 위로 떨어졌다.

그 순간 돌풍이 불었다.

토리이에서 배전을 향해 부는 여름 바람.

——따, 라, 라, 라, 라아아아아……앙.

그 돌풍에 흔들려 풍경이 일제히 울렸다.

청아한 소리의 잔물결이 세계를 뒤덮었다.

—풍덩. 소리로 비교하면 그런 느낌의 감촉과 함께 아키라의 몸이 **세계 깊은 곳으로 가라앉았다.**

"……어?"

풍경 소리가 **미각을 자극한다.** 현실에서는 있을 수 없는 자극에 오감이 완전히 혼란해졌다.

그 강렬한 위화감에 뒤를 돌아보았다.

그 앞에는 아무 변화가 없는, 그러나 인적이 사라진 정숙에 지배된 경내가 아키라를 맞이했다.

대체 무엇이. 그렇게 생각하려고 했지만, 그 순간 머리에 안개가 낀 듯이 결론이 나오지 않았다.

"—왜 그러시죠?"

"아니요, 참배객이…… 없어져서."

아키라는 결론으로 이어지지 않는 사고를 어떻게든 띄우고 그것만 간신히 말했다.

"**이곳은 신역입니다.** 이 땅에 발을 들일 수 있는 것은 없습니다."

"그렇, 습니까."

확연히 이상한 대화지만, 의문이 형태를 맺기 전에 초점이 흐릿하게 사라졌다.

나른해진 몸과 무거운 머리로 간신히 접수대 쪽을 바라보았다.

—어라, 누구더라?

하얀 옷에 빨간 하카마<sup>#3</sup>, 평소에는 입지 않을 터인 치하야<sup>#4</sup>까지 입은 아름다운 젊은 여성이 감정이 보이지 않는 미모로 아키라를 뚫어지게 바라보고 있었다.

"저기, 아까 여기 있던 여성은……?"

"이곳에는 저 혼자만 있습니다."

"그, 그렇, 습니까."

아키라는 간신히 그 대답만 냈다.

—무언가 이상하다. 묘한 일이 벌어졌다.

---

**#3 하카마** 일본 전통복 중 하나로 허리부터 다리를 가리는 형태의 기모노 위에 입는 옷.
**#4 치하야** 주로 여성이 신에 대한 의식을 치를 때 상반신에 걸치는 겉옷.

그것은 틀림없지만, 무의식중에 의구심이 녹아 사라졌다.

"신탁을 받으십시오."

"앗, 아, ……네."

여성의 말에는 거스를 수 없는 준수한 울림이 포함되어 있었다.

그 목소리에 의구심이 순식간에 사라진 아키라는 얌전히 제비를 펼쳤다.

—펼친 제비는 기억에 새겨졌던 대로 새하얀 표면을 아키라에게 보여 주었다.

몸에서 힘이 빠진다.

여기까지 필사적으로 와서 뒤바꿀 수 없는 결과에 자조하는 미소가 나왔다.

"……저기, 백지입니다."

비웃음을 당할까, 모멸하는 눈으로 쳐다볼까. 전전긍긍하며 그렇게 말했다.

"아니요, 그럴 리가 없습니다. **신탁은 내려졌습니다.** —내용의 확인을."

"그러니까 백지라고……."

반복하여 확인하라는 요구에 짜증을 감추지 못하면서도 다시 제비로 시선을 옮겼다.

손에 든 제비는 작게 자른 직사각형 종이다. 못 보고 넘어갔다고는 생각하기 어렵고, 확실히 백지임을 확인했다. 그래도 다시 시선을 내리자…….

—짧은 문장이 **떠 있었다.**

"……어, 어라? 문자?"

멍하니, 믿을 수 없는 광경에 머리가 빙글빙글 돌았다.

마음속에서 마구 휘몰아치는 희로애락의 폭풍에 현실이 흐릿해졌다.

—왜 이제 와서.

—왜 그때는.

"신탁의 내용을."

억양이 없는 여성의 목소리가 아키라의 사고에서 의문과 감정의 폭풍을 모두 흘려보냈다.

"……네."

기묘하도록 잔잔해진 머리는 이끌리듯이 제비로 시선을 돌리게 했다.

제비의 결과는 『씨자』를 시작으로 다섯 개밖에 존재하지 않을 터였으나, 아키라의 시선 끝에는 문장이 기록되어 있었다.

"—『쇼로의 땅에서 받들도록 하라』……?"

"카렌의 이귀문(裏鬼門)을 지키는 곳을 말합니다."

이귀문이란 방향으로 말하면 남서쪽에 해당한다. 치노와 신사가 북쪽 끝에 있으니 거의 정반대라고 해도 될 위치로 향하라는 말이다.

"……지금부터, 말입니까?"

"이미 의식은 시작되었으므로, ■■■님은 선택할 수 없습니다."

"네? ……네."

또 기묘한 말을 들었으나, 의문이 형태를 이루자 말이 안개로 사라졌다.

답답함에 안달이 난 와중에 여성이 담담하게 토리이를 가리켰다.

**"영도(靈道)는 열려 있습니다.** 망설이지 말고 그저 똑바로 걸으면 필연적으로 원하는 땅에 도달하겠지요."

사라지는 의문 대신 여성의 목소리가 뇌에 사르르 스며들었다.

"……알겠습니다."

"충고를."

토리이 밖으로 발길을 돌린 아키라의 뒤에서 여성이 말을 걸었다.

"신역 밖은 현세와는 다른 방식으로 움직이고 있습니다. 땅의 원근을 정하는 것은 그저 자신의 마음에 있는 응어리라는 것을 명심하세요. —똑바로 발을 움직이세요. ……멈추는 것은 좋습니다. 넘어져도 좋습니다. 걸음을 끝내서는 안 됩니다. 옆을 보아서는 안 됩니다. 발을 뒤돌려서는 안 됩니다."

담담히 전하는 내용은 똑바로 나아가는 것 외의 행위를 금하는 듯했다.

**"무슨 일이 있더라도, 어떻게 되더라도** 발을 멈추지 않으면 반드시 그의 땅에 도달하겠지요."

아키라는 여성이 하는 말의 절반도 이해하지 못했다. 그래도 충고에 머리를 숙이고 감사를 표했다.

뒤돌아보지 않고 토리이를 향해 발을 들었다.

——쏴, 아아아, 아아아아아아.

아무도 없는 정숙에 지배당한 경내를 빠져나갈 때, 본전에서 토리이를 향해 한 줄기 강풍이 불었다.

일제히 종을 울리는 풍경 소리에 등을 떠밀리며 아키라는 발을 멈추는 일 없이 토리이 밖으로 나갔다.

　—뒤에 홀로 남겨진 여성이 흔들리는 눈을 살며시 내리깔았다.

　"—무운을. 당신이 도전하는『정화 의식』에서는 앞으로 당신의 마음 깊은 곳을 재고, 파헤치지 않으면 안 됩니다."

　"당신이 도전하는 것은 시련이 아닌, 당신 자신의 과거로의 순례이기에."

　—적도 아군도 분명히 당신 자신밖에 없겠지요……

　토리이를 빠져나간 순간 공기가, 아니 **세계 그 자체**가 끈끈해진 듯 무거워졌다.

　호흡은 가능한데 폐가 산소를 받아들이지 못하는 이질적인 감촉.

　"……커, 헉‥‥……"

　진창의 무거운 공기를 들이마시고 필사적으로 내뱉었다.

　내뱉은 숨이 주먹 크기의 거품이 되어 퐁 떠올랐다.

　거품에 시선을 빼앗길 뻔했지만, 여성의 충고에 허둥지둥 시선을 앞으로 고정했다.

　시야에 펼쳐진 세계는 토리이를 지난 직전과는 모습이 완전히 달라져 있었다.

　거리 풍경이 확연히 다르다. 아까는 여기저기 보이던 골목으로 들어가는 입구가 보이지 않고, 신사 앞마을의 길거리를 따라 가게가 빈틈없이 늘어서 있다.

본래는 몇 걸음만 가면 큰길이 보이던 신사에서 이어지는 참배 길은 햇빛이 비치는 데도 돌바닥 끝이 희미해져 사라져 있었다.

주위 가게는 열린 듯 보이는데 보이는 범위에 가게를 보는 견습생 아이의 모습은 없었다.

—아니. **아무도 없다.**

화창한 초여름 햇빛에 비친 그 세계는 은근히 춥게 느껴질 만큼 사람의 기척이 없었다.

이제 의구심을 품을 여유도 없었다.

철야를 한 피로도 있기 때문인지 몸은 무겁고 의식은 몽롱하다.

백지가 아닌 제비라는 요행에만 의지하여 아키라는 정신을 어떻게든 유지했다.

몸에 질척거리며 들러붙은 세계의 무게를 밀어 내며 한 걸음 발을 내디뎠다.

— · · · ! ······ · 아······ · 하?

그때 웃음소리가 들렸다.

쾌활한 것이 아니다. 아키라의 기억에 익숙한 모멸과 비웃음이 짙게 섞인 그것.

필사적인 허세로 덮어 온 정신의 상흔이 빠직빠직 비명을 질렀다.

"하, 아, 큭, 으, 으······."

어느새 그날 흘린 눈물이 볼을 따라 내렸다.

저절로 웅크려질 듯한 다리에 힘을 주고 그 앞에 쇼로의 땅이라는 곳이 있다고 자신을 달래며 아키라는 두 걸음째 힘없이 나아갔다.

……어디까지 이 길이 이어질까?

멍하니 도저히 움직이지 않는 머리 한구석에서 생각했다.

여름의 뜨거운 열기가 아키라를 가차 없이 덮치고 있는데 아무리 가도 무미건조한 광경에 왠지 한기마저 느꼈다.

——하, 하하? …… 하 · 하 · 하! 히이, 히이, 크크, 크…….

그리고 걸어가기 시작한 이후로 끊임없이 귀에 거슬리게 들리는 조소에 아키라가 입은 마음의 상처가 물거품이 되어 되살아났다.

——부정체 같은…….

——잘도 부끄러움도 없이 살아 있구나…….

——당주님의 온정으로 간신히 살아 있을 뿐인 쓰레기가…….

그것은 일찍이 우게츠 가신들에게 대놓고 들은 말들이다.

가끔 도장으로 부르는가 하면, 훈련이라는 이름의 사적 형벌 같은 난잡한 연습으로 보란 듯이 기분 전환을 위해 맞던 나날.

언젠가 아키라는 추방된 괴로움을 겪은 열 살의 모습으로 돌길을 터벅터벅 걷고 있었다.

——히, 히, 히이, 크큭, 크크크크…….

……그러고 보니 어머니의 얼굴은 어땠더라?

문득 엉뚱하기까지 한 느긋한 질문이 아키라의 머릿속에 떠올랐다.

우게츠 텐잔의 본처. 즉, 아키라의 어머니인 우게츠 사나에는 아키라가 정령이 없다고 판단된 시점에 육아를 포기했다.

다음 해에 소마를 출산하자 아키라를 완전히 시야에서 없애고, 망설임 없이 방치되어 있던 방에서 아키라를 걷어찼을 정도였다.

——따라서 아키라는 사나에의 얼굴조차 별로 기억하지 못한다.

그것이 좋은 일인지, 나쁜 일인지 알 수조차 없던 아키라는 아마 행운인 편일 것이다.

조금씩 어머니라는 기억이 벗겨지며 눈물이 되어 흘렀다.

그때마다 조금씩 아키라의 나이가 어려지며, 기억의 바닥에 살짝 닿았을 때, 아키라의 시야가 갑자기 빛으로 가득해졌다.

.

**팁: 신역에 대하여.**

**간단히 말하자면 신이 있는 영역이다.**

**신사란 신과 인간이 의사소통을 하기 위해 만들어진 신역의 가장 표층부, 즉 입구에 해당한다.**

# 3화  씻어 내라 나의 과거를, 정화하라 나의 업을 3

몽롱한 시야가 갑자기 트이며 아키라는 어느새 치노와 신사와 매우 흡사한 신사의 경내에 서 있었다.

초여름 햇빛에 비친 경내도 꺼림칙할 만큼 기척이 없고, 밝으면서도 왠지 서늘한 정숙에 지배되어 있었다.

배전 위에 걸린 신사 이름을 읽었다.

"……쇼로 신사."

도착했다는 확신에 자세를 바르게 하고 배전 옆에 있는 사무실로 발을 옮겼다.

"……『씨자첩기』를 받게 해 주십시오."

"알겠습니다."

사무실에 서 있던 여성이 정중하게 대답하고 접수대에 육각기둥의 제비 상자를 놓았다.

"자, 뽑으십시오."

시키는 대로 제비를 뽑자 먹이 스르륵 퍼지며 문장이 떠올랐다.

"―『히모로기의 땅에서 받들도록 하라』……."

축. 회복되어 가던 기력이 빠졌다.

이곳, 쇼로의 땅까지 이르는데 이만큼 고통스러웠다. 그런데 이 땅에서도 히모로기의 땅으로 가라는 결과. 앞으로의 여정이 범상치 않은 고통을 수반할 것임을 지금 아키라 역시 쉽게 상상할 수 있었다.

"―카렌의 귀문을 지키는 곳에 있습니다."

"……네."

발을 돌려 터벅터벅 가는 아키라의 등에 여성의 목소리가 닿았다.

"충고를. 앞으로 당신은 네 개의 순례를 거치겠지요. —고민해도 됩니다. 인정해도 됩니다. 삼키면 안 됩니다. 버리면 안 됩니다."

고개를 끄덕이는 것만으로 감사 인사를 하고 떠나는 아키라를 향해 살며시 눈을 내리깔고 중얼거린다.

"……무운을. 당신이 **맺는 것**이 상(象)의 구슬 끈이기에. —당신은 당신임을 버려야 할 것입니다."

토리이 밖은 역시 어디까지고 이어지는 일직선 길이었다.

눈에 비친 세계가 아지랑이처럼 둘로 겹쳐 흔들려 보였다.

—이것으로 된 것일까?

돌아가면 좋았을까. 그런 후회가 머리 한구석에서 일어났다 사라졌다.

아무도 없는 정숙이 지배하는 가게 앞을 허탈한 마음으로 터벅터벅 나아갔다.

완만하게 역행하는 아키라의 외모는 이미 일곱 살 정도로 어려져 있었다.

일찍이 본 소마의 기억이 떠올랐다.

저택 도장에서 숙식하는 제자들과 활달하게 대화를 나누는 그 모습.

……어둠으로 떨어지는 자신과는 대조적인 빛이 넘치는 한 폭의 그림 같았다.

한 방울, 새로운 눈물이 흘렀다. 그러나 입술은 자꾸만 일그러져 웃는 형태를 취했다.

가슴이 아파 오는 절망의 끝에 어쩔 수 없는 과거가 기다리고 있다니 비극이라기보다 희극에 가까웠다.

소마의 기억이 눈물이 되어 아키라의 기억에서 흐릿하게 사라졌다.

기억에 응어리진 침전물이 더욱 줄었을 때, 아키라의 시야가 빛으로 가득 찼다.

◇

빛이 시야에서 없어진 뒤, 아키라는 또 다른 신사의 경내에 서 있었다.

나무가 많고 태양은 아직 높을 터인데 그곳은 어두컴컴하여 어쩐지 으슥한 분위기가 감돌았다.

"─기다리고 있었습니다. 님."

크게 히모로기라고 걸린 배전 앞에서 아까 여성보다도 훨씬 젊은 열여덟 살을 갓 넘은 느낌의 여성이 고개를 숙였다.

내미는 제비 상자를 뽑고 반복하듯이 문장을 읽었다.

"─『미츠토리이의 땅에서 받들도록 하라』……."

"카렌의 천위를 지키는 곳에 있습니다."

아키라는 이제 들을 마음도 들지 않았지만, 여성은 개의치 않고 그렇게 말했다.

"당신은 세 번 질문을 받겠지요. ──과거에 의존하기를 거부하세요. 과거에 흔들리기를 거부하세요. 과거에 이끌리는 것은 좋습니다."

되물을 기력도 없는 아키라는 고개만 끄덕였다.

"무운을, 당신이 도전하는 것은 하늘에 이르는 계단이기에. 현세의 영예도, 회개도 모두 무의미합니다."

"……네?"

어느새 정숙에 지배된 경내만 아키라를 맞이했고, 그곳에는 되물을 상대가 없는 것만을 알렸다.

──흥. 부정체 같은 것이 제법 사람 같은 말을 하는군.

아지랑이에 일렁이는 돌바닥을 그저 무심하게 걷는 중에 가장 원망스러운 아버지, 텐잔이 기억 깊은 곳에서 모멸적인 목소리로 내뱉었다.

일찍이 아키라에게 어른이란 우게츠 텐잔이며, 그것은 공포와 절망의 대명사였다.

꾸짖음과 모멸은 일상으로, 아키라의 명맥은 저 남자의 기분에 따라 부침하는 정도의 덧없는 존재였기 때문이다.

──여기까지 키워 준 은혜를 생각한다면 자살을 선택하기를 바라지만, 그건 심하다고 해야 할까. 그러나 기오인의 앞에 우리의 수치를 드러내기 전에 널 추방하겠다. 이 시점에서 여기 있는 소마가 우

게츠의 적자가 된다. 모두 이의는 없겠지.

그것은 추방할 때 텐잔이 직접 아키라에게 한 말이다.

아무 항변도 허락받지 못한 아키라의 자아를 내버리고, 텐잔을 비롯한 가신들은 웃으며 아키라를 엄신여겼다.

미움이라는 감정은 이제 생기지도 않는다. 그저 진흙 같은 어두운 감정이 마음의 벽에 들러붙어 있다.

—텐잔의 기억이 그 감정과 함께 눈물에 녹아 사라졌다.

그 기억이 녹아 사라지고 그제야 깨달았다. 아키라는 어른이 미운 것이 아니라 우게츠라는 일족이 미웠을 뿐이었다.

—자신이 무(無)가 되어 가는 것을 느낀다.

자신의 손바닥을 무심코 보았다. 무가 되어 가는 감각과 함께 손바닥이, 팔이 흐릿하게 투명해졌다.

그저 기억이 터져 나와 사라졌을 때, 아키라의 시야는 다음 땅으로 향하는 빛으로 가득했다.

"미츠토리이……."

신사의 정면에 세 개의 다리로 선 기묘한 토리이에 그 이름이 걸려 있었다.

둘러보자 새전함 옆에 열두 살 정도로 보이는 소녀가 숨듯이 앉아 있는 것을 발견했다.

다만 아까 본 여성들과 달리 그 소녀에게는 조금이지만 확실히 감정이 보였다.

"어서 와, ■ ■ ■. 정자(正者)가 이 땅을 찾는 건 처음이야. —아니.『정화 의식』을 치르는 인간이라니 존재할 수 있다고 생각하지 못했어."

그러며 소녀는 배전에서 경내로 내려갔다.

그 동작도 내려가는 속도도 어딘가 물속에 있는 듯 하늘거리는 완만한 것이다.

"—『정화 의식』……?"

의문을 제기하지 못할 만큼 사고가 얽매여 있던 아키라였으나, 그래도 그냥 넘어갈 수 없는 말이 그곳에 있었다.

"……아니야. 나는『씨자첨기』를 받으러 왔을…… 뿐인데."

"같아."

"……뭐?"

"『씨자첨기』도『정화 의식』도 **우리**에게는 신의 뜻을 묻기 위한 같은 의식."

"같……다고?"

"그래."

아키라의 필사적인 심정과 달리 가볍게 돌아온 말에 같다면 괜찮겠다며 문득 힘이 빠졌다.

"그럼, ……됐나. —『씨자첨기』를 받으러 왔습니다."

"알겠습니다."

그리고 눈앞에 몇 번이나 본 제비 상자가 내밀어졌다.

투명해진 손은 허술하면서도 확실하게 상자를 한 번 크게 흔들었다.

제비에 쓰인 문장은 역시 짧았다.

"—『쿠가타치의 땅에서 받들도록 하라』……."

"카렌에서 인위를 지키는 곳이야."

—아아, 그래.

그것이 소녀의 말에 대한 아키라의 솔직한 감상이었다.

화는 나지 않는다. 아키라에게 남은 것은 체념과 드물게 웃은 기억.

그것은 아키라에게 살아갈 기력 그 자체였다.

소녀가 속삭이듯이 말했다. 지금까지의 여성들이 그랬듯이.

"당신은 갈림길에 서겠죠. —현재를 의심하는 것은 흉. 현재를 열망하는 것은 길(吉)."

스르륵, 소녀의 모습이 아지랑이에 녹아드는 것처럼 투명해졌다.

그래도 여전히 미소를 지으며 소녀가 말했다.

"무운을. 당신이 이르는 것은 공허의 자리. 지상(至上)의 분이 동경하는 인간의 기적이기에. 시련의 끝에 당신이 원한다면 반드시—."

—세계는 당신에게 응답하겠지요.

# 3화 씻어 내라 나의 과거를, 정화하라 나의 업을 4

　시야에서 빛이 사라지자 그곳에는 햇빛에 비친 돌바닥이 깔린 일직선 길이 이어져 있었다.

　그것 자체에 변화는 없지만, 시야에 비친 세계는 확연히 달랐다.

　아지랑이처럼 흔들리는 세계에 걷는 것이 생겨났다.

　모습은 명확하게 인식할 수 없다. 안개로밖에 표현할 말이 없는 무언가가 돌바닥 위를 삼삼오오 걷고 있다.

　아무도 없었을 터인 가게 앞에서 견습생 아이 같은 작은 안개가 빗자루로 쓸고 있는가 하면, 가게 유리문을 닦고 상품을 진열하는 것도 여기저기 보였다.

　인간과는 동떨어진, 아니, 애초에 생물로도 보이지 않는 존재가 너무나 인간답게 일상적인 모습을 보이고 있다.

　그런 이형의 것들이 지나치는 가운데 아키라 또한 그 일원이 되어 산책했다.

　그들은 아키라를 인식하지 않았는지 아키라라는 이물을 신경 쓰는 듯한 기색을 보이지 않았다.

　이윽고 개점 준비를 마쳤는지 이형의 것들이 가게를 열고 손님을 부르기 시작했다.

　그러나 위세 좋은 몸짓과는 달리 세계는 여전히 정숙으로 가득했다.

　오가는 많은 것에 섞여 아키라는<sup>이물</sup> 완만하게 흘러갔다.

—아키라 씨, 오랜만입니다.

귀가 아파지는 정숙 속, 물거품 같은 기억에서 그 목소리가 되살아났다.

한없이 다정하고 부드러운, 자애로 가득한 그 목소리.

누구의 목소리인가. 찾을 것도 없이 바로 상대를 떠올릴 수 있었다.

기오인 시즈미. 옛 약혼자였던, 아키라보다 한 살 위인 기오인의 공주.

텐잔은 아키라를 드러내기를 피하였으나, 약혼 관계인 시즈미와 아키라의 교류는 이유도 없이 거절하지 못한다.

정령이 없는 것이 드러날까 두려워하던 텐잔은 기오인과의 접촉을 엄하게 제안했으나, 그래도 아키라는 일 년에 두 번의 만남을 기대했다.

짧은 시간이기는 했으나, 기오인은 아키라의 방문을 환영해 주었고, 무엇보다 며칠간 회의를 하느라 자유를 만끽하는 것이 허락되었기 때문이다.

기오인의 안쪽 방에서 아키라와 시즈미는 교류하였다.

다만 시즈미는 놀이에 끼는 일은 거의 없었고, 굳이 따지자면 **쿠로**라고 불리던 열 살쯤 된 소녀가 아키라와 놀고 싶어 하는 것이 인상적이었지만.

—여기, 보아라, 아키라. 외국의 과자가 있단다. 먹어 보아라.

—오오, 검을 배우기 시작했느냐, 좋아, 좋구나.

근황을 말하고, 성장을 축하받는, 드물게 있는 재회의 기쁨이었다.

마지막으로 만난 것이 언제였더라.

그렇다. 추방당하기 몇 개월 전인가. 근황으로 회생부 부적을 쓰는 법을 배운 것을 보고하였다.

시즈미는 물론 **쿠로**의 기쁨이 매우 컸던 것이 인상적이었다.

─그래, 그렇구나! 그 나이에 회생부를 배웠느냐!

─대단하구나, 아키라! 안 그러냐, 시즈미. 아키라의 명(銘)을 생각해야겠구나.

─네, 그렇겠군요.

─명이 무엇입니까?

─아호를 말해요. 음양사가 내세우는 별명 같은 것이에요.

─겐(玄)이야. 겐은 반드시 넣어야 해!

─네, 그렇게 하세요.

─아키라 씨는 무언가 좋아하는 글자가 있나요? 조합할 수 있을지 시험해 보죠.

조금 생각했다. 좋아하는 글자, 그런 것은 생각한 적도 없었다.

그저 매일을 보내느라 필사적이었다.

좋아하는 글자란 것은 모르지만, 그렇기에 아키라를 상징하는 글자란 이것밖에 없을 것이다.

─『세이(生)』입니다.

겐세이(玄生). 기오인에서 받은 목숨 다음으로 소중한 아키라라는 존재의 **증명**. 아키라의 살겠다는 의지가 새겨진 아키라만의 아호.[^이름]

다정한 두 사람이었다. 할머니를 제외하면 아키라에게 마음의 안식처 그 자체라고 해도 과언이 아닐 것이다.

─두 사람은 아키라가 추방된 것을 알면 슬퍼해 줄까? 정령이 없

다는 것을 알고 말았을까?

—기오인이 내린 벌이라며 크게 웃을까.

—아아, 그래도 바라건대 그 두 사람과는 다시 한번 만나 사과하고 싶었다.

—정령이 없는 것을 쭉 숨기고 있던 것을.

그것만이 그 두 사람에게 남기고 온 미련이었다.

그러니 이 기억만은 녹여서 흘려보내지 말아 줘.

잊어서는 안 되는 중요한 후회니까.

기억을 확실히 쥐고 품었다.

그 순간 무언가 결정적으로 틀리고 말았다는 위화감이 아키라를 덮쳤다.

후회가 마음 한구석에 생겼지만, 그래도 망설이지 않고 손에서 놓지 않았다.

아키라의 시야가 부드러운 빛으로 가득해졌다.

빛에서 빠져나온 아키라의 시야에 들어온 것은 거대한 녹나무의 위용이었다.

나무에 금줄이 걸린 녹나무 신목. 그것이 경내 중앙에 자라고 있다.

우뚝 솟은 거대한 나무 옆에 열두 살쯤의 소녀가 나무에 등을 기대고 서 있었다.

"……기다리고 있었습니다. 이 땅에서 인위를 지키는 것을 명받은 자입니다."

아까 소녀처럼 조금 감정이 보였으나, 말투는 편안하지 않고 딱딱한 인상을 주는 소녀다.

제비 상자를 흔들고 종이를 펼쳤다.

"―『치노와의 땅에서 받들도록 하라』……?!"

아키라는 아연실색하여 그 문장을 읽었다.

즉, 처음 신사로 돌아가라는 말인가.

그 격분에 억누를 수 없는 절망이 아키라의 마음을 꺾어 놓았다.

여기까지 버틴 이유는 『씨자첨기』의 결과가 그가 가장 두려워하던 백지 결과가 아니었기 때문이다.

아키라의 절망이 정신을 초월하여 다시 세계를 흔들었다.

떠오른 물거품에 돌바닥이 춤을 추고, 거대한 녹나무의 잎을 떨어뜨렸다.

"어째서. 이래서는 그냥 빙빙 돌기만 할 뿐이잖아?"

"진정해."

"지, 진정할 수 있겠어? 내가 뭘 했는데? 정령이 없을 뿐이잖아?! 왜 바보 취급을 당하고, 얕잡아 보이고, 경멸당하고, 의, 의미도 없이 추방당하고……."

지금까지 참아온 절망이 터져 입으로 흘러넘쳤다.

세계가 흔들리는 압력에 버티지 못하고 아키라를 중심으로 돌바닥에 금이 갔다.

"그냥 다른 사람들과 같아지고 싶을 뿐이야. 수비병이 되고 싶을 뿐이야. 너희에게 무슨 짓을 한 것도 아니야. 그냥 씨자로 살아가고 싶을 뿐이야!!"

"진정해."

차갑고 건조한 손바닥이 아키라의 볼에 닿았다.

"마음을 가라앉히고 자신을 잃지 마. —너를 지키기 위해 정말 많은 정령이 금기를 어기고 너의 정신을 지키고 있어. 그들의 **희생**을 헛되게 하지 마. 부디 의식을 끝내도록 해."

"아……."

논하는 소녀의 진지한 울림에 아키라는 숨을 죽이고 조금 정신을 차렸다.

안정된 정신이 강제적으로 잔잔해진 상태로 돌아갔다.

"—이제 괜찮아. 이곳은 **귀인의 자리**에 가장 가까운 곳. 이 세계의 상태는 너의 감정으로 결정돼."

"……나는."

"받아들여요. 그러면 당신은 이를 것입니다. 이 앞은 헤맬 것 없는 일직선 길. 헤매지 말고 똑바로 걸어가요."

진지하게. 오로지 진지하게 소녀는 아키라를 이끄는 자애로운 말을 하였다.

"무운을. 당신은 이를 것이고, 그 결과밖에 없습니다. —그 끝은 그분들이 열망하는 기적의 결과이기에."

사랑스럽다는 듯 아키라의 볼을 쓰다듬고, 소녀는 일어나 거대한 나무 너머로 사라졌다.

소녀가 나무 너머로 사라진 순간, 경내에서 아무런 기척이 느껴지지 않게 되었다.

아키라는 발을 돌려 앞으로 향했다.

그 앞에 끝이 반드시 있다고 자신을 달래면서.

토리이를 지나자 그 앞의 세계도 꽤 달라진 것을 깨달았다.

어딘가 멀리서 축제 때 연주하는 것과 비슷한 피리 소리가 들려왔다.

—**피리 소리, 그리고 사람의 소리.**

어느새 안개 같은 것들이 실체를 지니고 있었다.

축제에서 입는 듯한 근사한 옷에 장신구.

오가는 사람 누구나 전통복과 양장을 가리지 않고 나름대로 차려입고 걸어 다닌다.

그리고 오가는 사람 누구나 얼굴에 여우 가면을 썼다.

돌바닥 위를 한 걸음, 한 걸음 밟았다.

아키라가 나아갈 때마다 감정을 보이지 않는 무기질적인 가면에서 거침없는 시선이 느껴졌다.

아까는 의식조차 하지 않았으면서 이번에는 처지가 역전된 것처럼 아키라가 신경 쓰지 않고, 통행인이 아키라를 신경 쓰고 있다.

—아키라, 똑바로 서거라. 고개를 숙여도 아무것도 변하지 않아.

고개를 숙이고 걷는 아키라의 기억 저편에서 마지막으로 남은 기억이 떠올랐다.

참을 수 없을 만큼 벅찬 그리움에 눈물이 말라가던 볼을 다시 적셨다.

또렷하게 기억한다.

……잊을까 보냐.

우게츠 후사에. 아키라를 마지막까지 걱정해 준 할머니를.

엄하면서도 다정한 할머니였다.

우게츠에서 당주인 텐잔과 어깨를 나란히 하는 지위, 호가(護家)
의 필두에 속하는 여사의 자리에 죽기 직전까지 계속 앉아 있던 여
걸이다.

아키라의 육아를 완전히 포기한 어머니 대신 아키라를 키운 수완
은 칭송할 따름이다.

어떤 상황이 되어도 아키라가 절망하지 않고 살아갈 수 있도록 교
육해 주었다.

부정한 짐승 취급밖에 받지 못했던 아키라가 인간으로서 자아와
존엄을 지켜낸 것은 할머니의 존재 없이는 말할 수 없다.

─살아라, 아키라. 살아 있기만 하면 네가 정령이 없는 이유는 언
젠가 반드시 알게 될 것이야…….

일찍이 할머니는 그렇게 말하며 아키라가 생을 얻는 것을 허락해
주었다.

따라서 아키라는 이 땅에 서 있는 것이다.

# 3화 씻어 내라 나의 과거를, 정화하라 나의 업을 5

—어느새 토리이를 등지고 처음 방문한 치노와 신사 경내에 서 있었다.

붉은 저녁놀이 울창한 나무숲에 차단되어 경내로 비치는 일은 없다.

그 때문인가 벌써 밤의 어둠에 갇힌 것 같은 캄캄함이 경내를 지배하고 있었다.

"—기다리고 있었습니다."

어느새 처음 본 여성이 아키라의 앞에서 깊숙이 머리를 숙였다.

"맺음의 중심인 땅을 지키는 자입니다."

—아, 아, 아, 아, 아……

이제 인간의 모습조차 잊은 아키라를 보고도 동요하지 않고, 여성은 둘로 접힌 종이를 내밀었다.

몇 번이나 뽑은 제비다.

—아, 아……?

"■ ■의 ■ ■ ■ 지극한 공허의 자리에 당신은 이미 이르렀습니다. 의식은 끝났고, 당신이 이를 곳은 이 신탁에."

—아, 아…… 아.

그래도 받으려고 하지 않자 여성은 다소 억지로 아키라의 손바닥에 종이를 올려 놓았다.

안에 기록된 것은 역시나 한 문장.

―『슈사의 땅에서 축복받으라.』

또 다른 땅으로 가라는 지시에 어깨가 축 늘어졌으나, 여섯 번이나 이어지니 이제는 익숙해졌다.

"주(나라)의 중심을 지키는 곳입니다."

다시 머리를 숙이는 여성으로부터 등을 돌리고 토리이를 통해 나가려고 했다.

"―기다리십시오."

그 등을 향해 여성의 제지하는 목소리가 닿았다.

돌아보는 아키라에게 여성은 배전의 더욱 안쪽 공간으로 손을 뻗어 가리켰다.

그 앞에는 지금까지 지나온 곳보다 작은 토리이가 세워져 있었다.

"슈사의 땅으로 이어지는 영도입니다. 이쪽을 이용하십시오."

토리이 안쪽에서 흐릿한 오렌지색 빛이 흔들리면서, 사람들의 떠들썩한 소란이 토리이 너머에서 아키라를 불렀다.

―아, 아아, 아.

토리이에서 들리는 축제 소리에 취한 듯 안개가 된 몸을 휘청거리며 아키라는 토리이 너머로 걸어갔다.

"경축드립니다. 만상의 끝에서 당신은 기적이 되었습니다."

아키라였던 안개 이형이 토리이 너머로 사라질 때까지 여성은 그저 머리를 숙이고 있었다.

전기식과 등유식 램프가 오렌지색으로 흔들리며 어둠을 비추는 가운데, 축제 음악과 산 자의 소란이 돌바닥이 깔린 길을 한층 어지럽게 했다.

그 길을 아키라는 그저 무심하게 앞으로 계속 나아갔다.

휘청, 휘청. 취한 사람의 걸음걸이와 비슷하였으나, 의식이 완전히 날아가지 않도록 돌바닥을 애써 노려보며 앞으로 나아갔다.

─걸음을 끝내면 안 됩니다.

가장 처음 받은 충고에 따라 피로와 절망에 꺾인 마음을 무시하고 걸었다.

거리를 오가는 여우 가면을 쓴 자들이 스쳐 지나갈 때마다 거침없는 시선을 보내오고 있었다.

우리에 든 진귀한 짐승이 된 기분을 삼키며 꽂히는 시선을 모르는 척했다.

─조금만 더 가면 끝난다, 앞으로 조금만, 조금만 더.

아키라는 열병에 시달리듯이 망집적으로 중얼거리며, 몽롱한 의식으로 앞으로 나아갔다.

─그러나 그 끝이 전혀 보이지 않았다.

얼마나 걸었을까. 얼마나 시간이 지났을까.

다리가 굳은 정도가 아니라 감각이 없고, 뇌는 수마와 피로로 녹초가 되었다.

─이 길이 끝나기를 바란다. 그 욕구만으로 몸을 간신히 움직이는 상태였다.

─아…….

그런 위험한 균형에도 이윽고 끝이 찾아왔다.

감각이 마비되어 결국 나아가는 발이 먼저 무너졌다.

돌바닥에 네발로 기는 자세에서 몸을 일으키려고 메마른 기력을 쥐어짰다. 그러나 마음과 몸은 전혀 일어날 기미가 보이지 않았다.

당연하다. 정신은 이미 오래전에 절망에 꺾였으니까.

—아…… 하, 하.

걸으라고 질타하는 영혼의 필사적인 외침이 정신 안쪽에서 눌어붙으며 헛돌았다.

그 꼴사나운 노력이 자신의 일이면서도 너무 우스워서 무심코 한심해하는 조소가 새어 나왔다.

—걸음을 끝내면 안 됩니다.

—그게 어쨌다는 거야. 여기까지 열심히 걸었어. 기력도, 체력도 바닥났어. 조금은 쉬어도 되잖아.

변명 같은 빈말을 늘어놓으며 돌바닥에 주저앉은 아키라의 몸에 새로운 안개가 겹겹이 쌓였다.

낮의 열기를 아직 담고 있는 돌바닥의 타는 듯한 열기가 아키라의 몸을 끓어오르게 하였으나, 지금 아키라에게는 그것마저 기분이 좋았다.

—삼키면 안 됩니다.

—나는 과거를 삼키지 않았다. **삼켜졌다**.

이제 소리도 없는 목소리로 반론을 펼쳤다.

—과거에 흔들리기를 거부하세요.

—뭐 어때? 고향의 기억에서 웃은 기억은 손에 꼽을 만큼밖에 없어.

―만약 허락된다면 할머니와 산을 산책한 기억에 쭉 파묻히고 싶을 정도야.

아아, 안다. 그 기억은 독이다.

한 번 빠져들고 말면 다시는 떠오르지 못하게 된다. 너무 달콤할수록 감미로운 독이다.

―현재를 열망하는 것은 길(吉).

―이런 괴로운 길을 바라라고? 아무 성과도 없는 채 빙글빙글 헛걸음만 하는 우스운 나의 모습을?

여기까지 올 수 있던 것은 씨자가 될 수 있다는 희망이 있었기 때문이다.

결국 씨자가 되지 못한 채 이리저리 보내지기만 하고, 결국 길 한가운데서 힘이 다하려고 하고 있다.

―헤매지 말고 똑바로 걸어가요.

나아갔다. 뒤를 돌아보지 않고, 곁눈질도 하지 않고. 그저 앞만 보고 나아갔다.

그런데 아직 걷는 중이란 말인가? 노력이 부족하다는 말인가?

―아아, ……지쳤다. 이제 자고 싶다. 이것이 독이라도 상관없고, 감미로운 환상에 영원히 잠기고 싶다.

깊숙이 바닥으로 한없이 안개가 아키라의 몸에 내려와 쌓였다.

이제 아키라의 모습은 조금도 보이지 않고, 그저 안개 덩어리가 길에 웅크리고 있는 것으로밖에 보이지 않았다.

"아키라."

들어 본 적 없는, 그러나 왠지 그리운 여성의 목소리가 아키라에게 들렸다.

"이제 끝났니?"

―그야…….

"이런 곳에서 순례를 끝내는 거니?"

―지쳤거든요.

"지쳤니? 그럼 어쩔 수 없으려나."

―이제 걷고 싶지 않아요.

―모두 나를 부정체<sup>괴물</sup> 같은 것이라고 불러.

"다른 사람들의 말처럼, 너는 부정체 같은 것이니?"

―아니야.

빠직. 얇은 껍데기가 깨지는 소리가 났다.

"아니기는. 넌 스스로 인정했잖아."

―아니야.

빠지직, 빠직, 빠지직. 언젠가 들은 적 있지만 방향이 다른 소리.

"아아. 그럼 어쩔 수 없을지도. 너를 보는 눈이, 너를 말하는 입이,
―너 자신이 부정체라고 인정했으니까."

―아니야.

**그때**는 절망한 고통에 마음이 깨지는 소리였다.

하지만 마음을 깨는 일 따위는 이제 없다.

―아니야.

그래, 이것은 병아리가 알 껍데기를 깨는 소리다.<sup>아키라가 마음</sup>

아키라라는 하나의 존재가 부화하기 위한 소리다.<sup>현실을 보기</sup>

"눈을 감으렴. 귀를 막으렴. 그럼, 기분 좋은 어둠 속에서 잘 수 있

으니."

"―――――――――아니야!"

빠직. 입가를 덮은 안개가 가벼운 소리를 내며 깨졌다.

그 안쪽에서 아키라의 원래 입이 드러났다.

"아니야, 아니야, 아니야, 아니야, 아니야!"

온몸을 뒤덮은 안개에 세밀한 금이 가며 곳곳에서 아키라의 모습
이 드러나기 시작했다.

"나를 보지 마! 나를 비웃지 마! 나를 부정하지 마! 나를 동정하
지 마!"

마음에 들러붙어 있던 응어리가 소리가 되어 세계를 흔들었다.

그때마다 아키라를 뒤덮은 안개가 이리저리 깨지며 마음의 응어
리가 사라졌다.

어느새 몸에 남은 안개가 사라졌고, 눈과 얼굴 절반을 덮은 것만
남았다.

―그것은 아키라의 마음 깊은 곳에 남은 진짜 마지막 본심이다.

아키라가 억눌러 온 최후의 한 숨.

"―――――――――좀 더 **나**를 봐!"

빠지, 직……. 마지막 안개가 아키라로부터 벗겨졌다.

열세 살인 아키라의 본래의 모습이 거기 있었다.

"……보고 있었어요."

"……어?"

어디선가 들린 다정하면서도 맑은 목소리에 아키라의 시선이 위
를 향했다.

아키라의 정면에 있는 것은 쪽빛으로 물들인 화사한 코소데[#5]를 입은 낯선 여성이었다.

어깨까지 내려오는 머리는 인간의 것이라고는 생각할 수 없는 선명한 군청색이고, 주위의 것과 같은 여우 가면 속 아키라를 보는 눈은 머리와 같은 색으로 **빛나고 있었다.**

—하지만 무엇일까. 이 오래 알고 지낸 가족과 만난 듯한 반가움은. 이 여성이 누구인지 전혀 모르는데 마치 오랜 기간 함께 있었던 것처럼 마음을 채우는 다정함은.

"보고 있었어요, 아키라. 네가 어머니의 배 속에 있을 때부터 쭉 너를 보았습니다. —아아, 지금도 생각나요. 너라는 기적이 살아 있다는 것을 알았을 때, 주의 아이들이<sup>나라</sup> 얼마나 기뻐했는가. 얼마나 너의 성장을 축복했는가. 얼마나 **그분**이 고대했는가."

—모른다. 그런 이야기, 나는 전혀 모른다.

—나는 자라면서 늘 고독했다. 누구도 성장을 기뻐해 주지 않았다. 아무리 노력해도 인정해 주지 않았다.

"아니요, 아니요, **목소리가 닿지 못했을 뿐**. 정자(正者)에는 닿지 못하는 소리였지만, 모두 너를 신경 썼어요. 아아, 이제야 귀에 들리는 소리로 전할 수 있네요."

—지금까지 잘해 왔어요.

"아……."

여성의 말에 숨이 막혔다.

---

**#5 코소데** 기모노의 일종으로 통소매로 된 평상복.

아무렇지 않은 그 한마디. 그 말을 얼마나 기다렸는가, 얼마나 고향에서 절실하게 바랐던가.

"그리고 고향에도 너의 성장을 기뻐해 준 자가 있었잖아요."

그렇다. 왜 잊고 있었을까.

시즈미가 있었다. **쿠로**가 있었다. 그리고 할머니가 있었다.

아무도 없던 것이 아니다.

"그렇구나. 나는 혼자가 아니었구나."

"네. 너는 혼자가 아닙니다. 지금도, 옛날에도, 앞으로도."

─어디선가 희미하게 천둥소리 같은 소리가 들렸다.

그 소리에 여성이 살짝 턱을 들었다.

"─이제 괜찮아요. 고개를 들어요. 너는 이미 그의 땅에 **도달했으니.**"

시키는 대로 주위를 둘러보자 아키라는 장대하고 아름다운 신사의 배전 정면에 서 있는 것을 깨달았다.

배전에 크게 걸린 『슈사』라는 두 글자에 아키라는 안도했다.

─드디어 도달했다.

이미 하늘에는 별이 보였다.

주위는 완전히 어둠에 가라앉았을 터인데 신사의 경내는 불그스름한 금빛으로 가득했다.

이 빛은 마치…….

─제단.

머릿속에 그런 말이 떠올랐다.

빛으로 가득한 배전에 무엇보다 맑게 퍼진 **신기**(神氣)에 부정보다 먼저 납득이 되었다.

"시간이군요. ……아아, **후사**에는 아키라를 잘 키워 주었어요."

"할머님을……!"

아는 건가? 놀란 아키라에게 미소만으로 대답하고 여성은 일어났다.

"네. 알고 있고 말고요. 그녀와는 **태어났을 때부터** 알고 지냈으니까요."

희미하게 들릴 뿐이었던 천둥소리가 멈추지 않고 더 크게 들리기 시작했다.

조금씩 땅울림까지 수반하며 아키라의 몸을 흔들었다.

"아니……?!"

"이 땅을 다스리는 분이 너를 알아차렸어요. 이곳은 그분의 거처. **마지막으로** 너와 이야기하고 싶었기에 가능한 한 숨겨 두었지만, 이렇게까지 정령들이 소란을 떠나 들키고 마는군요."

"마지막이라니 무슨 말이야?!"

신사에 가득한 불그스름한 금빛이 한층 강해지며, 주위가 점점 빛에 가려지기 시작했다.

"어쩔 수 없어요. 너를 지키기 위해서라고 해도, 나는 금기를 범했습니다. 신대(神代) 계약은 **우리에게** 절대적입니다. 설령 어떤 이유가 있더라도 범한 자는 소멸을 피할 수 없습니다."

여성의 몸이 천천히 빛에 녹아들기 시작했다. 그 모습에 아키라의 머릿속에 그 이름이 떠올랐다.

할머니에게 깃들어 있던 상위 정령의 이름.

"—후요고젠?"

여성이 놀라며 움직임이 멈췄다. 그리고 여우 가면으로 엿보이는 눈이 기쁨으로 촉촉해졌다.

그 손이 여우 가면의 테두리에 걸리며 가면이 벗겨졌다.

"아아. 이 얼마나 자랑스러운 일인가. 보고 있습니까, 후사에? 우리가 키운 남자아이가 지금 날아오르려고 하네요. —아키라, 뒤를 돌아보면 안 됩니다. 너는 이제 어디로든 갈 수 있으니까요."

사라지는 빛에 삼켜지면서도 환한 웃음꽃을 피운 후요고젠이 쪽빛 눈에 눈물을 담고 아키라를 배웅했다.

이제 말이 닿지 않았다.

붉그스름한 금빛이 모든 것을 삼키고, 마지막으로 천둥 같은 울림이 아키라의 의식을 삼켰다.

# 4화 가람에서 소녀는 미소 짓는다 1

─리링, 띠리, 링.

"으……음."

얼마나 시간이 지났을까.

귀에 쓸쓸하게 남은 풍경 소리에 아키라의 의식이 천천히 깨어
났다.

그리고 깨달았다. 제법 머리가 가볍다.

피로와 졸음은 별로 풀리지 않았으나, 조금 전까지 생각을 얽매던
묘한 중압감이 사라졌다.

그만큼 조금 머리 회전이 돌아가는 듯했다.

눈을 깜박여 흐릿한 시야를 명료하게 했다.

그러자 먼저 시야에 들어온 것은 한눈에 새것임을 알 수 있는 골
풀이 꼼꼼하게 깔린 고급 다다미 위에 앉은 자신의 무릎이었다.

이 정도로 질이 좋은 다다미에 앉는 것은 츠즈라 이래로 처음인가.

신품 특유의 풋풋한 골풀 냄새가 오랜만에 콧속을 간질이는 것을
즐겼다.

─딸랑, 따랑, 라랑.

바람에 흔들리는 풍경 소리에 이끌려 왼쪽으로 시선을 옮겼다.

장지 같은 가로막는 것이 전혀 없는, 크게 열린 넓은 행랑. 떨어지
는 것을 방지하기 위함인가 앉아서 손을 놓을 수 있을 정도의 난간.

─그리고 그 너머로 하늘에 온통 별이 빛나고 있었다.

"별……?"

멍하니 말하고 위화감을 느꼈다. 별을 본다고 하기에는 말도 안 될 만큼 **별빛이 가깝다**.

—저것은 인간의 만든 빛. 도시의 빛이다.

아키라는 어딘가 카렌의 거리를 내려다볼 수 있는 고지대에 있다고 추측했다.

"이곳은……."

"—가람이다."

입에 담은 질문에 대답이 돌아와 놀란 아키라는 정면으로 시선을 되돌렸다.

사방침에 기대는 듯한 자세로 금색 머리의 소녀가 앉아 있었다.

"반큐 대가람. 나의 거처이니라."

—오싹할 만큼 아름다운 소녀다.

"누……."

누구냐. 그 단순한 한마디조차 목구멍에서 얼어붙어 나오지 않았다.

아름답다. 소녀에 대한 표현은 이 한마디면 족할 것이다.

나이는 열 살이 넘은 참일 듯한 앳된 몸. 그녀의 몸을 감싼 것은 붉은 바탕에 금실로 수를 놓은 화려한 히토에였다.

기모노를 덮을 만큼 긴 금발은 섬세한 비단실을 연상시키는 광택을 내뿜었고, 한없이 깊으면서 밝은 복잡한 색채의 푸른 눈동자.

피부는 틀림없이 피가 통하는 건강해 보이는 하얀 피부, 분홍 입술 사이로 엿보이는 치아는 진주 같다.

나른하게 볼에 댄 손가락은 뱅어처럼 매끈하다.

그 모두가 완벽한 위치에 갖추어져 있다.

—분명히 인간이 아니다.

아까 후요고젠 때도 생각했으나, 그녀의 경우에는 확신을 갖고 말할 수 있다.

서방의 사람은 금발에 푸른 눈을 지녔다고 들은 적이 있지만, 이정도로 선명한 색채로 완성된 미모는 인간에게 허락된 영역이라고 생각할 수 없었다.

덧붙여 소녀의 눈이다. 홍채에 해당하는 부분이 푸른 불꽃이 흔들리는 빛으로 온통 물들어 있어서 동공에 해당하는 부분이 전혀 보이지 않는다. 인간이 지닐 수 있는 눈이 아니다.

그 두 눈이 즐거운 듯 가늘어졌다.

"하네즈다."

"네⋯⋯?"

"나의 이름일세. —하네즈. 정자로는 그대만이 입에 담는 것이 허락된 나의 이름일세. 기억해 두게나."

크큭. 하네즈가 능숙하게 목을 울려 웃었다. 자칫하면 무시당하는 것처럼 보이는 웃음인데 잘 어울려서 비아냥거림은 전혀 느껴지지 않는다.

"그래서?"

"앗, 그, 그래서요?"

"그대의 이름은? 나의 이름만 주어지는 것은 너무나 불공평하지 않은가?"

"아, 아키라, 입니다."

연하겠지만, 위치는 압도적으로 상대가 높은 것이 쉽게 상상되었다. 그 때문에 덧붙인 것이기는 하지만 자연스럽게 어조가 존댓말이 되었다.

"**아키라**. 아키라(晶), 후, 후후."

무엇이 재미있는지 아키라의 이름을 몇 번이나 발음하며 즐겁게 웃는다.

"오행을 돌아 이제야 탄생한 은혜의 결정(結晶)을 이름으로 품었구나. 공허의 자리에 이르기에 적합한 이름이로다."

한 차례 아키라의 이름을 반복한 뒤, 하네즈는 아키라를 뚫어지게 응시했다.

그러나 시선에 엄격한 감정은 전혀 없고, 즐겁고 다정한 듯했다.

"소문을 좋아하는 참새들이 지저귀기에 무엇인가 했더니, 정화 의식을 거쳐 공허의 자리에 이른 자가 있을 줄이야. 과연 나도 예상하지 못했구나."

"공허의 자리?"

공허의 자리. 이곳에 이르기까지 가는 길에 몇 번이나 들은 말을 다시 들었다.

지금까지는 의문으로 여길 만한 여유조차 없었으나, 지금은 그 속박이 사라져 있다.

"공허의 자리는 공허의 자리야. **칸나**(神無)**의 미쿠라**(御座)인 자들이 이르는 정자의 기적일세."

"……?"

**칸나의 미쿠라**. 또 모르는 말이 나왔다.

무지함에서 온 당황스러움이 얼굴에 드러난 모양이다. 하네즈의 즐거운 표정에 당혹스러운 빛이 섞였다.

　"**칸나의 미쿠라**는 신이 없는 신의 자리일세. 모르는가? 그보다 아키라. 그대는 어느 집안의 자인가? 내가 모르는 것으로 보아 쿠가나 린도가 아닌 것은 확실하다만."

　쿠가와 린도의 이름이 나왔기에 집안이라는 것이 팔가를 가리키는 것은 이해하였지만, 아키라는 추방된 몸인 이상 우게츠의 이름을 입에 올리는 것이 용납되지 않는다.

　"저는 고아입니다. 팔가와는 관계가 없고, 부모도 없습니다."

　"미쿠라는 팔가에서 태어나. 예외는 없을 터인데…… 거짓을 말하는 것 같지는 않구나."

　아키라가 한 말이 거짓이 아님을 알았는지 하네즈는 당황한 듯 고개를 갸웃했다.

　그러나 당황한 시선이 섞인 것은 찰나일 뿐이었다.

　침묵도 그리 오래 이어지지 않고, 하네즈의 표정이 환한 웃는 얼굴로 돌아갔다.

　"―뭐, 좋아. 나의 반큐 대가람에 칸나의 미쿠라가 찾아왔구나. 지금은 그것만으로 되었다."

　"……후우."

　하네즈가 추궁을 관두자 아키라는 안도한 듯한, 허탈한 듯한 맥 빠지는 숨을 내뱉었다.

　실제로 모르는 것투성이이기는 하지만, 정령이 없다는 것을 들켜 당장 이곳에서 쫓겨나는 것보다는 낫다.

"그나저나 안색이 안 좋구나. ……몸이 안 좋은 것이냐?"

"지쳤을 뿐입니다. 산 사냥 때문에 어젯밤부터 한숨도 자지 못했고, 아무것도 먹지 못했으니까."

덤으로 『씨자첨기』를 받으러 왔을 뿐인데 종일 영문도 모를 곳을 끊임없이 걸어 다녀야 했다.

생각을 얽매는 중압감이 사라졌다고 해도, 피로는 아키라의 의식을 날려 버릴 듯이 쌓이기만 했다.

"그렇군, 배에 무언가 넣으면 잠들 듯한 얼굴이구나. 하지만 이대로는 나와 대화도 제대로 할 수 없겠지. ―**마시거라.**"

"앗?"

슥. 하네즈가 가냘픈 손을 들어 아키라의 무릎 쪽을 가리켰다.

무릎 앞에 투명한 액체가 찰랑찰랑 채워진 붉은 술잔이 어느새 놓여 있었다.

보기에는 물 같지만, 풍기는 냄새가 표현할 수 없을 만큼 황홀하다.

술은 아니겠지만, 과일 같은 복잡하고 달콤한 향이 아키라의 마른 목을 맹렬하게 자극했다.

"……이것은?"

"물이니라."

"……이런 달콤한 냄새가 나는 데, 물은 아니겠지요."

"기짓은 혀에 올려서는 안 된다. 그것은 **젊음의** 물이니라. ―자, 마시거라."

술잔에서 풍기는 향은 훌륭하지만, 지식에 없는 것을 입에 넣는 것이 망설여진다.

"뭔가, 입에 넣기가 두려우냐? 그럼 내가 괜찮은지 증명해 주마."

하네즈의 손에도 들려 있던 붉은 술잔을 입에 대고, 망설이는 일 없이 소녀가 확실히 액체를 마셨다.

술잔에 든 것을 모두 마신 하네즈의 입술이 도발하듯 호를 그렸다.

"자, 아무 문제없지 않느냐?"

하네즈의 입가에서 흘러나온 주금빛의 입자가 바람을 타고 가느다랗고 길게 뻗었다.

입자와 함께 피어오르는 짙은 향기와 하네즈의 미소에 아키라는 될 대로 되라는 심정으로 술잔에 입을 대었다.

약간 점성이 있는 걸쭉한 액체가 혀 위로 흘렀다.

—달아.

감로란 이것을 가리킬까. 꿀꺽꿀꺽 약한 산미와 혀를 찌르는 자극. 무엇보다 복숭아와 비슷하지만, 아키라의 기억에 있는 그것보다 압도적인 단맛이 아키라를 사로잡았다.

최고라고 해도 과언이 아닐 향기로운 맛에 아키라의 잔이 금세 비워졌다.

감로 같은 액체가 목을 타고 내려가 오장육부로 스며들어 퍼졌다.

"이것은……."

"독이니라."

대체 무슨 약이냐고 무심코 중얼거린 아키라에게 하네즈가 그렇게 대답했다.

그 말에 곧바로 기침을 하는 아키라를 보며 하네즈가 생글생글 웃었다.

"농담이야. 젊음의 물은 **평범한** 사람에게는 한 방울이라도 맹독이 되지만, **우리**나 그대에게는 온갖 문제를 떨쳐 내는 영약이니 마음껏 마시도록 하라."

그 말에 거짓은 없는 듯하다. 독이라고 듣고 굳었던 몸이 안심하여 풀어졌다.

하네즈의 말을 증명하듯이 피로가 기분 좋은 열기에 점점 씻겨 나갔다.

그리고 잠시 뒤 아키라의 몸에 남은 것은 슬며시 다가왔다 멀어지는 잔잔한 파도 같은 졸음뿐이었다.

"목은 축였느냐?"

"네. ……감사합니다."

"좋아. 그대의 바람을 이루는 것이야말로 **우리**의 기쁨이니라."

크큭. 목을 울리며 소녀가 미소를 지은 뒤, 조금 진지한 시선으로 아키라를 응시했다.

"—그래서? 아키라의 용건은 무엇이지?"

그 물음에 아키라의 머리가 꿈을 꾸는 심경에서 현실로 되돌아왔다.

그렇다. 아키라는 이곳에 쉬러 온 것도, 감로를 마시러 온 것도 아니라 씨자가 되려고 온 것이다.

"……씨자가 되고 싶습니다. 『씨자첩기』를 받게 해 주십시오."

"……그건 안 돼."

아키라의 바람에 하네즈는 미간을 찡그리고 그렇게 대답했다.

하네즈가 나쁜 것은 아니고, 진지하게 대답해 준 것도 안다. 그래

도 여기까지 고생해서 얻은 대답이 지금까지와 다를 바 없는 것이라는 사실에 아키라는 울컥 화가 치밀었다.

"이유가 뭡니까? 제가 고아이기 때문입니까? 정령이 없기 때문입니까? 부정체<sup>괴물</sup> 같은 것이기 때문입니까?"

시야가, 사고가, 눈물로 흐릿해졌다. 양손의 손톱을 다다미에 세우고 표면을 까드득 긁어 댔다.

―왜 내가 존재하는지 답을 원했다. 그저 무탈한 생활조차 용납되지 않는, 정령이 없는 자신의 탄생 그 자체가 저주스러웠다.

수비병이 된다는 야망조차 이제 아무래도 좋아졌다.

카렌의 백성으로서 지극히 평범하게 공동 주택에서 산다.

그런 비참한 삶조차 자신에게는 몽상의 영역인가.

"나는 씨자가 되고 싶어! 카렌의 백성으로서 구석이라도 좋으니 살고 싶어! ―그것이, 그런 것을 바라는 것이 그렇게 죄인가?!"

―딸랑, 라랑, 따라랑.

풍경 소리가 아키라의 감정을 휩쓴 찰나의 정숙 뒤에 하네즈가 입을 열었다.

"―죄는 아니야. 아키라의 바람을 모두 긍정적으로 응하려는 나의 뜻은 전혀 변하지 않았어. 그대가 고아이기 때문이 아니야. 약속하마, 그대는 부정체<sup>괴물</sup> 같은 것이 되지 않아."

하네즈가 여전히 진지하게 아키라를 응시했다.

"그대가 씨자가 되지 못하는 이유는 단순해. ―그대는 태어났을 때부터 칸나의 미쿠라야. 씨자는 다른 것이 될 수 없어. 수비병도, 신사도, 무녀도, 위사도 그 원칙은 절대 변하지 않아."

"하지만 나는『씨자첨기』에서 백지밖에 나온 적이 없는데?"

그렇다. 처음부터 정해져 있다면 왜 칸나의 미쿠라라는 결과가 나오지 않은 것일까.

"『씨자첨기』는 **평범한** 인간과 토지신이 맺는 의식이야. 당연히 그 범주에 속하는 결과밖에 나오지 않지. ─삼궁에 주어지는 신자(神子), 사원에 주어지는 무(巫), 이것들은 신의 재목에 더욱 가까운 칭호야. 그리고 그대가 지닌 칸나의 미쿠라도 여기에 들어가지."

하네즈가 손에 든 잔을 기울여 젊음의 물을 입에 머금었다.

호흡에 섞인 주금색(朱金色) 입자를 담배처럼 뿜자 달콤한 향기가 공간을 가득 채웠다.

"『씨자첨기』는 그대들의 의식이 아니야. 그것이 대답이니라. 애초에 씨자는 가장 낮은 칭호야. 칸나의 미쿠라라면 걱정할 것도 없을 터인데."

이유라면 있다. 아키라는 떼를 쓰듯이 고개를 가로저었다. 칸나의 미쿠라라는 것이 무엇인지는 아키라에게 관심 밖이었다.

그저 무능하다고 비웃음을 당하고 싶지 않았다.

여기서 살아도 된다고 받아들여 주기를 바랐다.

─그 모두가 고향인 츠즈라에서는 용납되지 않았으니까.

"─어쩔 수 없구나."

곤란한 듯, 기쁜 듯 그런 감정이 섞인 어조로 하네즈가 나직하게 대답했다.

"그대를 씨자로 만들어 주마."

"……네?"

갑자기 얻은 그 말에 아키라는 뒤늦게 반응했다. 무엇보다도 원했던 그 말이 주어진 순간이 너무 뜻밖이라 도저히 실감이 나지 않았다.

"왜 그러는가? 그대의 바람대로 씨자로 만들어 주겠다고 하였는데 기쁘지 않은 것이냐?"

"아, 아니요. 기쁘고 감사합니다."

하지만 어떻게. 아키라가 이으려고 한 말을 알아차린 모양인지 미안한 표정으로 하네즈가 말했다.

"미안하지만, 아무리 나라도 그대를 진짜 씨자로 만들 수는 없느니라. 내가 할 수 있는 것은 『씨자첨기』의 결과를 씨자로 나오게 해 주는 것뿐이야."

그래도 좋은가, 하고 확인하는 말에 아키라는 바로 수긍했다.

그렇다. 오랜 바람이 지금, 이루어진 것이다.

"—고, 고맙, 습……."

말이 나오지 않았다. 흘러넘칠 듯한 환희에 말문이 막혀 아키라는 그저 눈물로 무릎을 적시기만 했다.

"……그럼. 이 뒤에 슈사의 땅에서 『씨자첨기』를 받도록 하라. 그러면 문제없이 그대는 씨자의 결과를 뽑을 수 있을 것이니라."

"네. ……네? 그것뿐, 입니까?"

"그래. 다른 땅에서는 불가능한 것은 아니다만. 슈사의 땅은 **나의 직할이기에** 나도 간섭하기 쉽거든."

장소가 문제였을까? 아무튼 잘 모르는 채 아키라는 고개를 끄덕였다.

"좋아. 그럼, 대가를 말해 보자."

하네즈의 말에 아키라는 새파랗게 질렸다. 보기에도 상위 화족인 소녀에게 하위인 아키라가 원하는 것을 요구했다. 답례라는 의미만 따져도 상당한 돈이 필요할 것임은 상상하기에 어렵지 않다.

"어디 보자. ……다음 토요일부터면 된다. 매주, 나의 가람으로 놀러 오너라."

"……네?"

얼마나 대금을 요구할지 전전긍긍하던 아키라의 어깨가 축 늘어졌다.

"뭐야 불만이냐? 하지만 이것은 양보할 수 없다. 칸나의 미쿠라와의 밀회, 그것은 우리에게 무엇보다 가치가 있거든. 아니면 나의 성의에 대한 대가가 너무 높다는 말이냐?"

"아, 아니요."

아키라는 서둘러 양손을 흔들어 부정했다.

"저, 저는 연병이라 불침번이 겹치면 어떻게 해야 할지 생각했을 뿐입니다."

"걱정하지 마라. **그 정도**는 아무것도 아니니."

잘 모르는 권력 행사를 가까이서 본 아키라는 경악했다.

"이곳에는 어떻게 오면……."

"슈사의 땅으로 안내를 보내마."

그럼……. 말을 고르는 아키라에게 하네즈는 더욱 미간을 찡그렸다.

"무엇을 불만으로 여기는지 잘 모르겠다만, 대가가 너무 높다면 말하거라. ─그대는 지금 무엇을 원하느냐?"

너무 높은 것이 문제가 아니라 **가치의 기준을 모르겠다.**

상황을 모른 채 무언가 엄청난 일이 정해진 기분이 든다.

"왜 그러느냐? 그대의 방문에 적합한 바람을 말해 보아라."

"……바, 바람은 이루었습니다. 씨자가 되는 것, 그것뿐입니다."

"그건 아니지. 그대는 **한 호흡만큼 생각했다**. 즉, 바람이 채워지지 않았다는 것이야."

"―――――――큭!!"

정곡이 찔린 아키라는 숨이 막혔다. 바람이 무엇인지 듣자마자 바로 떠오른 것이 있었기 때문이다.

"―말해 보아라. 그대의 바람, 그 모두를 내가 이루어 주마."

조금 망설이고 결심했다. 씨자가 될 수 있다면 다른 것은 어떻게 되어도 좋다.

"제 부모가 인별성에서 제 혼석을 빼앗을 가능성이 있습니다. 그 전에 카렌의 인별성에 제 혼석을 옮기고 싶습니다."

"음, 인정하마. 그대의 혼석을 신속하게 카렌의 인별성으로 옮기마."

"저는 연병입니다. 그러니 죽고 싶지 않습니다."

"약속하마. 슈몬슈에 그대가 발끝이라도 몸을 두는 한, 주<sup>나라</sup> 전체가 그대에게 협력할 것이니라."

"―힘을 원합니다. 불합리한 일을 떨쳐 낼 수 있는 무엇보다도 강한 힘을."

"부여하마. 그대가 손에 넣는 것은 타의 추종을 불허하는 강력한 힘이야. ―따라서."

갑자기 하네즈의 목소리가 귓가에서 속삭이는 듯 들렸다.

"대가를 주어라. 나는 그대를 만족시키마. 그 대신 그대는 나를 만족시켜야 한다. ―그대의 총애야말로 나의 기쁨이기에.”

하네즈의 부드러운 손끝이 아키라의 가슴을 톡, 찔렀다.

그리 힘을 주지도 않았을 터인데 아키라는 별 저항도 하지 못하고 뒤로 떠밀렸다.

다다미 위에 등을 대고 쓰러진 아키라의 위로 하네즈의 몸이 올라왔다.

아키라의 몸에 어린 소녀의 몸이 얽히며 아키라의 눈앞으로 하네즈의 얼굴이 다가왔다.

의복에 배도록 한 듯한 침향의 향기에 아키라의 머리가 아찔해졌다.

요염함이 적은 나이일 터인 소녀의 눈이 확실한 정욕으로 물들어 있었다.

“아아, 순진하구나, 사랑스럽구나. 정말 칸나의 미쿠라야. 나의 앞에 나타나 주다니, 이 무슨 요행인가.”

아키라는 몸을 비틀려고 하였으나, 몸은 완전히 꿈쩍도 하지 않는다고 해도 좋을 만큼 움직이지 않았다.

“……기, 기다려.”

**못 기다리겠다. 나는 충분히 기다렸어. 오랜만의 칸나의 미쿠라, 나의 것이니라.”

그렇게 말하고 막무가내로 아키라와 얼굴을 겹쳤다.

――빠지직.

“―――앗?!”

작게 무언가가 터지는 소리가 울리며, 하네즈의 몸이 튕겨 나가듯이 아키라에게서 떨어졌다.

"······어?"

뒤늦게 아키라도 발견했다. 자신의 몸을 지키는 것처럼 칠흑으로 빛나는 입자가 주위를 떠돌고 있다.

"······수기(水氣)."

하네즈가 그렇게 중얼거리고 아키라를 바라보았다.

"아키라. 그대, **쿠로**의 것이었느냐?!"

"쿠, 쿠로의 것?"

쿠로가 뭐지? 아키라의 주위를 떠도는 이 입자 말인가? 짐작 가는 것이 없는 아키라는 혼란에 빠져 하네즈에게 되물었다.

"그래, **쿠로**야. 이것은 확실히 **쿠로**의 수기. 아키라, **쿠로**와 만난 적이 있지?"

"······아아."

혹시 그 **쿠로**를 말하는 건가. 그제야 떠올렸다.

기오인의 저택에서 시즈미와 함께 맞이해 준 그 소녀 말인가.

"······네. 옛날에 만난 적이 있습니다."

즐거움이었던 다정한 두 사람과의 반년에 한 번의 밀회. 그리운 기억에 자연히 아키라의 입꼬리가 풀어졌다.

"**쿠로**가 아키라를 발견했다고? 아니, 하지만 그럼 그대는 왜 **이곳에 있지?**"

"제, 제가 고향에서 추방되어서······."

"아니야. **쿠로**가 그대를 놓아줄 일은 절대 없어."

"아, 아니, 하지만."

혼란에 빠져 입을 어물거리는 아키라를 무시하고, 하네즈가 중얼중얼 혼잣말을 했다.

"코쿠텐슈의 집안에 문제라도 생겼나? 아니, 그래도…….'

하네즈는 잠시 생각에 잠겼으나, 나오지 않는 결론을 억지로 내리는 것을 포기한 듯했다.

장난을 떠올린 아이처럼 외모와 어울리게 킥킥 웃음을 터뜨렸다.

"후후, 뭐, 좋아. 경위는 모르지만, 나의 곁에 칸나의 미쿠라가 찾아온 것은 틀림없는 사실. 나에게 중요한 것은 그것뿐이야."

쓰러진 채로 있던 아키라의 위에서 누르며 다시 그에게 얼굴을 가까이 했다.

칠흑 입자가 빛을 더하여 저항할 의사를 보였으나, 하네즈가 양손으로 아키라의 볼을 감싸자 녹아내리는 것처럼 빛이 사라졌다.

"아마 **쿠로**는 흑요전에 멍하니 있을 테지. —나에게 아키라를 빼앗긴 것을 알았을 때, 그 경솔한 자의 얼굴이 볼 만하겠구나."

그때까지 아키라의 내면에 있던 **막대한 무언가**가 갑자기 사라졌고, 그 순간 내리누르는 중압감이 아키라의 의식을 빼앗았다.

"—아키라, 기억해 두어라. 그대를 만족시킨 것은 바로 나다. 대가를 기대하고 있으마."

잃어버린 무언가 대신 아키라의 몸에 다른 무언가가 채워졌다.

—그것은 지금까지 존재하고 있던 것과 비슷하면서 다른 무언가.

하네즈가 즐겁게 웃으며 아키라에게 무언가를 말했다.

—주금의 빛을 내뿜는…….

아키라의 의식은 진창 같은 수마의 잔물결에 휩쓸려 가라앉았다.

그것을 끝으로 아키라의 기억이 끊어졌다.

팁: 젊음의 물에 대하여.

한 모금 마시면 병이 낫고, 두 모금 마시면 노화가 멈추고, 세 모금 마시면 젊어진다.

그 정체는 강력한 치유 효과를 지닌 순수한 신기를 담은 액체다.

당연히 『평범한』 인간의 손으로 다룰 수 없고, 정자가 이것을 마시는 것은 죽음을 의미한다.

# 4화 가람에서 소녀는 미소 짓는다 2

―문득 가슴이 두근거렸다.

파도 소리 같은 예감에 소녀의 의식이 깊은 잠 끝에서 떠올랐다.

창문 너머의 밖은 아직 어둡고 동쪽 하늘이 밝아질 기미도 없다.

"……응."

침대에서 일어나 탁상에 놓은 시계를 보았다.

……다섯 시.

소녀의 아침은 이른 편이지만, 그래도 이 시간은 너무 이르다.

오슈의 텐료 학교에서 막 돌아온 피로와 잿불과 같은 수마의 잔향이 소녀를 침대로 유혹하였으나, 그와 상반된 불길한 느낌이 그것을 허락하지 않았다.

감, 제육감이라고 해야 할 경고를 무시해서는 안 된다는 것을 그녀는 경험을 통해 알고 있다.

특히 소녀의 **그것**은 예언이라고 할 만큼 정밀도를 자랑했기에 더욱 그랬다.

그러나 악의나 저주의 느낌은 없다. 서두를 것은 없다며 진정하고 외국에서 온 거울을 보았다.

어깨를 조금 넘을 만큼 긴 머리와 긴 속눈썹이 드리워진 눈, 이어서 혈색 좋은 입술.

십이 년간 익숙해진 자신의 얼굴로 건강 상태를 확인하고, 잠옷 대신인 하얀 지반#6의 옷깃을 다시 여몄다.

좋아하는 분홍색으로 물들인 겉옷을 어깨에 걸치고 익숙한 자신의 방에서 나왔다.

소녀의 자택인 이곳은 오토리 산 중턱에서도 높은 위치에 세워져 있다.

고지대 특유의 초여름이라고는 생각할 수 없는 밤의 한기가 복도로 나간 소녀의 털을 쭈뼛거리게 했다.

"─공주님. 무슨 일이십니까?"

소녀가 일어나는 소리를 들은 모양이다. 숙직 당번인 소녀 시종 두 명이 대기하던 옆방에서 서둘러 나왔다.

"……가슴이 두근거려서 눈이 뜨였어. 괜찮아, 나쁜 느낌은 아니야."

안심시키기 위해 소녀는 작게 웃어 보였다.

감이 뛰어난 소녀의 말과 미소에 두 사람은 안도하여 긴장을 풀었다.

"방심해서는 안 돼. 나츠, 만약을 위해 경계는 계속해 줘."

"네."

"카즈네, **아카** 님께 가겠어, 수행해 줘."

"알겠습니다. 몸을 깨끗이 하시겠습니까?"

"서두를 일은 아닌 것 같지만, 두근거림이 사라지지 않아. **아카** 님을 찾아뵙는 데 괜한 시간을 버리고 싶지 않거든."

다른 한 소녀, 나바리 카즈네의 진언을 소녀는 고개를 가로저어 거부했다.

---

**#6 지반** 기모노 안에 입는 속옷.

그리고 서둘러 따라오는 카즈네조차 기다리지 않고 경박하게 보이지 않을 아슬아슬한 발걸음으로 천장이 없는 연결 복도를 걷기 시작했다.

멀리 동쪽 하늘이 하얗게 밝아오는 가운데 복도를 지나 연못 옆 건물로 들어갔다.

"카즈네, 입구를 부탁해."

"네. ……공주님, 조심하세요."

연못 옆 건물의 규모는 외관만 보면 정자 정도의 크기밖에 안 된다.

그러나 안에 발을 들인 소녀의 눈앞에는 멀리 이어진 긴 복도가 펼쳐져 있었다.

같은 간격으로 세워진 초에서 흔들리는 불빛이 비칠 뿐인 끝이 보이지 않는 복도를 걸음을 맞추어 걸었다.

신역은 물리 법칙과는 다른 법칙이 지배한다. 거리나 시간은 별로 의미가 없다.

소녀는 이 신역의 주인과의 만남에 확신이 들 때까지 짧은 시간을 묵묵히 걸었다.

—어느새 소녀의 눈앞에 호화로운 마키에[7] 맹장지[8]가 가로막고 있었다.

목적지에 다다른 소녀는 숨을 고르고 맹장지를 열었다.

---

**#7 마키에** 칠기 표면에 옻칠로 그림이나 무늬, 글자 등을 그리고 그 위에 금이나 은 등의 금속 가루를 뿌려 기면에 정착시키는 기법 또는 그 기법으로 만든 칠기.
**#8 맹장지** 빛을 막기 위해 안과 밖에 두꺼운 종이를 겹바른 문.

그 순간 부드러운 아침 미풍이 소녀의 머리를 흩날렸다.

눈을 가늘게 뜬 소녀의 코를 젊음의 물의 잔향이 살짝 자극했다.

—누군가 토지신이 방문하기라도 했나?

곰곰이 그런 생각을 하면서도 반큐 대가람 중앙에 있는 가람의 주인, 하네즈의 모습을 보고 일단 안도하여 한숨을 내쉬었다.

"**아카** 님, 안녕하세요."

아무리 소녀의 계급이 높더라도 하네즈라는 이름을 쉽게 입에 담을 수 없다. 따라서 하네즈를 부를 때는 그저 **아카** 님이라고만 부른다.

"츠구호구나. —오늘은 꽤 일찍 왔구나."

"가슴이 두근거려서 눈이 뜨였습니다. —손님이 오셨나요?"

하네즈의 어조가 왠지 유쾌한 것에 안도하며 츠구호라 불린 소녀는 힐끗 주위로 시선을 옮겼다.

"음, **저것**일세."

하네즈의 손끝이 붉은 잔에 담긴 물의 표면에 닿았다. 수면이 살짝 흔들리며 그 안에서 스며 나오듯 이곳이 아닌 어딘가의 풍경이 비쳤다.

원견법, 천리안이라고도 부르는 먼 곳을 들여다보는 술법 중 하나다.

수면 너머에서 대자로 누워 잠든, 츠구호 또래의 소년이 보였다.

편안한 숨 소리를 내는 그 모습에서 야심이 보이지 않아 자신의 혈족에 속된 욕망을 드러내는 남자들보다 호감이 느껴졌다.

—외모가 제법 괜찮은 소년이다.

틀림없이 화족, 그것도 상위 귀인 출신인 것을 괜찮은 외모에서 알 수 있다.

　—하지만 옷이 너무 허름해.

　츠구호는 속으로 고개를 갸웃했다.

　소년은 평민 아이와 비교해도 위화감이 없을 만큼 닳은 잔무늬가 들어간 코소데를 입고 있었다. 도저히 외모와 복장이 어울리지 않아서 위화감이 강하다.

　거기까지 생각하다 츠구호는 어떤 사실을 깨닫고 등줄기가 오싹해졌다.

　하네즈는 이 소년을 반큐 대가람의 손님으로 불러들인 것이다.

　그가 누구든 **평범한** 인간인 것은 틀림없다. 그런데 상위 신인 하네즈가 일부러 신역인 가람에 불러들이다니 평범한 일이라고는 생각할 수 없다.

　"**아카** 님. 그는……."

　"이름은 아키라야. 기억해 두어라."

　누구인가. 츠구호의 물음에 하네즈가 단적으로 대답했다.

　"아키라 씨, 입니까."

　다급히 화족의 얼굴을 떠올렸다. 그러나 화족에 한하더라도 그 수는 어느 정도 된다. 슈몬슈의 정점에 앉은 소녀로서도 쉽게 떠올릴 수 없다.

　"어젯밤 참새들이 소란을 떨더군. 슈사의 땅을 보니 『정화 의식』을 수행한 아키라가 있더구나."

　"정————?!"

　거듭 이어진 하네즈의 말에 츠구호는 말문이 막히고 말았다.

『정화 의식』이란 인간의 그릇을 강제로 승화시켜 신의 그릇에 한없이 가깝게 하는 대의식을 말한다.

신의 그릇에 가까워지기 위해서는 그자가 경험해 온 **역사**가 방해된다. 의식의 과정에서 그것을 강제로 제거하기 때문에 정자가 무사히 있기란 어렵다고 한다.

그러나 츠구호가 경악한 이유는 그것이 아니다. 『정화 의식』을 행하려면 그 대상이 되기 위한 전제 조건이 있어야 하기 때문이다.

—칸나의 미쿠라. **평범한** 인간으로부터 태어나는 진정한 기적.

"칸나의 미쿠라?! 그가 칸나의 미쿠라입니까?!"

"그래, 나도 눈을 의심했어. 그러나 본 것은 사실, 서둘러 가람으로 초빙했지."

"칸나의 미쿠라. ……심지어 공허의 자리에 이르렀다고요?!"

이해할 수 없는 사실에 츠구호의 경악이 더 커졌다.

"그릇은 완성되었다만, 진실로 이른 것은 아니야. 무언가 미련이 남았는지 근성은 여전히 **고작** 인간이거든."

"—아아. 그래서 그런 것입니까."

하네즈의 말에 츠구호는 크게 수긍했다.

전승으로 들은 공허의 자리에 이른 자치고는 꽤 인간다움이 남았다고 생각했다.

그러나 불완전하더라도 틀림없이 아키라의 가치는 더할 나위 없이 높다.

이어서 신경 쓰이는 것은 아키라의 가계가 어디인가 하는 것이었다.

"그의 부모는? 쿠가 아니면 린도입니까?"

말하면서도 그럴 가능성은 낮다고 츠구호는 생각했다.

슈몬슈에서 칸나의 미쿠라가 태어났다면 하네즈가 놓쳤을 리가 없기 때문이다.

게다가 쿠가 가문의 당주, 쿠가 호리는 위기감을 느낄 만큼 공명 심이 높다. 따라서 칸나의 미쿠라를 수중에 넣었다면 자신의 발언력을 강화하기 위해 난리를 쳤을 것이다.

반대로 린도 가문의 당주, 린도 코자부로는 공명심이 어이가 없을 만큼 낮아서 성가신 일로부터 도망치기 위해 나서서 하네즈에게 보냈을 것이다.

"어디인지는 절대 말하지 않더구나. —들을 마음도 없었고."

"그것은 ……이유가 무엇입니까?"

"—울고 있었거든."

"네?"

"무리에서 떨어진 새끼 늑대처럼 열심히 귀여운 엄니를 드러내면서 말이야. —씨자가 되고 싶다, 죽고 싶지 않다, 힘을 원한다면서."

하네즈의 볼이 붉어지며 눈이 정욕으로 물들었다.

한없이 사랑스러운 보물을 바라보는 듯 붉은 잔 너머로 아키라를 바라본다.

"……씨자? 씨자가 되고 싶다고 칸나의 미쿠라가 바랐던 겁니까?"

"그래. 기묘한 이야기지? ……물론 불가능한 부탁이니 보기에만 씨자로 속이는 것으로 넘겼지만."

그야 당연하다. 만약 가능하더라도 하네즈가 그것을 실행할 일은 절대 없다.

"따라서 츠구호, **부탁**하마. 아키라의 씨자를 실수 없이 처리하라. 표면을 그럴싸하게 꾸몄을 뿐이기에 나중에 문제가 일어날지도 몰라."

"알겠습니다. 이 뒤에 처리하지요. ─그런데 처음 의문으로 돌아가겠습니다만, 그의 부모는 누구입니까?"

쿠가도 린도도 아니다. 그렇다면 다른 주의 출신이겠지만, 다른 주의 신이더라도 하네즈와 마찬가지로 칸나의 미쿠라를 놓칠 리가 없다.

"……나머지는 여섯 가문, 아키라 씨의 부모를 추측하지 않으면 안 되겠군요."

"아키라는 끝까지 답하지 않았지만, 어느 주인지는 알아. ─코쿠텐슈가 아키라의 출신지야."

"코쿠텐슈!! ……그것을 어떻게 아신 거죠?"

"아키라는 **쿠로**의 것이었으니까."

"**쿠로** 님의?! **아카** 님! **쿠로** 님의 것을 빼앗은 것입니까!"

츠구호의 말에 비명이 섞였다. 그러나 이것만은 그녀를 책망할 수 없을 것이다. 하네즈의 행동은 코쿠텐슈의 신을 틀림없이 격노하게 만들 것이기 때문이다.

코쿠텐슈에 알려질 경우, 농담이 아니라 아키라의 소재를 둘러싸고 틀림없이 타카마가하라를 둘로 나눌 내란이 벌어진다.

"빼앗은 것은 아니야."

아픈 곳을 찔리는 바람에 하네즈가 조금 입술을 삐죽였다.

"아키라가 바란 것이야. 카렌의 구석에서 씨자로 살고 싶다고. ─**우리**는 칸나의 미쿠라의 바람을 거절하지 않아. 그것은 **우리**의 욕구 그 자체니까."

"그것은 알고 있습니다. 알고 있습니다만, 그래도……."

이해는 했지만, 납득할 수는 없다. 왜 성가신 일이 처리하지 못한 채 쌓이기만 하는가. 조금 원망스러운 시선을 잠든 아키라에게 보내고, 문득 몇 년쯤 전에 들은 이야기를 떠올렸다.

"……삼 년쯤 전에 팔가 회합 뒤에 열린 연회에서 우게츠의 당주가 린도 당주를 상대로 한탄하며 말했다고 합니다. ―말하기를 우게츠의 적자는 너무 무능하여 교육하는 데 애를 먹고 있다고."

"자주 듣는 이야기가 아니냐."

"그런데 다음 해 회합에서 우게츠 당주가 **신나게 자신의 아들을 자랑했다**고 합니다. 어느 쪽도 술김에 말한 듯하나 목소리는 진정성이 있었다고."

꽤 한심한 이유지만, 아마 이것이 정확할 것이다. 그렇게 츠구호는 추측했다.

"우게츠는 외동아들일 터였으나, 사실은 두 명이 있던 것 아닐까요? 무능한 장남<sup>아키라</sup>보다 유능한 차남<sup>소마</sup>을 적자의 자리에 앉히는 것은 의외로 자주 듣는 추문 중 하나입니다."

"재미있지만 무리가 있군. 애초에 칸나의 미쿠라를 배제할 이유가 못 돼."

"올해 텐료 학교에 입학한 우게츠 소마는 천재라고 칭송받는 신령사. 밖에서는 북방의 보물이라고 일컬어진다고 하더군요."

"유능하다는 것은 인정하마. 하지만 그것은 기껏해야 **유능할 뿐**이야. 칸나의 미쿠라와는 비교하기가 불쌍할 정도인데?"

그렇다. 칸나의 미쿠라의 무게를 알고 있다면 그런 어리석은 짓은 저지르지 않을 터였다.

─즉.

"……우게츠는 칸나의 미쿠라에 관해 **못 들은 것**이 아닐까요?"

"그럴 리가 있나. 칸나의 미쿠라는 팔가와 **우리** 사이에 맺어진 약정. 이것을 소홀히 한 것은 팔가임을 포기하는 것과 같은 뜻─."

"네. 그러나 칸나의 미쿠라가 마지막으로 나타난 지 벌써 사백 년입니다. 사백 년 전의 내란으로 칸나의 미쿠라에 관한 사항은 모두 팔가 당주의 입으로만 전달하기로 정해졌습니다. **아카** 님. 목숨이 정해진 **평범한** 인간에게 사백 년은 너무 깁니다. 잃어서는 안 된다고 해도 구전 중 하나. 어떠한 일로 잃는 것은 충분히 생각할 수 있습니다."

"만에 하나를 위해 기록이 있을 터인데?"

"확실히 그렇습니다만, 코쿠텐슈는 지금까지 칸나의 미쿠라를 **배출한 적이 없습니다.** 칸나의 미쿠라에 관한 압도적인 경험 부족이 틀림없이 있겠지요."

"……그래. 구전을 잃을 여지는 충분히 있겠구나."

"네. 게다가 분명히 기오인은 우게츠의 적자가 태어나기 전에 혼약 관계를 원했습니다. 이유가 칸나의 미쿠라 때문이라면 기오인의 지나친 의욕도 이해할 수 있습니다. ……우게츠의 폭주는 이 추측으로 설명할 수 있습니다만, 기오인이 침묵을 유지하는 이유를 모르겠습니다. 적어도 **쿠로** 님은 아키라 씨를 포기하지 않을 터인데 코쿠텐슈의 수맥은 흐트러짐이 없고요."

"……그렇다면 대략 상상이 되는구나. **쿠로 녀석은 얼마 전까지** 아키라의 추방을 알아차리지 못한 것이겠지."

흑요전의 수리로 벅찼을 테니까. 하네즈는 아키라의 잠든 모습을 바라보며 그렇게 중얼거렸다.

"……일찍이 가람은 불이 바위를 지피는 이와쿠라#9일 뿐이었어. 왜냐하면 나에게 그것이 가장 쾌적한 환경이었기 때문이야. 하지만 남녀가 정답게 지내기에 적합한 환경이라고는 할 수 없지. 따라서 칸나의 미쿠라가 처음 가람을 방문하기로 정했을 때, 나는 현재 가람으로 모습을 바꾸었어. 가람 수리에 일 년은 걸린 것으로 기억하니, 색에 들떠 있는 **쿠로**는 그 몇 배는 걸렸겠지."

"들떠 있다고요?"

"그 녀석에게는 처음인, 대망의 칸나의 미쿠라가 아니냐? 타카마가하라의 시초부터 세어 사천 년, 아무리 우리라고 해도 남녀의 재미에 굶주려 있지."

"네에……."

남녀의 재미와는 거리가 먼 삶인 츠구호는 하네즈의 말에 적당히 대꾸하는 데 그쳤다.

확신하기 위한 증거가 필요하지만, 아키라가 카렌에 있는 이유에 대한 추측이 옳다면 무언가 모략에 휘말릴 가능성은 적을 것이다.

그야 상대가 칸나의 미쿠라다. 무언가 모략에 쓰기 위해 다른 주로 보낸다는, 어리석기 짝이 없는 행동을 보통 팔가의 인간이 취할 리가 없다.

---

#9 **이와쿠라** 고대 일본의 자연 숭배인 고신도 중 하나로 바위를 숭배하는 것.

운이 좋은지 나쁜지, 잘도 지금까지 기오인에 일이 발각되지 않았다.

이상한 형태로 츠구호는 우게츠의 은폐에 감탄했다.

적어도 지금까지 기오인은 우게츠가 저지른 실수를 깨닫지 못했을 것이다. 그것이 우게츠의 은폐 공작이 뛰어났기 때문인지, 기오인이 칸나의 미쿠라를 자극하지 않도록 배려한 결과인지는 차치하고 말이다.

그러나 어찌 되었든 아키라의 추방이 기오인에 들키는 것은 그리 머지않은 미래일 터였다.

아키라의 부재와 기오인에의 은폐. **쿠로**는 당연하고, 기오인의 격노도 상상하기에 어렵지 않다.

—뭐, 우게츠의 일은 아무래도 좋다.

그것은 츠구호의 거짓 없는 본심이다. 지극히 단순하게 츠구호는 우게츠를 단념했다.

당연하다. 우게츠는 코쿠텐슈에 있고, 처우의 결정은 기오인이 맡고 있다. 츠구호는 슈몬슈의 화족에는 참견할 수 있으나, 우게츠에 관해서는 끼어들 권리가 없다.

게다가 삼궁·사원과 자리를 함께할 것을 허락받았다고 해도, 팔가는 어차피 교체가 가능한 **평범한** 인간의 모임이다. 아무리 충성을 맹세해도 주제를 넘은 행동에는 머리를 교체할 것도 감수하는 것이 삼궁·사원의 위정자로서 기본적인 자세이기도 하다.

문제는 아키라였다.

사백 년 만의 칸나의 미쿠라, 게다가 공허의 자리에 이르렀다.

하네즈에게 아키라를 보내 줄 마음은 없을 것이다.

그리고 그것은 아키라를 놓아준다는 마음조차 없는 **쿠로** 역시 마찬가지다.

둘은 양보하는 일 없이 맞설 테고 그 끝에 있는 것은 코쿠텐슈와 슈몬슈가 휘말린, 말 그대로 전쟁 같은 상황일 것이다.

—어떻게 해서는 회피해야 한다.

츠구호가 하네즈에게 들키지 않도록 결심했을 때, 자신의 손바닥에 갑자기 **무게**가 느껴졌다.

손바닥을 펼치고 당황했다. 거기에 있는 것은 혼염을 하였을 터인 흐릿하게 빛나는 혼석이었기 때문이다.

"저기, **아카** 님. 설마 이것은……."

"아키라의 혼석이야. 빨리 인별성에 보관해 주게."

—역시나.

무심코 이마에 손을 대고 하늘을 올려다보았다.

아키라의 혼석은 코쿠텐슈의 인별성에 있을 터였다. 즉, 이 혼석은 본래 아키라의 것이 아니다.

아키라와 혼석의 연결을 강제로 끊고, 다른 혼석에 혼염을 시도했을 것이다. 이미 인간에게 가능한 일이 아니다.

"……**아카** 님. **평범한** 인간에게는 **평범한** 인간의 규범이 존재합니다. 정식으로 사람 하나를 꾸며 내기 위해서는 시간도, 인력도 부족합니다."

덧붙여 말하자면 인별성은 타카마가하라의 중앙 직할 조직이다. 불가능한 것까지는 아니지만, 관리하는 혼석에 갑자기 새로운 혼석 하나를 끼워 넣는 것은 권한을 무시한 억지스러운 일이다.

씨자 인정이라면 츠구호의 권한으로 어떻게든 되지만, 인별성에 손을 대기란 큰 어려움이 있다고 할 수 있다.

"나도 알아."

일단 무리한 부탁을 한다는 자각은 있는지 하네즈가 입술을 조금 삐죽이며 삐친 표정을 지었다.

"하지만 아키라의 바람 중 하나가 카렌에 사는 것이었거든. 나로서도 이득인 제안, 도저히 거절할 수 없구나."

—알고 있던 일이지만, 역시 하네즈도 전혀 물러나지 않는다.

……솔직히 이 정도일 줄은 몰랐지만.

무리하게 통과시킬 수는 있다. 그러나 문제는 그다음이다.

아키라의 존재를 언제까지고 감출 수도 없고, 아키라가 칸나의 미쿠라라는 자신에 대해서 완전히 무지한 점도 문제다.

"……알겠습니다. 인별성에 혼석을 두기에는 다소 시간이 걸리겠지만, 씨자에 관해서는 오늘 중으로."

"음. 모두 잘 부탁하마. 그래. 애를 써 주는 츠구호에게 상을 주마. —신탁을 내리겠노라."

"헉!! —삼가 받들겠습니다."

놀라면서도 애써 냉정하게 츠구호는 머리를 숙였다.

신탁은 그저 점술, 예언의 종류가 아니다.

좋든 나쁘든 반드시 일어나는 사상(事象)이 전달된다.

이런 종류의 미래시(未來視)에 존재하는 불확실성이 없고, 결과에 간섭하여 미래를 바꿀 수도 있다.

"오늘 해시에 야행이 카렌을 공격할 것이다."²²시

"야행, ……백귀야행입니까!"

백귀야행. 그것은 정체된 장기가 범람하여 일어나는, 어떠한 괴이나 요마를 수괴로 한 수정체의 폭주다.

수십 년에 한 번, 발생할까 말까 하는 매우 강대한 폭주로 과거의 기록에는 몇 번인가 도시를 반쯤 태운 적도 있다고 한다.

"음. 카렌을 관통하는 타테바미 강을 거슬러 오르는 붉은 꽈리의 원망과 한탄이 보이는구나. ─그렇다면 수괴는 **무엇**인가 상상이 되겠지."

"타테바미 강, ……그 괴이로군요."

짐작 가는 곳이 있다는 하네즈의 말에 츠구호는 동의했다.

"신탁, 확실히 받았습니다. 준비를 해야 하므로 저는 이것으로 실례하겠습니다. 다소 바빠질 듯하므로 밤 문안은 늦어지는 점, 양해하여 주십시오."

"그래, 알겠다. 아키라는 연병이라고 했어. 아키라가 속한 수비대를 타테바미 강 중류에 배치하라. 아키라의 활약을 보고 싶구나."

"─알겠습니다."

지금까지 본 적도 없는 화사한 미소를 짓는 하네즈에게 슈몬슈의 정점을 지배하는 소녀, 쿠호인 츠구호는 쓴웃음을 한 번 짓고 머리를 숙였다.

# 4화 가람에서 소녀는 미소 짓는다 3

눈꺼풀 너머에서 아침을 알리는 따가운 햇빛에 아키라의 멍한 의식이 얕은 잠의 경계에서 천천히 떠올랐다.

"으으……."

반짝반짝 비추는 햇빛과 잠에서 깨었을 때 특유의 흐릿한 시야 속에서 꽤 오래 돌바닥 위에 누워 잠들었던 모양인지, 뒤통수를 울리는 둔탁한 통증에 고통스러운 신음을 흘렸다.

한동안 머리를 부여잡은 뒤, 선명해진 시야로 주위를 둘러보자 아키라가 누워 있는 장소는 어딘가 경내의 돌바닥 위였다.

주위를 쭉 둘러보다 발견했다. 안쪽 본전에 걸린 슈사라는 두 글자.

"아……."

하네즈에게 들은 슈사의 땅.

그 장소에 도달한 것을 아키라는 그제야 이해했다.


팔락.

거꾸로 된 제비 상자에서 하얀 종이가 접수대로 떨어졌다.

접수대에 서 있던 노파가 그 종이를 잡아 펼치자, 백지 위에 그저 『씨자』라는 두 글자만 드러나 있는 것이 보였다.

"……씨자구나."

"네."

무심코 입에서 새어 나온 의심스러운 신음에 시치미를 떼는 듯 눈앞의 소년이 수긍했다.

끝없는 의문에서 도망치고 싶은 충동을 억누르며, 나오고 만 결과는 어쩔 수 없다며 노파는 이 이상 생각하기를 포기했다.

슈사 신사는 대대로 그 토지에서 태어난 자밖에 받아들이지 않는 닫힌 신사다.

혈연 이외의 씨자가 태어난 과거가 없는, 전대미문의 씨자 탄생을 어떻게 주위에 설명해야 할까.

그러나 어쩔 도리가 없다.

씨자의 결과는 절대적이다. 자신이 모시는 신이 인정한 이상, 일개 무녀에 불과한 노파는 형식상 받아들이는 길밖에 남지 않았다.

이제 모르겠다. 자포자기하고 받아들인다는 의사를 긍정적으로 대꾸했다.

절차를 마치고 표표히 떠나는 소년의 뒤에서 한 번 탄식하고, 불쾌하게 바라본 뒤 노파는 자신의 업무로 돌아갔다.


**팁: 닫힌 신사에 대하여.**

**보통 『씨자첩기』로는 씨자를 인정받을 수 없는 특수한 신사.**

**격식이 높은 신사인 경우가 많고, 여기서 씨자가 된 자도 긍지가 남보다 강하다.**

**이곳의 씨자는 폐쇄적인 집단이 되기 때문에 『닫힌』 신사란 그것을 야유하는 것도 의미한다.**

## 4화 가람에서 소녀는 미소 짓는다 4

쿠호인의 소재지인 1구를 수호하는 수비대의 대장으로서 모든 수비대의 총대장을 맡은 반다 카노스케가 자신의 일터인 수비대 본부에 얼굴을 내민 것은 늦은 아침인 10시경의 일이었다.

반다의 나이는 육십 후반. 흰 수염을 기른 그 모습은 언뜻 마음씨 좋은 할아버지면서도 나이에 맞지 않은 활력이 넘치는 것이 보인다.

그러나 언제나 미소를 잃지 않는 그 표정은 본부에 얼굴을 내밀었을 때 불쾌한 듯한 짜증으로 물들어 있었다.

이유는 매우 속물적이다. 아소기 겐지가 이끄는 8번대가 행한 산사냥의 성공이 정식으로 확인되었기 때문이다. 덕분에 어젯밤 주의원과의 회합에서는 칭찬 반, 비아냥 반의 대화를 질리게 했다.

그러나 본부 내부를 휘젓는 다급한 소란을 목격하고, 반다는 짜증도 잊고 어안이 벙벙해졌다.

"……뭐야, 이건?"

"—안녕하십니까."

"미와, 너무 시끄러운데, 대체 무슨 일이지?"

"잠시 귀 좀 빌리겠습니다. ……. ……. ……."

목소리를 낮추고 전한 그 내용에 반다의 눈이 크게 뜨였다.

"실례하겠습니다. —잘 오셨습니다, 츠구호 님."

"……그래. 오랜만이야, 반다."

"오슈에서 귀착하셨다는 말은 들었습니다만, 인사가 늦어져서 죄송합니다."

미와의 귓속말을 중간에 끊은 반다가 이 층에 있는 대장실의 문을 열자, 손님용 소파에 앉은 쿠호인 츠구호가 서류를 살펴보는 모습이 눈에 들어왔다.

쿠호인의 맞은편 소파에 앉으려고 옆을 지나칠 때, 탁상에 놓인 서류를 힐끗 확인했다.

현재 수비대에 소속된 대원의 명부다.

—명부? 대체 누구를 찾는 거지?

속으로 고개를 갸웃하였으나, 반다는 호기심을 누르고 츠구호를 조용히 기다리기로 했다.

"—이곳에 있는 것은 최신 명부일까?"

"네. 묘월까지라는 조건이 붙습니다만."
<sup>4월</sup>

실제로 교체가 잦은 수비대 명부와 인원수는 크게 달라지곤 한다.

정확한 인원수와 이름이 실린 명부는 각 수비대에만 존재하기에 이곳에 있는 명부의 정밀도는 솔직히 대충 파악하는 정도에 불과하다.

명부가 몇 권이나 탁상에 쌓였고, 침묵을 깨는 츠구호에게 반다는 기회라며 분발했다.

그래. 퉁명한 대답을 주고, 츠구호는 3구의 명부를 손에 들었다.

"누군가를 찾고 계신다면, 이름을 말씀해 주시면 이쪽에서 대응하겠습니다만?"

역시 누군가를 찾는다고 확신하고, 반다는 몸을 내밀 기세로 그렇게 제안했다.

쿠호인 츠구호가 직접 찾는 상대, 그것이 무엇이든 가치가 있는 존재임이 분명하다.

츠구호보다 그 인물을 먼저 찾아 확보하는 데 성공하면, 상황에 따라 주 정부에 대한 자신의 발언력이 크게 높아질지도 모른다.

혹시 그간 노리고 있던 주 의원의 자리를 노릴 수 있을지도 모른다.

혼자 상상의 나래를 펼쳤으나, 그런 반다를 츠구호의 예리한 두 눈이 노려보았다.

"—반다. 그대가 주 정치에 관심을 보이는 것은 압니다. 그것을 힐난할 마음은 없으나, 이 건에 관해 끼어들지 마십시오. **알겠습니까?**"

가슴에 품은 꿍꿍이를 정확하게 들키는 바람에 고작 십이 년밖에 살지 않은 소녀의 눈빛에 나이를 먹었다고 해도 건장한 반다의 몸이 바로 움츠러들었다.

"……네, 주제넘은 말이었군요. 그러나 이 반다, 그러한 큰일은 전혀 생각하지 않습니다. 그저 츠구호 님을 번거롭게 할 일이 없기를 바라는 그 생각만 하였을 따름입니다."

정곡을 찔렸어도 그럴싸하게 얼버무리고, 반다는 여전히 정보를 얻는 것에 집착했다.

오래 그 지위에 안주하고 있으나, 반다에게 수비대의 총대장 자리는 지나가는 자리에 불과하다.

상위 정령이 깃들어 있지만, 실력은 평민의 영역을 벗어나지 못한 반다가 총대장 자리에 앉을 수 있는 것은 상위 화족으로서의 핏줄과 그것을 고려한 정치 역학의 결과에 지나지 않기 때문이다.

그 사실을 강하게 자각하던 반다는 수비대를 통괄하는 몸이면서 주 의회에 들어가는 것을 노렸다.

―그러나.

"―반다."

츠구호의 노려보는 시선이 강해졌다.

"내가 **끼어들지 말라고 했을 텐데.**"

"······네, 알겠습니다."

츠구호의 시선에 압도되어 겉으로는 아무 일도 없었던 듯, 그러나 등으로는 식은땀을 흘리며 반다는 순순히 물러났다.

츠구호는 그 이상 아무 말 없었고, 얼마간 명부를 넘기는 종이 소리만이 방에 울렸다.

"······아소기 겐지, 어디서 들은 이름이야."

잠시 뒤, 명부를 들고 손을 움직여 기억을 더듬듯이 츠구호가 미간을 찡그렸다.

"8번대 대장입니다. 삼 년 전에 어전 경기에서 준위에 남는 것으로 이름을 올린 남자입니다."

무엇이든 뜻이 맞지 않는 겐지가 화제에 오르자, 반다는 애써 평정심을 가장하며 속으로 쓸쓸한 신음을 흘렸다.

상위 정령이 깃들고 검 실력도 뛰어난 겐지는 그 인품으로도 주위에서 인망이 높아 정치로 총대장이 된 반다와는 수비대 내부에서도 무엇이든 비교되는 사이이기 때문이다.

수비대의 평가는 상대 역학에 의존한다. 대립하는 겐지의 평가가 올라가면, 반다의 평가는 내려간다.

"······아아, 그런가. 어전 경기였어, 기억나."

그러나 반다의 긴장은 기우로 끝났다.

퉁명한 대답을 남기고 츠구호의 시선이 명부로 돌아갔기 때문이다.

그렇게 잠시 방에 침묵이 흐른 뒤, 3구의 명부까지 확인을 마친 츠구호의 시선이 반다에게로 돌아갔다.

"─나머지 명부는 잠시 빌리지. 오늘 본론을 전하겠습니다."

"─네?"

본론? 명부가 목적이 아니었나?

어안이 벙벙해진 반다는 전달된 신탁 내용에 경악했다.

"백귀야행이 타테바미 강을 거슬러 올라 습격한다고요?! 왜 그것을 먼저 말씀하시지 않으셨습니까!!"

유유자적 명부를 보기 전에 수비대에 지시를 내리는 것이 먼저일 것이다. 분개하여 쓴소리를 하는 반다를 츠구호의 차가운 시선이 맞받아쳤다.

"······이미 그대의 비서에게 취해야 할 지시를 포함하여 한 번 전달했습니다. 지금 이야기는 그대를 위한 두 번째 설명입니다."

"······."

쓴소리를 한 것이 오히려 역효과였음을 깨닫고 반다는 침묵하지 않을 수 없었다.

"이제 와서 늦은 출근을 뭐라고 말하지는 않겠지만, 정치 놀이에 제정신을 잃고 수비대 총대장의 자리를 비우고 있을 셈이라면, 그대에게 대장의 자질이 있는지 다시 생각할 필요가 있겠군요."

매일 지각하는 원인에 대해서도 파악한 것을 깨닫고 반다의 안색이 나빠졌다.

"네. 죄송합니다······."

건드리면 베일 법한 절대적으로 높은 자가 내린 선지에 반다의 고개가 저절로 숙여졌다.

"배웅은······."

"불필요합니다. 그대는 백귀야행에 대비하여 준비를 하세요. 타테바미 강을 거슬러 올라오는 상대라면 십중팔구, 쿠츠나가하라의 괴이겠지요. 11번대에 쿠츠나가하라의 감시를 맡기고, 하류에 9번과 10번을 배치. 주력 번대 외에는 주도로 퍼지려는 부정한 짐승의 토벌, 2번대는 상류에서 괴이를 막아 내요. 린도의 당주가 카렌에 와 있을 터이니, 나의 이름으로 협력을 요청하세요."

"알겠습니다."

"1번대는 타테바미 강의 상류 앞에 배치. 최종적으로 도달한 무리는 괴이와 함께 린도의 신기(神器)로 일망타진하세요."

"상류까지 끌어 들이면 괴이가 목적으로 하는 오토리 산까지 뒤가 없어지게 됩니다. 하류에 배치하도록 한마디 명령만 해 주시면 카렌에 오기 전에 섬멸하는 것도 가능합니다만?"

"과거의 교훈에서 배우지 못했습니까? 상류에서 요격하는 것은 백귀야행의 행동 범위를 제한하기 위해서입니다. 그 전에 괴이를 없애면 장기에 이끌린 화생이나 부정한 짐승들이 광범위하게 퍼져 카렌으로 침입하겠지요. 그렇게 되면 수비대의 허용 범위를 넘은 부정한 짐승이 카렌을 태우게 됩니다. ─최초로 카렌을 태운 실패를 두 번이나 용납할 만큼 저는 친절하지 않습니다."

본래 지시를 내려야 할 반다를 놔두고 츠구호가 차례차례 지시를 내렸다.

씁쓸하게 생각한 반다가 이의를 제기하였지만, 단숨에 일축되고 말았다.

츠구호의 위치는 반다보다 훨씬 상위에 있으므로, 반다의 의견은 애초에 고려되지 않는다.

츠구호의 날카로운 시선이 반다를 꿰뚫자, 무의식중에 노구의 목이 울렸다.

타데바미 강은 십 리에 걸쳐 있다. 이만한 규모가 있다면 백귀야행의 본류를 견제하며 진형을 일직선으로 제한할 수 있을 듯하다.

<sub>약 40킬로미터</sub>

그러나 린도 가문이 소유한 신기의 특성을 생각하면 야행의 진형이 가장 견제되는 상류 직전이 확실히 최선이다.

"중류에는 배치하지 않으십니까?"

<sub>1킬로미터</sub>

중류 구역의 하천 부지는 폭 사분의 일 리로 매우 넓다. 전장으로 적합한데 화제에 오르지 않는다.

덧붙여 3구를 흐르는 강의 중류 구역은 카렌의 도시 기능이 집중된 번화가 바로 옆에 있다.

주 의회와 은행. 게다가 부적사 조합 등 번화가에는 반다가 얼굴을 알리고 싶은 중요한 시설이 줄줄이 간판을 내걸고 있다.

반다로서도 자신의 실패를 만회하기 위한 기회로 자신의 생각에 따르는 부하를 배치하고 싶지만.

"……혹시 괜찮으시다면 1번대의……."

"그러네."

츠구호가 반다의 말을 가로막고 이제 와서 깨달은 척했다.

"8번대를 중류 하천 부지에. 아소기의 지휘가 어느 정도인지 봐

두고 싶어. 그 외에는 그대의 지시로 원하는 대로 해."

"……네, 알겠습니다."

의도가 차단된 반다는 입을 어물거렸으나, 자신이 약해지고 만 상황에 무슨 말을 해도 변명밖에 되지 않는다.

고개를 숙이는 반다에게 눈길도 주지 않고 방에서 나가는 츠구호의 기척이 계단 아래로 완전히 사라진 뒤 시간이 조금 지나자, 반다는 불쾌한 듯 입속으로만 나직하게 중얼거렸다.

"쳇, 지위만 높은 여자애가……."

압도적으로 상위인 자에게 얼굴을 마주하고 불평도 하지 못하고, 완전히 상대의 기척이 사라질 즈음을 노려 중얼거릴 뿐인 항변은 곁에서 보면 꽤 한심한 것이었다.

결국 반다의 손에 남은 것은 실패로 떨어진 평가의 결과뿐이며, 그가 바라는 것은 남지 않았다.

―그러나 일은 생각하기에 달렸다.

이것은 좋은 기회가 아닐까? 그 생각에 반다의 입꼬리가 잔인하게 일그러졌다.

타테바미 강 중류에 배치가 결정된 것은 겐지가 이끄는 8번대뿐이다.

그리고 그 외의 배치는 반다의 지시에 맡겨진 사실.

―이 백귀야행을 계기로 **합법적으로** 아소기 겐지를 제거하는 것도 좋을지도 모른다.

그 뒤틀린 발상에 뛸 듯이 기뻐한 반다는 츠구호가 결정한 것 이외의 지휘를 반다에게 맡긴 의미를 깨닫지 못했다.

츠구호는 이렇게 생각했다.

―결국 **어떻게 지휘하든 결과가 달라질 일은 없으니** 마음대로 하라고.

하룻밤 잠들어 수마를 물리친 사키는 위사 후보로서 보고하기 위해 1구에 있는 수비대 본부로 발을 옮겼다.

문을 열자 뛰어다니는 직원들의 소란이 사키를 맞이했다.

어떻게 생각해도 평소와는 다른 소란에 놀라 보고할 여유를 기다리기 위해 벽에 등을 기댔다.

―그때였다.

"어라, 사키잖아."

"키요코?"

익숙한 목소리로 한 인사에 시선만 그쪽으로 향하자, 마찬가지로 위사 후보로 연수를 하러 온 아사리 키요코가 작게 손을 흔드는 모습이 눈에 들어왔다.

영지도 가깝고, 어린 시절부터 잘 알고 지낸 동성 친구를 만나 사키의 당혹스러움이 안도하여 진정되었다.

"사키도 보고?"

"응. 어제 산 사냥을 했거든."

"산 사냥? 과연 팔가의 위사 후보님, 후방에 물러나 있게 하려던 반다 님의 체면이 완전히 무너졌네."

"……그건 그쪽이 잘못이잖아. 나를 쓸모없는 인간 취급을 해줬으니."

위사 후보의 연수 장소를 정하기 위한 회의에서 폭언을 내뱉은 것은 바로 어제의 일이다.

사키가 8번대를 희망했을 때 반다의 표정을 보고 조금 가슴이 후련했지만.

"─근데 뭘 들고 있어?"

"이거? 에헤헤~, 좋겠지. 당대 스타 특집! 역시 카렌은 도시야. 이 주일이나 먼저 입수했어."

"당당하게 들고 다니지 마! 학교 기숙사장에게 들키면 부모님을 부르는 것만으로는 끝나지 않을 테니까."

손가방에서 윗부분을 드러낸 잡지를 꺼내고, 키요코가 자랑스럽게 사키에게 보여 주었다.

표지에 나온 것은 최근 인기 있는 스크린 스타의 초상이다.

귀중한 사상(寫像)을 많이 실은 그것은 지방이라면 이 주일은 입수가 늦어질 것을 각오해야 하는 귀중품이다.

……또한 사키가 지적한 대로 학교 규칙에 따르면 전범물의 금제품이기도 하다.

"에이. 모범생이네. 그렇게 말하면 안 보여 준다."

"안 돼, 검열해야지."

감추려고 하는 키요코에 선수 쳐서 사키가 잡지를 뺏어 들었다.

파라락 소리를 내며 넘겨지는 페이지가 선명하게 스쳐갔다.

"으~음. 취향인 배우가 없네."

"사키의 취향은 예전 사람뿐이잖아. 요즘 유행은 우게츠 소마 님 같은 사람이야."

사키의 취향은 좀 더 단정한 느낌의 남성이다.

마음에 쏙 들지 않는 잡지의 스타 배우들에게 입술을 삐죽이며 관심을 끊었다.

"소마는 말이야~. 멋있기는 하지만, 그 정도로 완벽하면 수상하지 않아?"

"스타가 스크린 밖으로 나올 리가 없으니, 보는 것만으로 충분해. 나와는 인연이 없는 세계니까 결혼은 평범한 사람이 좋아."

"결혼이라. 있잖아, 우리 학년에 상대가 정해질 듯한 사람이 있던가?"

"그거야말로 소마 님이 유명하지. 기오인의 반려라니 갈 곳까지 간 느낌이 들지만."

태어났을 때부터 결혼 상대가 정해진 것은 어떤 기분일까. 사키는 학교에서도 멀리서 본 우게츠 소마와 기오인 시즈미가 나란히 선 광경을 상상했다.

혼약 관계에 있음에도 대화를 나누는 광경도 적고, 사이가 좋은 모습조차 보이지 않는 두 사람의 모습에 자신의 미래를 겹쳐 보았다.

저런 식으로 되는 것이 이상적인가? 아무래도 자신이 그린 이상과는 먼 기분이 든다.

사키는 페이지를 모두 넘기고, 관심이 사라진 잡지를 키요코에게 건넸다.

"―저기, 아소기 님의 부대에 배치되었지? 건강하게 지내셔?"

"선생님? 우울한 모습이 상상이 안 될 만큼 건강하셨어."

"그, 그래. 저기, 식사를 만들어 가져가면 불편해하실까?"

"글쎄, 결혼도 하지 않은 것 같지만, 그나저나 키요코의 취향도 모르겠네. 선생님은 인기 있지만, 그쪽 방면은 무뚝뚝하고 박정하니까."

유행은 별개라고 단언하는 키요코의 취향은 사실 좀 더 체구가 듬직한 남성이다.

……참고로 첫사랑은 사키의 경호를 맡던 아소기 겐지다.

"결혼 상대로 경박한(모던 보이) 사람은 신용할 수 없어. 그야말로 소마 님은 전형적인……, 앗."

대꾸하려는 키요코의 시선이 엉뚱한 방향으로 향하더니, 이어질 많을 끊고 새침한 얼굴로 벽에 등을 기댔다.

키요코에 이어 맞은편에서 종종걸음으로 다가오는 남성, 미와의 모습을 사키도 발견했다.

"실례합니다만, 린도 가문의 사키 님이십니까?"

"앗, 아, 네. 접니다."

허둥지둥 대답하는 사키와 달리, 미와는 확연히 안도하는 표정을 지었다.

"연락이 닿아 정말 다행이군요. 서둘러 린도 가문의 당주님께 연락을. —백귀야행이 카렌을 덮칩니다. 따라서 당주님께 조력을 부탁하고 싶습니다만……."

백귀야행. 그 심각한 울림에 사키는 불안한 눈을 크게 떴다.

◇

"꼬마! 조심해야지!!"

깜짝이야. 반사적으로 몸을 움츠렸다.

갑자기 날아온 호통에 정신이 든 아키라는 서둘러 주위를 둘러보았다.

시원시원한 목소리와 함께 남자가 커다란 짐수레를 끌며 뒤에서 아키라를 추월하여 인파 속으로 사라졌다.

몇백이나 되는 사람의 흐름이 만들어 내는 일상생활, 증기 자동차와 노면 전차가 오가는 큰길에 서 있었다.

아무래도 들뜬 기분에 멍하니 흘러가듯이 조금 전까지 있던 1구에서 번화가가 있는 카렌 중심까지 흘러온 모양이다.

이곳에 있을 의미도 없으므로 집으로 돌아가려고 몸을 돌렸을 때, 배가 꼬르륵 소리를 냈다.

……생각해 보니 어제 아침에 먹은 오이가 마지막으로 입에 넣은 것인가.

종일 아무것도 먹지 않은 사실을 자각한 순간, 빈속이 맹렬하게 음식을 갈구했다.

공복에 못 이겨 주위를 둘러보자, 포렴이 걸린 우동 가게가 눈에 들어왔다.

조금 고민했다. 아키라는 태어나서 지금까지 식당에 들어간 적이 없었다.

—그러나, 그래도.

여전히 어딘가 들뜬 마음과 음식을 요구하는 배에 아키라의 발이 자연히 눈에 들어온 우동 가게로 향했다.

—오늘쯤은 이런 사치를 부려도 되지 않을까?

"—어서 오십쇼!!"

마음을 굳히고 가게 문에 늘여진 천을 젖히자, 위세가 좋은 주인의 목소리가 들려 조금 몸을 움츠렸다.

주위를 둘러보자 손님 몇 사람이 우동을 먹는 모습이 보였다.

"우동 하나, 주세요."

자리에 앉기 전 아키라는 두근거리는 마음으로 주인아저씨에게 주문했다.

"보통? 키츠네?"

"네??"

처음 듣는 말에 당황하자 눈치챈 주인이 유부를 넣을 것인지 다시 물었다.

"유부 넣어서."

"그래. 3전이야."

주인의 말에 금액을 지불했다.

아키라는 생각보다 싼 것에 안도하여 숨을 내쉬었다.

"맛있게 드세요!!"

눈앞에 놓인 그릇에서 기침이 날 만큼 모락모락 김이 났다. 아키라가 생각했던 것보다 많은 우동이 보였다.

꿀꺽. 무심코 침을 삼켰다.

—그러고 보니 어린 시절에는 배가 부르도록 우동을 먹고 싶다고

꿈꾸었다.

아직도 열세 살인, 틀림없이 아이인 것을 잊고 엉뚱한 감격에 사로잡혔다.

그 몽상의 잔상을 떨쳐 내고 젓가락을 집어 그릇 바닥부터 국물과 면을 섞었다.

그리고 우게츠의 저택에서 할머니와 함께 식사했을 때처럼 예의 따위는 전혀 생각하지 않고 뜨거운 그것을 단숨에 입에 넣었다.

가다랑어포 육수에서 나는 풍미와 간장의 은은한 짠맛이 입속을 채우며, 우동을 빨아들이는 기세 그대로 면이 튀었다.

"아, 아후―."

참지 못하고 사레가 들릴 뻔했으나, 어떻게든 입에 넣은 우동을 삼켰다. 여름 더위에 지지 않는 뜨거운 면이 식도를 통해 위에 담기는 것이 느껴졌다.

후, 후. 두껍고 짧은 숨을 반복하며 배 속의 뜨거운 열기를 밖으로 내보냈다.

생각해 보면 하루는커녕 이틀 만에 먹는 제대로 된 음식에 온몸이 갈채를 보냈다.

우동에 이어 유부 끝을 베어 물었다.

달고 짭짤하게 만든 유부가 살짝 산초의 풍미를 내며 목구멍으로 미끄러져 내려갔다.

―그 시절 우동과는 역시 다르다.

할머니가 면을 뽑아 만들어 준 우동은 씹는 느낌도 제각각이었고, 면 안에 밀가루 덩어리가 들어가는 일도 수두룩했다.

우동뿐만 아니라 면 뽑기는 체력이 필요한 작업이다.

당연히 우동을 뽑는 장인은 남자가 많고, 여성, 그것도 나이든 몸으로 만든 것이라면 맛이 떨어지는 우동이 완성되는 것도 어쩔 수 없는 일일 것이다.

—맛있는 우동이다.

—하지만.

—그때 먹은 우동이 훨씬 더 맛있다.

평소에 먹을 수 없는 제대로 된 식사였고, 아무리 부족함이 있더라도 할머니가 만들어 준 우동이 아키라에게는 돌아가고 싶은 고향과 같은 맛이었기 때문이다.

—아키라가 씨자가 되었을 때도 만들어 주마.

그때가 몹시 기다려진다는 듯 말하는 목소리가 기억 저편에 남아 있다. 갑자기 향수에 빠져 눈가가 뜨거워졌다.

우동 국물 표면에 하나, 둘 파문이 일었다.

말라 버렸다고 생각한 눈물이 새롭게 아키라의 볼을 타고 흘렀다.

"얘, 얘야. 괜찮아?"

갑작스러운 모습에 주인이 걱정스럽게 묻자, 괜찮다며 고개를 젓고 아키라는 목소리를 죽이고 계속 울었다.


—눈물이 마를 때까지, 기억의 곁에서 할머니가 만족스럽게 미소를 짓는 기척이 느껴졌다.

# 막간 좀먹는 밤에 불길하게 뱀이 운다

카렌의 남쪽에는 쿠츠나가하라라고 불리는 광대한 습원이 펼쳐져 있다.

타테바미 강이 지나가는 그곳은 약 팔백 정으로<sup>8제곱킬로미터</sup> 카렌의 삼분의 일에 달하는 넓이를 자랑하는 습지이다. 한눈에 들어오지 않을 만큼 광대하고 무른 지반 때문에 오래도록 인간을 거부해 온 일종의 마경이기도 했다.

여름 습원이다. 개구리와 벌레 소리가 귀에 맴돌 만큼 시끄럽고, 인간을 두려워하는 기미도 없이 소란스럽게 삶을 구가하고 있다.

11번대는 이 땅을 경계하며 발생한 부정체의 소멸을 맡은 자들이다. 그들은 높이 자란 잡초를 바스락바스락 헤치며 여름 습원의 깊은 곳을 흩어져 침투하고 있었다.

—왜 갑자기 이런…….

11번대 말석에 앉은 연병 중 하나인 사쿠지는 속으로 불평불만을 억누르며 자신이 소속된 분대의 맨 뒤에서 따라가고 있었다.

사쿠지의 불만은 당연하다.

대규모 경계 임무가 떨어진 것이 당일 점심이고, 저녁부터 경계를 시작할 수 있게 서둘러 준비가 진행되었기 때문이다.

그러나 불운한 것은 자신 한 사람만이 아니라, 카렌에 소속된 모든 수비대가 빠짐없이 동원되었다는 것을 들었기에 간신히 그 처우에 버틸 수 있었다.

"—사쿠지, 불만인가?"

그러나 속으로 품고 있을 셈이었던 불만도 분대장에게는 모두 보였던 모양이다.

"네. 아, 아니, 아니요. 그렇지 않습니다."

무심코 본심을 대답하는 바람에 서둘러 수습하였으나, 너무 늦지는 않은 모양이다.

본래라면 질책을 받을 실수였지만, 분대장은 딱히 아무 말도 없이 쓴웃음만 입가에 지었다.

"뭐, 마음은 모르는 바도 아니지만, 오늘은 참아 둬. 전체 동원은 쿠호인에서 백귀야행이 일어난다는 신탁을 받았기 때문이야. 대규모 부정체 침공에 혼자 느긋하게 휴가를 낼 수도 없으니."

"—그런데 백귀야행이 정말 일어나는 겁니까? 최근에는 장기가 매우 옅어져 평온한 상태였고, 백귀야행 어쩌고는 솔직히 믿을 수 없습니다."

"믿을 수 없겠지만, 신탁의 내용은 절대적이야. 명심해 둬, 백귀야행은 이제 곧 일어날 거다."

"……일어나더라도 이곳 쿠츠나가하라는 아니라든가. 분명히 신탁 내용에 따르면 백귀야행은 타테바미 강을 거슬러 올라 침공한다면서요? 이곳의 하류는 괜찮은 겁니까?"

"뭐야, 사쿠지. 너, 쿠츠나가하라의 이름의 유래를 몰라?"

사쿠지는 자신의 의문에 오히려 질문이 되돌아와 조금 당황했다.

주변 선배들도 어쩔 수 없는 녀석이라는 한심함이 섞인 시선으로 자신을 보는 것으로 보아, 잘 모르겠지만 너무 비상식적인 질문을 했다는 것을 깨달았다.

"……죄송합니다. 이름의 유래 같은 것은 신경 쓴 적도 없어서."

"아아, 됐어. 이건 굳이 따지자면 우리들의 실수니까."

그렇지, 부장. 그렇게 동의를 요구하자, 부대 중간쯤에서 걸어가던 부장이 웃으며 고개를 끄덕였다.

"맞아요. 보통은 신경 쓸 일이 아니니까. 우리도 입대하고 여름이면 필수로 나오는 괴담으로 들었을 정도고."

그런 건가. 그렇게 독백하듯이 대답하고, 대장이 사쿠지에게 시선을 보냈다.

"좋은 기회니 머리 한구석에 담아둬. ―타테바미 강을 거슬러 오르는 백귀야행은 옛날부터 하나밖에 없어. 쿠츠나가하라의 괴이를 주인으로 하는 백귀야행뿐이야."

옛날부터 이 부근에서는 유명한 괴담 소재다. 그렇게 전제하고 이야기가 시작되었다.

유일하게 여러 나라와의 무역이 허락된 슈몬슈는 무역으로 풍요로움을 누리는 반면, 파벌 싸움이 격렬하여 어느 가문이 가라앉았다느니, 어느 가문이 떠올랐다느니 하는 것이 일상적으로 벌어졌다.

그 와중에 한 화족이 서 있기 바라던 최고봉 지위에서 밑바닥으로 전락했다.

―그 화족이 아니면 **인간**이 아니다.

그렇게 호언장담할 만큼 성황을 자랑하는 일족이었으나, 고작 하나의 정쟁에 패배한 뒤 모든 것을 잃고 일족의 관계자가 화족에서 쫓겨났다.

—나중에 소문을 듣기로는.

내정으로 끌고 가려고 해도, 원한을 너무 많이 산 일족에 힘을 실어 주는 자는 적었고 오히려 조금씩 모아 둔 재화를 잠식당했다.

그 화족의 당주였던 남자는 집요하게 쫓겨 도달한 쿠츠나가하라의 심부에서 세상 전체를 저주하며 죽었다고 한다.

**거기까지**는 흔한 불행 이야기 중 하나에 불과하다.

그 화족은 패배하고 떠오르지 못할 만큼 가라앉았다. 그뿐이었다.

—그것만으로 끝날 터였다.

그 직후에 이변이 일어났다. 쿠츠나가하라에서 강대한 괴이가 발생하여 타테바미 강을 거슬러 올라 침공을 시작한 것이다.

그 위협은 헤아릴 수 없어서 토벌에 하루 낮과 밤, 카렌의 절반이 잿더미로 변했다.

그리고 괴이가 성가신 이유는 완전한 소멸이 사실상 불가능하다는 점이다.

토벌하더라도 토지에 장기가 충분히 쌓이면 괴이가 다시 발생하여 재앙을 흩뿌리는 것이다.

쿠츠나가하라의 괴이가 발생하는 간격은 백 년 정도로, 확실히 발생해도 이상하지 않은 시기였다.

습지 특유의 질퍽거리고 무른 지면을 갈대 같은 풀을 밟아 발 디딜 곳을 만들어 억지로 나아갔다.

걷는 속도가 느리고 끝이 보이지 않는 경계 행동으로 인한 피로가 모두의 신경을 예민하게 만들었다.

"사쿠지. 넌 입대한 지 반년이었지. 지금까지 부정체는 얼마나 봤어?"

부장의 물음에 사쿠지는 기억을 되짚었다.

고작 반년의 기억이다. 금방 답이 나왔다.

"……대체로 작은 벌레예요. 큰 건 대형 지네와 개구리 요괴를 한 번 본 것뿐이네요."

그 정도인가. 고개를 끄덕이고 부장이 사쿠지의 눈을 보았다.

"쿠츠나가하라에서 조우하는 부정체는 네가 말한 그 녀석들이 대부분이야. 하지만 이상하다고 생각하지 않아? 늪이나 습원의 괴물이라면 더 유명한 녀석이 있잖아."

"네?"

되물으려고 하다 사쿠지의 머릿속에 계시처럼 그 대답이 내려왔다.

확실히 이상하다.

대형 지네나 개구리 요괴가 있다. 그럼 그 녀석들을 먹이로 삼는 포식자가 있을 터였다.

개구리를 먹는 괴물로 당장 떠오르는 것은 하나.

"전원, 정지!!"

그것을 말하려는 순간, 대장이 날카롭게 제지하는 신호를 보냈다.

모두 대장을 중심으로 모여 빠르게 주변 경계를 행했다.

"—왜 그러십니까?"

"당했어, **조용**해."

부장의 짧은 물음에 대장이 그렇게 대답했다.

조용하다? 파도 소리처럼 귀를 괴롭히는 여름벌레 소리는 굳이 말하자면 시끄러울 정도—.

거기까지 생각하다 그제야 모두 이해했다. 확실히 조용하다.

직접 귀에 울리는 소리가 더욱 강해지며 벌레 소리가 사라졌다.

"전원, 경계!"

이미 늦었겠지만, 대장의 지시에 모두 자세를 취했다.

주위를 둘러본다.

평소라면 달빛으로 어느 정도 둘러볼 수 있을 터인데 주변은 먹을 칠한 듯이 어둡다.

"사쿠지, 조명탄 준비. ─그러나 신호가 있을 때까지 절대 쏘아 올리지 마라."

"대장, 후퇴를……."

"늦었어. 이미 이쪽을 발견했어."

대장은 수비병은 아니지만, 오래 수비대를 맡아온 사람이다.

지금까지 살아남았다는 자부심을 지켜 준 감각을 무엇보다 신뢰하고 있다.

그 감을 속일 만한 상대, 가볍게 여길 수 없다.

"전원, 격부 준비."

대규모 경계를 맡으며 평소보다 많이 지급된 격부^(공격용 부적) 하나를 품에서 언제든지 꺼낼 수 있도록 잡았다.

"쏘지 마. 절대 저쪽을 자극하지 마라."

"대장, 이제 어떡하면."

"전원, 자세를 유지한 채 후퇴. 놈이 모습을 보인 순간 코를 노리고 격부를 날린다."

"네!!"

"사쿠지. 우리가 격부를 날린 순간, 뒤를 향해 달려라. 주위가 트이면 뒷일은 생각하지 말고 조명탄을 쏘아 올리며 달려라.”

“네, 넵!!”

자, 자, 자. 심한 귀 울음에 섞여 무언가 거대한 것이 풀을 헤치며 다가오는 소리가 들렸다.

소리는 모든 방향에서 울렸으나, 부대가 향하고 있는 정면에서는 들리지 않는다.

주위에서 솟아나듯이 무수하게 푸르스름한 도깨비불이 떠올랐다.

그리고 부대 정면에는 붉은 도깨비불이 둘. 흔들흔들 떠올랐다.

—전승에 따르면.

도깨비불의 희미한 불빛에 비친 하얀 비늘을 두른 거구가 분대 주위를 유유히 가로질렀다.

—그 눈은 꽈리와 같고.

비릿한 장기가 섞인 숨결이 독니 사이로 뿜어져 나왔다.

—백탁된 흉악한 얼굴의 독염의 주인.

붉은 도깨비불로 이루어진 두 눈이 어둠 속에서 분대를 노려본다.

—그것은.

“격부, 공격해!!!!”

격부에 담긴 화염 덩어리가 모습을 보인 괴이의 코에 꽂혔다.

——쟈쟈쟈!!

부대원이 보기에는 강력한 공격이었으나, 그런 것으로 괴이가 쓰러질 리가 없다.

하찮은 생물의 <sup>평범한 인간</sup> 안쓰러운 저항을 무저항으로 받아내고 멀쩡한 모습으로 비웃는다.

"사쿠지, 달려어어어어!!"

그러나 그런 것은 대장도 아는 바였다.

다음 격부를 준비하며 목이 찢어지도록 외친다.

그 말보다 먼저 사쿠지는 후방을 향해 이미 달리고 있었다.

"다음, 공겨어……."

──쟈쟈! 쟈하하하!!

괴이는 격부에 두 번 맞는 관용을 보이지 않았다.

**평범한** 인간의 쓸데없는 저항을 비웃으며 고농도 장기를 담은 독성 화염을 분대를 향해 토해 냈다.

뼈마저 해치는 강렬한 장기를 맞고, 격부를 다시 날릴 여유도 없이 대원들이 독성 화염 속에서 녹아 사라졌다.

"하앗, 하앗! 아아, 젠장, 젠장!!"

간신히 그 화염에서 도망친 사쿠지는 달리면서 품에서 조명탄을 꺼냈다.

생각하기 전에 손을 움직이고 발을 움직여 그 자리에서 조금이라도 빨리 먼 곳으로 도망치고 싶었기 때문이다.

사쿠지는 조명탄의 뚜껑을 열고 도선 대신 도포된 적린을 마찰했다.

통 입구를 높이 들자, 잠시 뒤 빨간 신호탄이 쏘아 올려졌다.

최상급 긴급 사태를 의미하는 색. 이것으로 쿠츠나가하라 전역에 흩어진 수비대에 괴이의 발생이 전해졌을 터였다.

─도오오오오옹오오오오오!!

이제 도망치면 된다. 그렇게 생각한 사쿠지의 등에 충격과 폭염이 스쳤다.

참지 못하고 바닥에 고꾸라져 기어가는 사쿠지의 등 뒤 어둠에서 괴이가 유유히 모습을 드러냈다.

"아, 아, 아……!!"

사쿠지는 공포와 고통에 마음대로 움직이지 않는 몸으로 발버둥을 치며 간신히 뒤를 올려다보았다. 본래는 표정이 없을 터인 괴이의 얼굴이 아득히 높은 곳에서 내려다보며 잔인하게 비웃었다.

"아, 아아……, 배, **뱀**!!"

엉겁결에 내뱉은 그 말을 마지막으로 시쿠지는 토해 낸 독염 속으로 녹아 들어갔다.

──쟈쟈! 하하하!!!

뱀의, 아니 이무기의 모습으로 현세에 몸을 얻은 기쁨에 찬 괴이가 불길하게 웃었다.

─아아, 그는 타락한 왕이기에.

스산하게 괴이가 울었다.

타고난 증오로 인해 현세 전체를 원망의 소용돌이에 끌어 들이면서.

지독하게 이무기가 울었다.

검붉은 장기의 빛만으로 축복받으며.

이곳 쿠츠나가하라에 하얀 비늘과 붉은 도깨비불의 눈을 지닌 이무기 괴이가 원망과 함께 모습을 드러냈다.

팁: 심부에 대하여.

항상 고농도 장기가 쌓여 있는 장기의 늪.

부정한 짐승이 살아갈 수 없을 만큼 장기의 농도가 짙다.

화생의 서식지이며 괴이의 발생점이기도 하다.

실제로는 크게 드문 것이 아니라 산간 골짜기에 종종 존재한다.

# 5화 증오의 탁류, 거스르는 것은 인간의 각오 1

아직 밝은 저녁 시간, 아키라가 자신이 소속된 8번 수비대 주둔지로 발을 들였다. 예상도 하지 못한 소란과 마주치자 무의식중에 당황한 표정을 지었다.

연병 범위는 물론 정규 대원이 소속된 모든 부대가 나와 있는 것이 보였다.

확실히 평범한 일이 아니다. 당황하며 주둔지 안을 둘러보자, 부장인 칸스케가 긴장한 얼굴로 아키라에게 다가왔다.

"반장, 이제 왔구나."

"이제 왔냐니…… 평소와 같잖아?"

늦었을까 불안해졌지만, 벽에 걸린 시계는 평소와 같거나 이를 정도의 시간을 가리키고 있다.

"그보다 이 난리는?"

"……긴급 소환이야. 우리 8번대만이 아니라 모든 수비대에 동원 명령이 내려왔어."

"이유는?"

"몰라. 일단 위도 혼란스러운 듯해."

"―아소기 대장은?"

"본부에서 온 연락계와 만나고 있어."

엄지로 가리킨 곳을 보자, 응접실의 불투명 유리에 전등이 켜져 있다.

『뭐라고!!』

그때 아소기 겐지의 허스키한 목소리가 위협을 담고 불투명 유리를 흔들었다.

『그건 총대장의 판단인가?! 말도 안 돼, 이쪽의 부담을 뭐라고 생각하는 거야!!』

『저는 그저 연락계입니다. 항의는 나중에 총대장님께 부탁드리겠습니다.』

『그럴 시간이 있겠나! 대체……』

격앙은 잠시, 금세 음량을 낮춘다.

"……무언가 위험한 일이 벌어졌는데."

"……맞아. 뭐가 일어났을까."

그때 딸각 소리를 내며 응접실의 문이 열렸다.

안에서 아직 대화를 나누는 겐지를 곁눈질하며, 부장인 니쿠라 신이 피곤한 모습으로 주둔지에 모인 전원을 둘러보았다.

"……시간이 없습니다. 일단 현재 상황을 전하겠습니다. ―끝나자마자 준비를 시작하여 주십시오."

"……저기, 대체 무엇이."

"―오늘 밤, 백귀야행이 발생합니다. 타테바미 강을 거슬러 올라와 카렌에 도달하는 것이 해시, 지금부터 이 각(22시) 반(5시간) 뒤입니다."

술렁. 이곳에 있는 모두에게 긴장감이 흘렀다.

장기가 범람하는 것으로 발생하는 백귀야행. 그것은 백 년에 한번, 일어날지 말지 모르는 재앙이지만, 과거에는 카렌의 절반을 불태운 적도 있어서 이 땅에 사는 자에게는 공포의 대명사로 전래되어

왔다.

"사용을 아낄 때가 아닙니다. 각자 회생부<sup>회복 계통</sup>를 두 장, 화격부 다섯 장을 지급하겠습니다. 분대 및 연병반 대표는 빠짐없이 각 대원의 몫을 신고하러 오십시오."

보통 지급되는 수의 거의 두 배다.

아소기 겐지와 니쿠라 신이 얼마나 이 사태를 심각하게 보는지 말 여기저기서 느껴진다.

"……저희의 담당 구획은 어느 부근입니까?"

숙련된 정규 대원 한 사람이 알아 두지 않으면 안 될 필요 사항에 관하여 물었다.

"……전에 때마침 저희는 묘카쿠 산의 산 사냥에 성공하였습니다."

아무래도 대답할 필요를 느꼈는지 미간을 찡그리며 니쿠라가 입을 열었다.

"묘카쿠 산의 부정체를 크게 줄였기에 나바네 산맥에서 야행에 이끌릴 자는 꽤 적어질 것입니다. —본부는 이 공을 **높이** 평가하였는지, 타테바미 강 중류의 방위를 맡기겠다고."

니쿠라의 말을 이해하는 순간, 항의가 섞인 동요가 한층 커졌다.

타테바미 강 중류 구역은 하천 부지만으로도 사분의 일 리<sup>1킬로미터</sup>쯤으로 제법 넓다. 8번대만으로 그 전체를 방위하기란 불가능할 터였다.

"……저기, 중류 방위를 저희 8번대만 담당한다고 들었습니다만."

설마, 아니, 그럴 리가 없어, 하는 희망적인 관측이 섞인 물음. 그러나 니쿠라는 비정하게 대답했다.

"그렇습니다."

"뭐라고요?! 그건 도저히 불가능합니다!!"

"힘든 것은 당연히 압니다. 그러나 주변 부정체들을 야행에 합류시킬 수는 없습니다. 적어도 카렌의 방위를 목적으로 한 포진으로서는 당연한 것입니다."

지극히 논리적인, 분대 대장이 한 항의를 들은 니쿠라가 표정을 바꾸지 않고 반론했다.

"현재 상류에 모인 부대를 조금 밑으로 내려 달라고 대장님께서 교섭하고 있습니다."

대원들의 소란은 멎을 기미가 없이, 오히려 더 커져갔다.

위로와도 같은 니쿠라의 말은 대원들의 마음을 조금도 안심시키지 못했다.

지금 시대는 전화가 개발되었지만 이제야 보급이 시작된 참이다. 주요 수비대에 선이 간신히 연결된 정도로, 아키라가 속한 8번대에는 통하지 않아서 겐지가 총대장에게 말하려면 본부로 나가야 한다.

백귀야행이 도달할 때까지 앞으로 이 각 반이라고 한정된 와중에 느긋하게 본부로 향할 여유가 있을 리 없는 것은 대원들이 보아도 자명한 사실이었다.

생사가 걸려 있다. 대원들의 불만은 당연하다.

"—시간이 없으니 자세한 배치는 나중에 전달하겠습니다. 각자 준비를 시작하여 주십시오."

니쿠라는 그래도 표정을 바꾸지 않고 그렇게 잘라 말했다.

"……엄청난 일이 벌어졌네."

어깨를 나란히 하고 걸으며 칸스케가 나직하게 중얼거렸다.

"······맞아. 백귀야행이라니. 하필이면 우리가 있을 때 일어날 건 없잖아."

"동감이야. —반 편성은 어떡할래?"

"소속 삼 년을 기준으로 숙련된 자와 신입을 두 반으로 나눠. 숙련반은 타테바미 강의 수비를, 신입은 하류 구역에서 태워진 녀석들을 피난소까지 유도시켜. 어차피 신입이 백귀야행과 맞닥뜨려도 걸리적거릴 뿐이야. 그럼 유도 역할을 맡겨 옆으로 빼놓자. —미안하지만, 분배 방식은 맡길게. 대신이라고 말하기엔 그렇지만, 신입반의 인솔을 부탁해."

아키라는 오래 알고 지낸 칸스케가 조금이라도 안전한 곳에 가도록 은근히 권했다.

바로 그 의도를 이해했는지 칸스케가 표정을 굳혔다.

"어제 —『씨자첨기』를 받고 왔어."

칸스케의 안색을 살필 것만 같아서 애써 정면에서 시선을 움직이지 않고, 다리가 만드는 보조를 늦추지 않으며 아키라가 단적으로 말했다.

칸스케가 숨을 들이켰다. 아키라의 기간이 끝날 때까지는 아직 삼 년이 남았을 터였다.

"어째서?"

"회기부를 만들 수 있으니까."

부적을 만들 수 있는 아키라는 연병들에게 많은 질투를 받았다.

칸스케가 얽힌 적은 없지만, 몹시 성가신 일을 공공연히 당한 것도 안다.

그래도 아키라는 노력해 왔다.

부적을 만들 수 있다는 점을 무시하더라도, 삼 년 만에 두각을 드러내 연병을 이끄는 반장으로 발탁될 정도로…….

"……수비대를 관두려고?"

"아니. —나 말이야, 수비병이 될 거야."

놀라는 바람에 칸스케의 발걸음이 흐트러져 그 자리에 멈췄다.

기간이 끝나고 인별성에 등록이 가능해진 자는 수비대를 나가는 것이 일반적이다.

정규병을 건너뛰고 수비병급의 자리를 노리는 아키라의 생각은 칸스케에게 제정신인지 의심할 만큼 엉뚱한 발상이었다.

"아키라. 그건…….."

"너희가 이해하지 못하는 건 각오하고 있어. ……하지만 나는 기뻤거든."

고향에서는 정령도, 능력도, 도전할 자격마저 없다고 비웃음당하는 나날이었다.

구석이더라도 호흡 하나에 주위를 살필 필요가 없는 생활. 수비대에는 동료가 있고, 같이 웃고 도와주고 있다.

츠즈라에서는 환상에 빠지는 것도 허락받지 못한 생활. 그것을 준 카렌이라는 도시에의 감사.

……그렇기에.

"나는 카렌을 지킬 거야. 할머니도, 너희도 몽땅. —나는 **이제** 수비병이니까."

**그러니** 신경 쓰지 마, 마음 놓고 안전한 곳으로 도망쳐. 그렇게 은근히 전하는 아키라에게, 떨리는 숨을 내뱉어 호흡을 고르고 애써 평탄한 어조를 내려고 하며 칸스케가 입을 열었다.

"—나 말이야, 네가 부러웠거든. 나는 몸 하나로 고향에서 쫓겨났어. 내 고향은 부정체가 적었으니까 수비대는 항상 사람이 넘쳐났고. 우선시되는 건 화족 출신들뿐이고, 카렌에 오니 연병은 쓰고 버리는 것이나 마찬가지인 존재고."

안다. 속으로 아키라도 동의했다.

어제까지는 이해할 여유조차 없었으나, 씨자가 된 지금이라면 안다.

정령이 없다. 가족에게 미움받는다. 그 사실 외에는 말을 어떻게 꾸미든 다른 연병들보다 훨씬 조건이 좋다.

"—그러니까, 나는 기간이 끝날 때까지 죽을 마음은 없으니까. 고맙게 안전한 경비를 맡도록 할게."

칸스케의 밉살스러운 말에 아키라는 조금 편안해졌다.

입술을 비틀어 웃으며 그러라고 말해 주었다.

무언가 유언 같다. 그런 감정에 아키라는 농담을 가장하고 말을 이었다.

"말해 두겠는데 나도 죽을 마음은 없어. 본부도 아소기 대장의 전력과 부정체 수를 줄이는 것이 목적일 테니 대체로 이쪽엔 기대하지 않을 거야."

"소문인 줄 알았는데 지금 상황을 보면 사실인 거 아냐? 상층부의 인간관계 문제에 휘말리다니 이 무슨 민폐야."

—네놈을 살려둔 것은 오직 기오인에 대한 우리의 충성이라 생각해라.

……생각해 보면 아버지, 텐잔을 비롯한 우게츠 일족도 **그랬다.**

기오인에 대한 충성을 방패로 삼아 아키라의 행동을 더욱 나쁜 것으로 판단하는 경향이 강했다.

그것은 일종의 방어 본능이었을지도 모른다.

정령이 없는 아키라를 불필요하다고 업신여기는 것으로 자신이 정상임을 증명하고 싶었을 것이다.

―휘말린 이쪽으로서는 억울한 일이지만.

어제 완전히 버렸을 터인 질척거리는 어두운 감정을 뱃속에서 느끼며, 아키라는 자연히 발을 빠르게 움직였다.

린도 코자부로의 수행인으로 1분대에 온 사키는 상황과 개요를 들은 뒤, 그 걸음으로 8번대 주둔지로 향했다.

8번대 주둔지에서는 대원들의 소란 때문에 압도되어 벽에 붙었다.

자신의 지위가 어떻든 사키는 8번대에 일시적으로 머물고 있을 뿐이다.

현 상황에 참견하는 것은 위사 후보의 권한을 넘어섰다.

그리고 니쿠라가 모습을 드러내 상황을 전달하자, 그때까지의 소란이 상명 하달을 기본으로 한 수비대에는 맞지 않게 호통이 섞인 것으로 바뀌었다.

마음은 알겠다. 입 밖으로 내지는 않았지만, 사키는 속으로 그들에게 슬쩍 동의했다.

거친 일에 익숙한 무가의 딸이라고 해도, 백귀야행은 첫 경험이다.

팔가로서 협력을 요청받은 린도 코자부로는 무가의 정점인 당주로서 침착함을 보였지만, 사키는 속으로 긴장을 억누르는 데 필사적이었다.

"안녕, 사키."

마찬가지로 벽에 기대고 있던 쿠가 료타가 평소처럼 친근하게 다가왔다.

"쿠가, 상황은 이해했어?"

함께 행동한 것은 최근이지만, 가문의 격과 나이가 같은 것도 있어서 사키와 료타는 얼굴을 보고 안 시간이 길다.

그 때문인가 료타의 문제 있는 성격을 잘 아는 사람 중 한 명이 사키였다.

신동이라 불릴 정도로 료타의 실력은 확실하지만, 부정체의 위협과 상황을 가볍게 보는 버릇이 있다.

인사하는 목소리에서 그 버릇이 표면에 드러난 것을 느끼고 사키는 조금 퉁명하게 말했다.

"당연하잖아? 쿠츠나가하라의 괴이가 백 년 만에 나타났다고. 나참, 조금 커다란 부정체 무리 정도로 겁쟁이들이 꽥꽥 시끄럽긴. 한마디로 조금 강한 부정체 한 마리와 주인 사냥의 공을 마구 세울 수 있다는 거잖아."

역시. 료타의 말에 품고 있던 사키의 위기감이 더욱 강해졌다.

"백귀야행은 단순한 무리가 아니고, 상위 부정체인 괴이에 이끌린 장기의 탁류야. 쿠가는 주인을 사냥한 적 있어?"

"몇 번이나. 쉽던데."

"괴이는?"

"그쪽은 한쪽 손가락이 좀 남을 정도지만."

숫자를 부풀리지 않았다면 셋이나 넷 정도인가.

"그럼 알겠지? 그런 게 거대한 무리를 이루고 카렌으로 침입하는 거야, 틀림없이 8번대만으로는 막아 낼 수 없고, 함께 힘을 합치지 않으면 위사도 목숨을 잃게 돼. ……솔직히 말하면 정규병도 수반하지 않고 수비병만으로 야행을 맞이하고 싶지 않을 정도야."

제8수비대의 인원수는 연병을 총동원하여도 약 육십 명. 상류를 목표로 세력을 불린 야행 무리를 막아 내려면 아무리 생각해도 머릿수가 모자란다.

불만은 있지만, 중류 구역에는 도시 기능이 집중된 번화가가 있다. 주도의 평민과 내일의 생활을 지키기 위해서는 정규병은 물론 연병의 전멸도 각오하고 동원을 명령해야 한다.

수비대의 대장으로 자립한다. 사키의 목적을 위해서는 이 판단에 이해를 표하지 않으면 안 된다.

"괴이는 몇 번이나 잡은 적 있다고 했잖아. 문제없어."

문제는 있다. 사키는 속으로 한숨을 쉬며 그렇게 반론했다.

그러나 당사자가 그 문제를 이해할 마음이 없는 것이 최대 문제다.

"—아가씨의 말대로야. 백귀야행을 얕보지 마라."

어떻게 설득할지 입을 여는데 뒤에서 엄격한 목소리가 날아왔다.

어느새 겐지가 사키의 뒤에 서 있었다.

"선생님!"

겐지는 대답 대신 사키의 머리를 쓰다듬고, 료타에게 엄격한 시선을 보냈다.

"쿠가의 **도련님**. 괴이를 잡은 적이 있다고 했지. 잡은 건 무슨 괴이였지?"

"……흉맹 곰과 반야 여우인데요."

아무래도 수비대를 이끄는 겐지의 위풍에는 한 걸음 양보하지 않을 수 없는지, 료타는 다소 얌전하면서도 명료하게 대답했다.

"흐음, 쿠가의 영지 하세베령에서 알려진 **중견 수준**의 괴이인가. 그 녀석들을 단독으로 처치했다면 확실히 대단하군."

"……"

겐지는 일단 료타를 띄워 주었다.

그러나 사키는 료타가 몰래 주먹을 쥐는 모습을 놓치지 않았다.

그래, 속인 것은 사냥한 숫자가 아니라 사냥했을 때의 인원수인가.

중견 수준의 괴이를 단독으로 잡은 것도 아닌 어중간한 실력으로 큰소리치지 마라. 겐지는 료타에게 은근히 말한 것이다.

"괴이인 이상 재야의 부정한 짐승보다 강대하지만, 똑바로 말해 그 정도일 뿐이야. 정말 위협적인 괴이는 인간이 핵이 된 **그것**을 가리켜."

"선생님, 인간이 핵이 된 경우, 뭐가 그렇게 위협적이죠?"

그러한 지식이 부족한 것은 사키도 마찬가지라 순수한 의문을 겐지에게 던졌다.

"무리로 전술을 짜고, 주술까지 다룰 지혜가 생기게 돼. 게다가 무한하다고 해도 좋을 만큼 체력에 한계가 없지. ―지금부터 우리가 상대할 쿠츠나가하라의 괴이도 인간이 핵이 된, 가장 성가신 부류에 들어가는 괴이다."

어느새 삼삼오오 대원들이 모여 있었다.

그런 그들에게도 들려주듯이 겐지가 목소리를 높였다.

"잘 들어라. 괜히 한 걸음을 내딛지 마라. 진형에서 벗어난 순간 놈들에게는 걷어차도 될 돌멩이와 마찬가지가 된다. 타테바미 강에도 다가가지 마라. 괜한 자극만 하지 않으면 괴이는 곁눈질도 하지 않고 상류를 목표로 할 거니까."

"네!!"

겐지가 나란히 대답하는 자신의 부하들을 만족스럽게 둘러보았다.

"선생님, 괜찮을까요? 본부의 지시를 무시하는 게……."

"신경 쓰지 마라, 우리에게 내려온 지시는 중류 구역의 경비에 불과해. 주변에 흩어지려는 부정체를 상대하는 것도 훌륭한 경비 중 하나야."

실제로는 8번 수비대에게 좀 더 부담을 주는 것을 목적으로 한 지시가 내려왔다. 그러나 겐지는 반다의 의향이 충분히 포함된 것으로 보이는 그것을 액면 그대로 수행할 의사가 없었다.

게다가 이번 지시를 반다가 직접 내렸다는 것은 연락원에게 증언을 받았다.

백귀야행에 대한 자의적인 실수를 서면으로 남겨 둔 것이다. 큰 문제없이 이 건을 넘기면, 반다는 겐지의 입을 계속 막기 위해서라도 겐지의 요망을 계속 들어주지 않으면 안 된다.

반다가 보여 준 틈은 자신의 목적을 가장 빠르게 이룰 수 있는 가능성이 된다. 겐지 역시 이 기회를 놓칠 마음은 없다.

만약 자신에게 진 빚을 갚지 않을 심산이라면 그때는 경라대에 들어간 친구의 힘을 빌려서라도 반다의 제거를 불사하기로 각오하였다.

자신의 본심은 감추고 겐지는 한층 목소리를 높였다.

"아가씨를 비롯해 다들 백귀야행에서 벗어난 부정체들을 줄이는 것에만 집중하면 돼. ─쿠가의 도련님도 알겠지?"

"……알겠습니다."

목소리가 다소 불만족스러운 것이 불안하지만, 그래도 얻어 낸 긍정적인 대답. 몰래 시선만 내려 사키는 겐지에게 감사를 표했다.

─그것에 겐지는 고개를 끄덕여 대답했다.

"신호탄, 확인!!"

척후 망루에 올라가 있던 대원의 보고가 전성관을 통해 전해졌다.

"색과 순서!!"

"긴급, 11번대, 접적!!"
<sub>빨강</sub> <sub>오렌지</sub> <sub>초록</sub>

"중류에 도달할 때까지 이 각인가. ─전원, 준비를 마치면 마련된 주먹밥을 먹고 위치로 가라!!"
<sub>4시간</sub>

"네!!!!"

# 5화 증오의 탁류, 거스르는 것은 인간의 각오 2

서둘러 준비를 시작한 아키라 일행이 요격할 준비를 마친 것은 전달된 백귀야행의 도래까지 앞으로 일 각을 남겼을 때였다. <sub>2시간</sub>

"……조용하네요."

갑자기 결정된 배치로 아키라의 옆에서 칸스케 대신 부반장의 위치를 맡은 소년이 올라와 나직하게 중얼거렸다.

백귀야행에 대비하여 주민이 집에 틀어박힌 탓일 것이다.

평소에는 생활 소음으로 사람의 열기가 느껴지는 시간대일 터였으나, 아키라 일행의 눈앞에 펼쳐진 것은 꺼림칙할 정도로 조용하고 앞이 보이지 않는 어둠뿐이었다.

"……맞아. 하지만 방심하지 마. 남쪽 하늘이 **붉어**. 곧 시끄러워질 거야."

이미 오래전에 해가 졌을 터인 건너편이 암갈색 빛으로 가득 차 있다.

너무나 농밀한 장기가 의심되기 때문에 이렇게 멀리서도 그것이라 판단할 수 있을 만큼 밝아진 것이다.

"—어라? 너……."

억지로 몸을 흔들어 움직이며 긴장을 풀고 있자, 뒤에서 말을 걸어왔다.

붙임성이 좋게 웃는 얼굴인 사키와 대조적으로 불쾌한 듯한 료타 2인조가 뒤에서 다가오는 것이 보였다.

"역시. 산 사냥 때 그 사람이지?"

"네. 린도 아가씨, 지난번에는 신세가 많았습니다."

료타의 시선이 험악해졌기에 아키라는 가볍게 인사하는 것으로 그쳤다.

그러나 료타가 내는 분위기는 신경도 쓰지 않고 어둠 속에서 사키는 아키라의 얼굴을 찬찬히 훑어보았다.

"……저기, 아가씨?"

평소라면 경박하다고 말할 법한 사키의 행동에 아키라의 어조에 초조함이 섞였다.

……그보다 료타의 시선이 엄청난 것이 되어 가고 있으므로 어서 그만두었으면 좋겠다.

"아, 미안해! ……하지만, 아니야. 저기, 무슨 일이 있었어?"

주위의 당황과 서로의 호흡이 솜털을 흔드는 것에 볼을 붉히며 화들짝 거리를 벌린다.

경박한 것을 자각하였는지 사키가 아키라에게서 고개를 돌리고 열이 나는 볼을 식혔다.

그래도 아직 미련이 남았는지 사키는 힐끔힐끔 어깨 너머로 아키라에게 시선을 보내며 질문했다.

그러나 그녀의 물음에 짐작 가는 것이 없는 아키라는 속으로 고개를 갸웃할 수밖에 없었다.

그런 아키라의 모습에도 그녀의 진지한 시선에는 흔들림이 없다.

아키라는 일단 자세를 바르게 하고 대답했다.

"……아니요, 특별히 무엇도. 굳이 열거하자면 씨자가 된 정도입니다만."

"아니. 그게 아니라 왠지 분위기가 달라진 느낌이 드는데. ……아, 그나저나 씨자가 되었구나. 축하해."

"감사합니다. —모두 아가씨 덕분입니다."

실제로 어디까지 통했는지는 모르지만, 사키의 한마디가 보탬이 된 것은 사실이다.

솔직하게 감사하는 마음을 담아 머리를 숙였다.

"응, 도움이 되었다니 다행이야. —있잖아, 아키라."

"이봐."

시선을 아키라에게 맞추려고 하는 것에 이끌려 사키와 아키라의 볼이 가까워졌다.

오래 알고 지냈을 터인 료타조차 허락된 적 없는 두 사람의 거리에 초조해진 료타가 억지로 끼어들었다.

"뭐야."

"사키! 외부인에게 마음을 너무 터놓았어. —야, 주제를 알아, 평민 주제에. 사키에게 다가가지 마!"

정령력으로 강화되었는지 료타가 범상치 않은 힘으로 가까워지던 두 사람의 사이를 다시 벌렸다.

"뭐야, 아프잖아. —방해해서 미안해. 우리는 저쪽에 진을 쳤으니, 대처할 수 없는 부정체라면 이쪽으로 넘겨. ……아야. 알겠어, 갈 테니까!"

그대로 사키의 손을 잡고 료타는 빠르게 건너편으로 가버렸다.

위사라고는 상상하기 힘든 두 사람의 모습이 보이지 않게 되자 시종일관 압도되어 있던 아키라는 해방감에 숨을 크게 내뱉었다.

장기가 보이지 않는 압력이 되어 이쪽으로 불어온다.

"—쿠가. 중범위의 정령 기술, 얼마나 쓸 수 있어?"

전투 시각이 다가오는 가운데 사키는 료타에게 물었다.

전투에 들어가기 전에 사키가 신경 쓰는 것은 그것이었다.

두 사람이 배치된 곳은 하천 부지를 따라 세워진 주택가의 큰길이다.

폭은 약 십 간,$^{18미터}$ 다 큰 어른이 여러 명 싸우기에는 부족한 폭을 일반적인 삼나무 판자 담장이 둘러싸도록 세워져 있다.

좀 더 상류 구획이라면 내화성이 있는 회반죽 벽이지만, 이 정도 판자벽이라면 불이 금세 옮겨붙어 퍼질 것이다.

이러한 길거리에서 화행 정령 기술을 행사하는 건 본래는 징벌을 받을 추태이다.

그러나 두 사람에게 그 외의 유효한 공격 수단이 없기 때문에 특례로 허가가 내려왔다.

뭐, 그것도 당연할 것이다.

왜냐하면 사키의 정령 에즈카 공주는 화행인 데다 지급된 격부도 모두 화격부이기 때문이다.

또 문제인 것이 화행 정령 기술이 지닌 특성이다.

문벌 유파의 하나인 쿠호인류는 화행 정령 기술로 본령을 발휘하도록 특화되어 있다.

순간적인 출력이 뛰어난 반면, 지구력이 부족한 화행 공격은 일대 일을 상정한 기술이 많아서 중간 규모 이상의 범위 공격은 그 수가 적다.

사실 사키가 습득한 범위 공격은 다루기 어려운 것을 포함하여 네 가지밖에 없다.

"내가 쓸 수 있는 범위 공격은 다섯 개, 상황에 따라 쓸 수밖에 없어."

사키보다 하나 많은 정도. 료타의 성격으로 보아 일대일로 더 강한 상대를 쓰러뜨리는 것을 중심으로 전술을 세워 온 결과일 것이다.

"나는 네 개지만, 그중 두 개는 범위 제어가 불가능해서 쓸 수 없을 것 같아. ―쿠가는 화재를 일으킬 가능성이 낮으니까 때를 맞춰 중규모 이하의 정령 기술을 써."

"뭐야. 주변의 화재를 신경 쓴다고? 어차피 저항할 힘도 없는 평민 무리잖아, 마음대로 써."

"바보 같은 소리 하지 마. 이런 도시 한복판에서 불이 나면 어떡해? 백귀야행이 일어나는 중이면 제대로 끌 수도 없을 테니 불이 번지기라도 하면 큰일이잖아."

"……쳇."

사키의 날카로운 시선에서 도망치듯이 팔짱을 끼고 눈을 피한다.

"대장은 좋겠네, 강가에 진을 치고. 그러면 부정체도 마음껏 잡을 수 있잖아."

"괴이를 자극하면 엄청난 일이 벌어진다고 설명했잖아. 선생님은 백귀야행이 어떻게든 강에서 나오지 않도록 거기 있는 거야."

"글쎄다, 게다가 상류에 모여 있는 녀석들이 도움이 되려나?"

"1번대에는 위사가 몇 명이나 대기하고 있어. 게다가 지금은 린도 가문의 당주도 있고. 이만큼 포진을 준비하고 괴이를 토벌하지 못하는 건 생각할 수 없어."

역시 괴이를 잡는 것을 완전히 포기하지 못했나.

무심코 새어 나온 듯한 료타의 본심에 사키가 가시가 섞인 반론을 펼쳤다.

"린도 가문의 당주라면 그거잖아? 겁쟁이라느니, 기회주의자라느니 하는 소문은 들었는데?"

어딘가 깔보는 듯한 료타의 어조는 주위의 험담을 그대로 받아들인 모양이다.

뒤에서 그런 험담이 나도는 것은 알고 있었으나, 료타의 입에서 나오자 친자식인 사키의 마음에 울컥 치밀어 오르는 것이 있었다.

"아버님은 확실히 **신중론자**지만, 실력은 확실해. 게다가 아버님이 있다는 것은 린도 가문의 신기도 있다는 뜻이야. **그것**의 신역 특성을 해방하면 강을 거슬러 오르느라 일직선으로 늘어선 백귀야행을 일격에 태울 수 있어."

료타는 사키의 기분을 상하게 한 것을 느낀 모양이다.

그 이상 린도 코자부로에 대해 왈가왈부하지 않고 힘없이 어깨를 으쓱하는 것에 그쳤다.

게다가 사키의 지적은 타당하다.

상위 유력 무가 제후의 당주라는 증거로 주어지는 신기는 정령기의 상위 호환 같은 인식으로 여겨지지만, 그 실태는 신이 직접 만들어 단련한 신의(神意)의 결정이다.

특히 봉인된 신의를 해방하는 것으로 발현되는 다양한 효력은 신역 특성이라고 불리며, **평범한** 인간의 몸으로 일시적인 권능의 재현마저 가능해지는 경이적인 효력을 지닌다.

무가의 정점에 선 팔가의 신기쯤 되면 그 위력은 가히 미루어 짐작할 만하다.

"린도의 신기라면 아마 이름이……."

"야시오리노노베가네(八塩折之延金). 나도 직접은 아니지만, 멀리서 한 번 본 적 있어. 꽤 커다란 부정한 짐승의 무리를 일격에 없애 버렸어. 사용은 한정되어 있지만, 이번 상황에는 딱 맞는 신기야."

흥. 료타가 한 번 코웃음을 치고 입을 다물었다.

큰소리치던 상대의 입을 다물게 한 것으로 사키는 치졸한 만족감을 느끼며 다시 전방을 바라보았다.

그대로 잠시 두 사람 사이에 침묵이 흘렀다.

"……저기."

그러나 침묵도 오래 이어지지 않고, 료타가 입을 열어 침묵을 깼다.

"뭔데?"

"……**그런 녀석**이 취향이야?"

"뭐?"

갑작스러운 화제 전환에 따라가지 못하고, 사키는 놀란 소리를 내며 고개를 갸웃했다.

갑자기 무슨 말을 꺼내냐며 의아한 시선을 보내자, 료타가 턱짓으

로 오 간 너머의 길에 서 있는 아키라를 가리켰다.<sup>9미터</sup>

"아키라? 왜?"

"꽤 사이가 좋아 보이니까. 전부터 아는 사이였어?"

"만난 건 그제가 처음인데? 애초에 나, 선생님의 수비대에 온 것도 처음이고. ─그나저나 왜 그런 걸 물어?"

사키는 화족, 그리고 무가의 딸로서 교육을 받아왔다.

당연히 상류 계급의 딸에게 연애의 자유란 없다는 것은 기초 지식으로 알고 있다.

그러나 사춘기 소녀라는 점은 다를 바 없다.

타인의 연애담은 학교에서 인기 있는 화제로 부동의 1위이고, 사키 자신도 친구와 종종 이 화제로 즐겁게 떠들곤 했다.

─그러나.

"너, 너를 위해 충고하겠는데 **저건** 그만둬. 평민이고, 외부인이야. 일단 팔가의 말석에 있으면서 일족의 명성을 깎아내리는 짓은 하지 마."

"쿠가야말로 무슨 말을 하는 거야? 아키라는 어제 만났을 때부터 무언가 다르게 보여서 조금 신경 쓰였을 뿐인데. 뭐라고 해야 할까, 분위기일까. 표정이 꽤 부드러워진 것 같으니, 씨자가 된 게 좋았을지도."

"분위기? 너야말로 무슨 소리야. 전처럼 붙임성 없는 무뚝뚝한 얼굴이잖아."

"그렇기는 하지만……."

좀처럼 딱 맞는 표현도 없었는지 사키가 고개를 갸웃하며 말을 찾았지만, 결국 적당한 표현을 떠올리지 못하여 입속에서 말을 굴리는 것에 그쳤다.

사키의 모습에 힘을 얻었는지 료타가 더욱 파고들려고 입을 열던 차에……

—정면의 어둠을 노려보았다.

"사키."

"—응, **왔구나.**"

사키는 힐끗 주위로 시선을 옮기며 건너편 길에서 방패를 든 아키라의 모습에 스스로도 모를 안도감을 느꼈다.

그때 전방에서 불어오는 바람이 독특한 부패한 냄새를 싣고 왔다.

바람 그 자체가 썩어버린 이상한 냄새.

전의 산 사냥과는 비교도 안 될 농밀한 장기의 냄새.

—그리고 땅을 울릴 정도로 부정체들이 행군하는 기척.

"—전원, 준비."

대원들이 긴장한 얼굴로 격부를 눈앞에 들었다.

사키 자신도 정령력을 높이고 자신의 정령기인 나기나타에 주입했다.

익숙한 자신의 정령 빛이 장기에 저항하듯이 시야를 옅은 보라색으로 물들였다.

그리고 기다린다.

—적인 부정체의 모습은 아직 어둠 속에 있다.

기다린다.

—그러나 숨기지 못한 땅의 흔들림이 부정체들의 규모를 전해 주

었다.

기다린다.

—종이 한 장 차이로 어둠 너머는 분노와 악의의 탁류로 변했을 것이다.

기다린다.

"……후."

긴장한 끝에 누군가가 숨을 내뱉었을 때, 검붉은 어둠 너머에서 더욱 어두운 장기 덩어리가 엄청난 기세로 마구 몰려들었다.

언뜻 보니 장기로 얼룩진 개와 사슴으로 구성된 부정한 짐승의 무리.

그러나 그것을 머릿속에 떠올릴 여유는 없었다.

—생각보다 더 백귀야행의 속도가 빠르다.

"———쫘라아아아아아!!!!"

사키의 신호로 날아간 화격부가 불똥을 흩뿌리며 업화가 되어 야행에 쇄도했다.

——크르르릉, 워어어어어어어엉!!

개 형태의 부정한 짐승이 불에 휩싸여 고통스럽게 울었다.

울음소리가 난 것은 찰나고, 업화는 어느새 부정한 짐승들을 재로 만들었다.

개 형태의 부정한 짐승은 발이 빠를 뿐인 약체에 불과하지만, 그래도 무리 단위로 태운 것은 큰 성과다.

"쿠가!!"

개의 모습을 한 고기 벽이 잿더미가 된 것을 확인하고, 사키는 료타에게 신호를 보냈다.

격부로는 태워 버리지 못한 사슴 형태의 부정한 짐승이 개의 재를 짓밟고 이쪽으로 몰려들었다.

밀려드는 분주한 압력에 꿈쩍도 하지 않고 료타가 크게 한 걸음, 앞으로 발을 내밀었다.

단련으로 갈고 닦은 몸을 감싼 것은 개나리색 빛이 깃든 독특한 정령 빛.

그것들이 섬세하게 튕길 때마다 그의 흥분한 심정을 드러내는 듯 자줏빛 번갯불이 주변에서 번쩍거렸다.

성격은 차치하고, 료타는 괜히 신동이라 불리는 것이 아니다.

오행 중 가장 희소하고 강력한 토행의 상위 정령이 몸에 깃들었기 때문이다.

토기 정령은 거의 예외 없이 강력한 정령이지만, 그에 더해 팔가에 깃드는 상위 정령쯤 되면 말할 것도 없는 능력을 담고 있다고 단언할 수 있다.

료타가 자신의 정령기인 칼을 크게 쳐들었다.

높이 치켜든 백은의 도신을 연두색 정령 빛이 감싸고, 동여맨 것처럼 두꺼운 번갯불이 그 표면에 겹겹이 흘렀다.

츠키노미야류 정령 기술, 중전—.

"—진중추려(陳中秋麗)!!"

휘두른 도신을 기점으로 자줏빛 번갯불이 부채꼴 형태로 지면에 퍼져 나갔다.

직후, 바닥에 깔린 번갯불의 망에 사슴 형태의 부정한 짐승이 뛰어들었다.

　망에 걸린 사슴의 머릿수는 스물은 되지 않는다.

　그 모두를 사슴의 바로 밑, 발밑에서 솟구친 번개 창이 꿰뚫었다.

　——쿄쿄쿄!!

　그러나 **고작** 스물 정도를 막아 낸 것으로는 상대의 속도는 달라지지 않았고, 뒤에서 더욱 이어지는 사슴 형태의 부정한 짐승이 꿰뚫린 사슴의 옆을 지나쳐 료타에게 달려들려고 했다.

　—**그것**을 기다렸다.

　씨익. 료타의 입술이 잔인하게 일그러졌다.

　츠키노미야류 정령 기술, 연속기—.

　"—명자도(鳴子渡)!!!!"

　——빠지지직!!!!

　그 순간 솟구친 번개 창 사이로 새로운 자줏빛 번갯불이 흐르며, 옆으로 지나치려던 사슴 형태의 부정한 짐승을 모조리 불태웠다.

　대기를 찢고 가르는 번개의 열량이 피할 수 없는 충격파가 되어 대로를 압박했다.

　민가를 지키는 판자벽이 그 압력에 버티지 못하고 크게 뒤집혀 토대와 함께 허공을 날았다.

　—쿠가 녀석!

　괜한 피해를 내지 말라고 단단히 주의를 준 직후에 **이거냐!**

　사키는 쓸데없이 화려한 정령 기술을 날린 료타에게 속으로 이를 갈았다. 그래도 사키는 료타의 앞으로 나아갔다.

　시선 너머에서 발이 느린 멧돼지가 맹렬하게 달려오고 있다.

개나 사슴보다 큰 체구가 무리로 달려드는 파도가 지닌 압력.

그러나 그것을 전혀 개의치 않고 나기나타, 쇼진비나를 들고 몸을 앞으로 기울인 자세로 한 호흡에 최대 속도로 올렸다.

——기익?!

현신 강림으로 강화된 신체 능력으로 사키는 제법 벌어져 있던 거리를 순식간에 좁혔다. 달려드는 선두에 선 개체의 코에 지체하지 않고 칼끝을 찔러 움츠릴 여유도 주지 않고 정령 기술을 때려 박았다.

쿠호인류 정령 기술, 중전—.

"—백설관(百舌貫)!!!!"

나기나타 끝이 붉게 빛나며 화염의 나선이 멧돼지를 꿰뚫고 삼 간 정도의 거리를 붉은빛으로 물들였다.<sup>5미터</sup>

다섯 마리 정도의 멧돼지를 줄줄이 뚫고, 다시 한 걸음. 정령력을 주입하며 발을 내디뎠다.

쿠호인류 정령 기술, 연속기—.

"—세파단책(細波短冊)!!"

순식간에 만들어진 붉은빛이 옆으로 퍼지며 화염 칼날을 만들어 냈다.

——기이익아아아?!!!

"우아아아아악??!!"

"이런!"

사키를 따라오던 정규병 한 사람이 멧돼지의 엄니에 허벅지를 뚫리며 그대로 걷어차였다.

낙법을 취하지 못한 데다 눈앞에는 부정한 짐승의 무리. 이대로는 확실히 짓밟혀 죽는다.

날아간 위치가 사키보다 멀어서 닿지 않기에 판단이 늦어졌다.

—그때였다.

"방해돼, 비켜."

방어 자세도 취하지 못한 남자의 목덜미를 잡고, 현신 강림을 쓴 힘으로 료타가 남자를 뒤로 내던졌다.

방패반이 지키는 방호책 너머로 남자의 모습이 사라졌다.

"……뭐야? 눈에 거슬리니 뒤로 던져 버렸을 뿐인데."

"—아니야, 그냥."

공격한 칼을 거두는 김에 멧돼지의 목을 베어 낸 료타로부터 돌아온 무뚝뚝한 반응에 사키는 쓴웃음을 지었다.

가끔 보여 주는 료타의 배려가 이러니까 불편하기는 해도 싫어질 정도까지는 가지 않는다.

불에 타면서 죽어가는 고통으로 비명을 지르는 부정한 짐승을 곁눈질하며, 무리 근처에서 단숨에 멀어져 방패반이 만든 방호책 안쪽으로 돌아갔다.

다행히 짙은 장기로 강화된 모습은 보이지만, 많은 숫자에 따라가지 못했는지 강화의 상한도 크게 높지 않았다.

—이 정도면 이 장소는 막아 낼 수 있겠어.

그렇게 조금이지만 희망을 품었을 때, 굉음과 땅울림 같은 흔들림이 대로를 흔들었다.

"아앗?!"

뭐지?! 그렇게 외치지도 못한 채 굉음이 울린 방향으로 시선을 보

내고, 집이었던 대량의 목재가 허공을 나는 것을 보고 이번에야말로 말을 잃었다.

목재 파편과 함께 막대한 흙먼지가 일며, 그 너머에 구릿빛 피부와 그것을 밀어 올리는 강인한 근육이 보였다.

몇 채의 집을 사이에 두고도 보이는 거대한 체구.

크게 구별하여 표현하자면, 인간의 모습에 가장 가까울 **그것은** 사키가 처음으로 보지만 가장 유명한 괴물<sup>화생</sup> 중 하나.

"오니!!"

—가아아아아아아앗!!

입속에 완전히 들어가지 않을 만큼 난잡하게 자란 치열 사이로 우렁차게 외치며, 그 오니는 타테바미 강을 향해 발을 들였다.


**팁: 신기에 대하여.**

**신성을 얻은 존재로부터 주어지는 기물의 총칭.**

**정령기와 동일시되기 쉽지만, 기물로서도 엄밀하게는 물질이 아니라 본질적으로 영질에 가깝다.**

**그 정체는 신성이 관장하는 본질을 언령과 신기를 사용해 만든 것. 극소의 신역이라고 해도 과언이 아니다.**

# 5화 증오의 탁류, 거스르는 것은 인간의 각오 3

"……흥, 생각한 정도는 아니군."

달려드는 부정한 짐승의 무리를 타테바미 강 쪽으로 흘러가도록 적당히 피하며 아소기 겐지가 중얼거렸다.

부정체로서의 양은 확실히 무한하다고 생각될 만큼 막대하지만, 개를 중심으로 한 무리의 층은 그 정도로 두껍지 않다.

흘러오는 장기의 농도가 매우 높은 것이 신경 쓰이지만, 그래도 위기감을 필요 이상으로 자극할 일은 없었다.

자신의 정령기인 와키자시(脇差)를 방심하지 않고 들고, 골목 안쪽에서 달려 나온 개 한 무리의 머리 위를 그 겉모습에 어울리지 않는 가벼운 움직임으로 단숨에 뛰어넘었다.

──루루오오?!

지극히 자연스러운 동작으로 매끄럽게 바닥을 박찼다.

조용한 도약은 무리의 선두를 달리는 개의 의식의 사각을 찔렀는지, 겐지의 모습을 놓친 듯 개가 당황한 모습으로 외쳤다.

소리도 없이 개 무리의 뒤로 넘어간 겐지는 바람도 일지 않게 도약하고 검을 아래에서 위로 휘두르는 동작으로 베어 올렸다.

쿠호인류 정령 기술, 초전──.

"──구충(鳩衝)."

베어 올린 칼끝을 따라 뻗어 나간 충격파의 출렁거리는 분류(奔流)가 개의 등 뒤를 덮치며 발밑을 쳐내듯이 무리를 한꺼번에 타테바미 강의 강가로 밀어 냈다.

긴장을 풀지 않으며 검을 넣는다.

매우 조용한 정령 기술이었다.

정령 기술을 날리는 순간조차 잔잔한 수면처럼 흔들리지 않는 정령력은 쓸데없이 정령 빛을 보이는 것을 허락하지 않았다.

전체적으로 투박한 아소기 겐지의 외모에 맞지 않게 깔끔한 기술.

료타가 보여 준 가열함도, 사키에게서 엿보이는 화려함도 없다.

그저 한 자루 검의 번뜩임.

어디까지고 **자연체**로 쓰는 정령 기술, 그것이 무엇보다 무섭다.

이것이 슈몬슈 열 손가락 안에 들어간다고 일컬어지는 아소기 겐지의 실력이었다.

"수고하셨습니다. 대장님."

"니쿠라인가. ─너, 은둔에 서툴잖아. 너무 강으로 다가가지 마라."

어두운 골목에서 몸을 드러낸 부장 니쿠라 신에게 별로 놀라지 않은 듯 검을 넣은 자세를 무너뜨리지 않고 겐지가 대답했다.

"서툴다고 해도 대장님 정도는 아니라는 의미라고요? 웬만한 부정체에겐 뒤처지지 않습니다."

"**그 정도**니까 말하는 거야. 저걸 봐. ……은둔 능력을 높여 둬."

겐지가 전신주와 판자벽 사이에 있는 어둠에 몸을 숨기며, 타테바미 강 쪽을 향해 턱짓을 해 보였다.

─질질, 지지질, 질.

모래 바닥에서 천 주머니를 끄는 것 같은 소리가 타테바미 강 쪽에서 울렸다.

겐지를 따라 판자벽 사이로 강을 엿본 니쿠라는 시선 끝에 있는 광경에 무의식중에 숨을 죽었다.

그곳에 있는 것은 사전에 설명을 들은 대로 하얀 비늘이 달린 거대한 이무기였다.

본래 백사는 신성하다고 일컬어졌지만, 눈앞의 **이것**은 오직 추악하다는 말로 표현할 수 있다.

목을 낫처럼 굽혀 쳐든 그 높이만으로도 이 $^{4미터}$ 간에 달하며, 뼈만 남은 해골처럼 하얀 비늘은 이끄는 수많은 푸르스름한 도깨비불에 비쳐 얼룩 하나 없을 터인 빛도 어딘가 탁하게 보였다.

두 눈은 애초에 없다.

대신 두 눈에 박힌 것은 붉은 도깨비불이었다.

——쟈, 쟈.

스산하게, 지독하게 타테바미 강을 나아가며 이무기가 원망하는 소리로 울었다.

보기만 해도 구토감이 치미는 백사 형태의 대괴이.

그 불길한 모습에 아연실색한 니쿠라를 이무기가 힐끗 노려보았다.

시선은 없다. 애초에 시선을 만들 터인 안구가 없을 터였다.

그래도 안구 대신 눈구멍에 켜진 붉은 도깨비불이 확실히 니쿠라를 포착했다.

"—허어업?!"

니쿠라는 숨을 죽이고 상대를 자극하지 않도록 겐지처럼 어둠에 숨었다.

이무기는 시선을 주었을 뿐 흥미를 잃었는지 침공하는 속도를 늦추지 않고 유유히 타테바미 강을 거슬러 올라갔다.

──하, 하하, 하.

숨어 있을 뿐 아무것도 하지 못하는 하찮은 자들을 비웃는 소리를 남기며 이무기의 기척이 멀어져 갔다.

그것을 확인하자 니쿠라는 온몸의 힘이 이완되는 것처럼 빠져나갔다.

"……그냥 넘어가 주는 것 같군요."

"관심이 없겠지. 괜한 자극만 하지 않으면 녀석은 타테바미 강에서 나올 일이 없어. 그러니 이 이상 다가가지 마. 뱀 괴이는 감각이 예민하기로 유명해. 뱀의 모습을 본뜬 이상, 녀석의 후각은 틀림없이 예민할 거다."

"──통감했습니다. 이렇게 되고 보니, 대원들을 강에서 떼어 놓은 것은 잘한 일이었군요."

"그래, 도련님과 아가씨도. 특히 도련님의 정령 기술은 화려해. 쓸데없이 관심을 끌 만한 짓을 안 하고 넘어가야 해."

"강을 거슬러 오르는 것들을 무시하고, 벗어난 부정체만 없애는 것입니까. 현재로서는 괜찮게 일이 진행되고 있네요. 산 사냥 정도의 부담으로 끝낼 수 있다면 저희로서는 다행이지만, 그만큼 상류에 모여 있는 위사분들의 부담이 커지는 것 아닐까요?"

피해가 적어지는 것은 환영이지만, 일이 모두 끝난 뒤에 반다 총대장의 압력이 심해질 것이 자연스럽게 예상되었다.

총대장의 노림수는 틀림없이 아소기 겐지에게 집중되어 있을 것이므로 총대장과 그 주위에 모인 상층부의 눈에 이 작전은 겐지의 태만으로 보일 터였다.

"신경 쓰지 마. 아까 아가씨에게 린도의 당주님이 상류에 있다고 들었어. 린도의 신기를 행사하면 강을 따라 일직선으로 늘어선 백귀야행 따위는 좋은 표적에 지나지 않게 돼."

"야시오리노노베가네입니까. 소문으로 들었습니다만, 그 정도의 위력이라고요?"

"유명한 특성이니까. 야시오리노노베가네의 신역 특성은 일격을 여덟 배로 하는 것이야."

"……네?"

"인과도 조건도 무시하고 여덟 배다. 덕분에 힘 조절이 되지 않는다고 불평한 적이 있어."

"그것참 대단하네요."

"맞아. 하지만 이번 상황에는 유리해. 우리는 저 이무기를 강에서 밖으로 내보내지 않는 것만 전념하면 돼."

"알겠습니다."

"—자, 조금 더 일해 볼까? 니쿠라, 주변의 부정한 짐승들을 강으로 유도하자."

"알겠…… 헉?!"

─쿠우우우우웅!!!!

니쿠라의 대답을 뒤덮듯이 주택가 너머에서 굉음이 울렸다.

놀라 돌아본 두 사람의 시야에 반쯤 붕괴된 **집이었던 것**이 허공을 나는 모습이 비쳤다.

대량으로 휘몰아치는 목재 파편과 분진 너머에서 구릿빛 피부와 그것을 밀어 올리는 강인한 근육으로 이루어진 거구가 언뜻 보였다.

"오니, 라고?!"

예상도 하지 못한 거물의 출현에 겐지가 아연실색하여 신음했다.

오니는 산간부 최심부인 장기가 고인 곳에 사는 화생 중에서도 가장 유명한 종족 중 하나다.

주술, 요술 종류를 다루는 개체는 적지만, 일 간 반에 달하는 거구<sup>3미터</sup>에 그것을 지탱하는 튼튼한 뼈와 강인한 근육. 그리고 정령 기술에 대한 높은 저항력을 지닌 피부.

그 외모에 맞는 중량과 근육에서 나오는 힘은 상대하는 자에게 성채가 다가오는 듯한 착각마저 주는 절대적인 위협이 된다.

"대체, 어디서."

니쿠라의 의문도 당연하다.

환상이나 유령이 아닌데 갑자기 나타나다니 그야말로 말도 안 된다.

—그러나 그것보다도.

"그건 나중에 생각해!"

겐지가 호통을 치며 그 의문을 묵살했다.

이무기의 기척을 느낀 오니가 침공의 걸음을 멈춘 것이다.

이대로 오니가 날뛰는 기척에 이끌려 이무기가 타테바미 강에서 벗어나면 그것이야말로 엄청난 피해가 나온다.

"니쿠라! 부정한 짐승은 주인이라도 그냥 놔둬! 모을 수 있는 만큼 수비대를 이끌고 오니를 강까지 유도해!!"

"대장님은?!"

겐지가 손에 쥔 정령기를 고쳐 쥐었다.

이무기가 오니 쪽에 완전히 관심을 보인다.

이미 선택지는 없다.

겐지는 자신의 정령력을 모조리 한 단계 높였다.

희미한 회청색 빛이 손목과 도신을 덮었다.

**일부러** 정령 빛을 눈에 띄게 하여 이무기에 대한 유도등 대신으로 쓰려는 것이다.

"이무기를 강에 잡아 두겠어. 그동안 어떻게든 오니를 강으로 끌어 들여. 그러면 놈이 도시에 주의를 기울일 이유가 없어져."

"알겠습니다!! ─조심하세요."

이무기에 대한 미끼가 된다.

겐지가 보인 사지로 향하려는 각오를 깨닫고, 니쿠라는 그저 승낙하는 뜻을 보였다.

"─너도."

오니에게 달려가는 니쿠라의 등에 겐지의 말이 과연 닿았을까.

사지로 향하는 것은 서로 마찬가지다.

쿠츠나가하라의 괴이에 미치지 못하더라도 오니는 중위 부정체 중에서도 상위 부정체에 육박할 만큼 강대한 화생이다.

그런 **것**을 강까지 유도해야 하는 니쿠라도 겐지와 마찬가지로 목숨을 걸어야 하는 것은 다를 바 없다.

겐지는 현신 강림을 행사하여 하천 부지로 단숨에 뛰어들었다.

이무기는 하천 부지에서 강 중간쯤에 서 있었다.

카렌의 물 공급을 맡는 타테바미 강과 그 양쪽 강가에 있는 하천 부지는 몹시 넓어서 다소 요란하게 날뛰는 정도로는 주택가에 피해가 미치지 않을 것이다.

그렇게 판단하고 겐지는 자신의 정령기인 와키자시를 들었다.

이무기는 여전히 움직이려고 하지 않고 오니 쪽만 보고 있다.

시간을 벌고 싶은 겐지로서도 움직이지 않는다면 굳이 나설 필요가 없다.

—겐지를 발견하지 못한 것일까, 굳이 주의를 기울일 필요도 없다고 생각한 것일까. 어느 쪽인지는 모르지만 힐끗 시선을 보내는 일도 없다.

그것을 다행으로 여긴 겐지는 조금씩 조금씩 커다란 움직임을 자제하며 슬금슬금 다가가는 자세를 유지한 채 이무기에게 다가갔다.

호흡마다 폐를 썩게 할 만큼 농밀한 장기를 정령력을 활성화하는 것으로 막으며, 장대한 이무기의 공격권에 아슬아슬하게 들어가지 않는 외부에 자신의 몸을 놓았다.

—지금부터는 순수한 인내심 싸움이다.

이무기가 오니를 참지 못하고 움직이는 것이 먼저일까, 겐지의 정령력이 다하여 쓰러지는 것이 먼저일까.

가장 효과적인 순간에 선제공격을 가한다.

그것에만 집중하며 겐지는 의식을 가늘고 날카롭게 곤두세웠다.

장기의 검붉은 빛 속에 수많은 푸르스름한 도깨비불이 날아다닌다.

겐지를 지키는 정령 빛의 표면에 도깨비불이 닿을 때마다 빠직, 빠직하고 그것들이 터졌다.

겐지 자신은 그런 것에 전혀 반응을 보이지 않고 그저 무심하게 그때를 기다렸다.

—기다린다.

오니가 일으키는 굉음과 땅울림이 점차 다가오는 것이 느껴진다.

—기다린다.

검을 뽑을 준비를 하며 살짝 자세를 낮췄다.

앉은 상태로 공격하는 것과 비슷한, 수평으로 베어 내는 발도술 자세다.

—콰앙!!!!

그리 떨어지지 않은 장소에서 대량의 목재가 날아왔다.

벌써 오니가 여기까지 와 있다.

겐지의 의식도 살짝 그쪽으로 흔들린 순간, 이무기의 몸이 크게 물결쳤다.

아무도 움직이려고 하지 않는 상황에 인내심이 끊겼는지 스슥 소리를 내며 오니가 날뛰는 방향으로 머리를 움직였다. 호기다.

"——쉬이이이익!!!!"

굳게 다문 잇새로 새된 기합을 호흡과 함께 날카롭게 내뱉고, 겐지는 크게 땅을 박찼다.

쿠호인류 정령 기술, 중전—.

"—준구(隼駆)!!"

속도를 크게 높인 정령 기술을 행사하여 찰나의 기세를 몰아 이무기의 옆구리로 다가갔다.

그 기세로 몸을 비틀어 감아올리듯이 발도했다.

도신에 담긴 정령력이 떨리는 소리를 내며 회청색 정령 빛이 춤을 추듯이 허공에 궤적을 그렸다.

쿠호인류 정령 기술, 연속기—.

"—란조사차(乱繰糸車)!!"

수평으로 휘두른 참격에서 마구 찢듯이 옆구리에 몇 개나 상흔을
내며 스쳐 지나갔다.

——쟈아아아아악!!

고통 때문인지 이무기가 지금까지와는 다르게 울었다.

옅은 푸른색 도신이 단단한 비늘의 보호를 받는 이무기의 표피를
뚫으며 뱀 특유의 자잘한 비늘을 흩뿌렸다.

—뭐야, 생각보다 **무른데**?

허공에 흩날리는 비늘을 맞으며 행사한 정령 기술로부터 느껴지
는 감각에 겐지는 속으로 고개를 갸웃했다.

단단한 비늘을 이무기의 가죽과 함께 베어 낸 감촉은 확실히 느껴
진다.

그러나 그 내용물을 베어 낸 감촉이 거의 없다.

—예를 든다면 **속이 빈 달걀을 벤 것** 같은…….

거기까지 생각이 도달하기 전에 겐지의 등줄기로 차가운 것이 흘
렀다.

——쟈, 쟈쟈, 쟈하하아아아아!!

이무기의 울음소리가 겐지의 머리 위에서 들렸다.

감정을 읽기 힘든 지금까지와는 다르게 확실히 비웃음을 담은 소
리다.

괴이와 요마는 난적이다.

그렇게 일컬어지는 가장 큰 이유는 무엇보다 인간의 언어를 이해할 정도의 지성이 있기 때문이다.

이무기에 새겨진 상흔이 부풀며 그 속에서 장기를 포함한 독염이 뿜어져 나왔다.

―퇴로를 끊은 것인가!!

그 사실에 겐지는 망설이지 않고 더욱 한 걸음. 이무기의 품으로 깊이 파고들었다.

――쟈아아아아아악!!

이 이상 안으로 파고드는 것은 싫었는지 이무기가 위협적인 소리를 지르며 찢어질 듯이 입을 크게 벌렸다.

그 입속의 더욱 안쪽, 매끈하게 이어진 어둠 중앙에 퐁, 하고 푸르스름한 불이 켜졌다.

"누으으으으으으으으윽!!"

가장 큰 회피를 외치는 자신의 제육감을 믿고 팽이가 도는 것처럼 그 자리에서 회피했다.

그 직후 장기가 응축된 독염이 겐지의 머리 위에서 방금까지 있던 장소에 떨어졌다.

이무기가 토한 불. 직격은 간신히 피했으나, 제복의 팔꿈치부터 소매 끝까지 불이 스쳤다.

겐지가 치지직 썩어 녹아내리는 옷은 신경 쓰지 않고 정령력을 높였다.

―굉음과 함께 그 공간에 이무기의 꼬리가 지나갔다.

겐지에게 독염을 맞히지 못할 것이라고 판단했는지, 이무기가 주위의 흙과 함께 일대를 후려친 것이다.

——쟈, 하하하!

아득하게 휘몰아치는 흙먼지에 승리를 확신했는지 이무기의 커다란 웃음이 주위에 울렸다.

——그 정도는 예상했다.

비웃는 뱀의 머리 위에 남자의 그림자가 떨어졌다. 두 배는 높은 위치까지 도약하여 겐지는 뱀 꼬리의 일격을 피했다.

하늘 높이 와키자시를 들고 정령력을 한계까지 높였다.

그것은 낙하하는 기세와 정령력의 폭발로 적을 쓰러뜨리는, 위력에 모든 것을 담은 필살기다.

쿠호인류 정령 기술, 마무리 기술—.

"—석할연!!"

재청색으로 빛나는 도신이 맹렬하게 울리며 강하게 내리쳐졌다.

돌격, 폭발, 분쇄.

대지를 가를 수 있는 사키의 힘에 겐지의 기량이 더해지자 이무기의 이마가 울렁이며 일그러졌다.

그러고도 흡수되지 못한 충격이 이무기의 두개골을 크게 부쉈다.

——아니.

아까와 마찬가지로 공격한 감각이 너무 **무르다**.

하얀 비늘을 흩뿌리며 크게 팬 두개골 안쪽에 있는 것은 뼈도, 뇌도 아니라, 푸르스름하게 타오르는 방대한 수의 도깨비불이었다.

그 모두가 바람도 없는데 안에서 밖으로 숨을 쉬듯이 크게 흔들리더니 **겐지를 노려보았다.**

"헉?!"

—직후, 깨진 이무기의 머리에서 하늘을 향해 푸르스름한 업화가 분출되었고, 겐지의 바로 옆을 스쳤다.

간신히 직격을 피한 겐지는 바닥을 굴러 옷이 부패하는 것을 막았다.

다음 공격을 각오하였으나, 예상과 달리 두 번째 공격은 오지 않았다.

——하아앗, 하, 하, 하아.

이무기의 커다란 웃음에 그 머리가 있던 장소를 올려다보았다.

크게 벌어진 머리의 구멍에 수많은 도깨비불이 무리를 짓는 모습이 보였다.

도깨비불이 채워지며 바스락바스락 비늘이 구멍을 메꿔 나갔다.

마치 시간을 거슬러 오르는 듯한 이상한 광경.

그것을 확인한 겐지는 무심코 칼자루를 꽉 쥐었다.

**머리를 부순 정도**로 마무리를 지을 수 있을 것이라고는 전혀 생각하지 않았다.

**이 정도**로 죽는다면 역대 위사들이 고생할 리가 없기 때문이다.

그러나 머리를 부수더라도 아무런 타격을 입지 않는 것은 상정하지 않았다.

이무기는 머리가 완전히 원래대로 돌아가자, 후우, 만족스러운지 입꼬리에서 가늘고 긴 독염이 새어 나왔다.

"……그래, 끈질기군. —이무기인 것은 겉뿐이고, 본성은 도깨비불의 군체였을 줄이야."

도깨비불 하나하나는 매우 약한 화생이지만, 일정 이상의 장기가 있다면 순식간에 불어나는 특성을 지닌다.

이 규모의 도깨비불을 섬멸하려면 이무기의 몸을 한 번에 날려 버릴 수밖에 없다.

그것이 가능한 것은 확실히 신기의 일격 정도일 것이다.

겐지로서는 쓰러뜨리기에 역량이 부족하고, 그렇다면 남은 선택지는 정해진 것이나 마찬가지다.

"……자, 인내심 싸움으로 가볼까."

오니를 유도하는 것이 빠를까, 겐지가 힘이 다하는 것이 빠를까.

겨우 적이라고 인식했는지 자신을 흘겨보는 이무기를 기백으로는 지지 않도록 올려다보며, 겐지는 자세를 낮추고 검을 다시 들었다.

팁: 괴이에 대하여.

그 모습은 다양하지만, 단순하게 말하자면 정체는 장기에 의해 몸이 구성된 원념 덩어리다.

과거에 막대한 원한을 품은 채 죽은 것이 장기가 고인 토지에 녹아드는 것으로 발생한다.

말하자면 토지에 새겨진 역사가 부정체가 된 것이다.

# 6화 봉황의 날개는 밤하늘을 날고, 달을 찌르는 것은 한 줌의 불 1

　—방해돼.

　꿈을 꾸었다. 일찍이 동생이었던 소마와 처음 대면했을 때의 기억이다.

　……그것은 일곱 살쯤, 아버지 텐잔의 질책을 받던 중이었을까.

　평소처럼 가장 낮은 자리에서 절하는 자세를 계속하던 아키라에게 중의의 상석이 허락된 소마가 한 말이다.

　—방해돼. 정령에게 버려진, 능력도 낮은 무능한 게.

　—살아 있어 봐야 아버님의 짐밖에 되지 않으면서 나보다 일 년 먼저 태어났다는 이유로 주인님께 매달려 보호받다니.

　처음 만난 인간<sup>동생</sup>이 보내는 악의에 조금 남아 있던 아키라의 긍지가 맹렬하게 반항했다.

　까득. 아키라는 다다미를 긁으며 분노를 담아 고개를 들었다.

　—뭐야?! ……커헉.

　그 순간 아키라 근처에 앉아 있던 신하 한 명이 아키라를 때렸다.

　단련된 무가의 힘은 아키라를 간단히 날려 버렸고, 그 몸은 중의의 방에서 이어지는 안뜰에 깔린 돌로 떨어졌다.

　—무능한 게. 소마 님께 말대답을 하다니 무엄하다!

　—당주님, 죄송합니다. 주상께 맡은 것에 손을 대고 말았습니다. 벌은 얼마든지.

―상관없다. **저것**의 교육에 관해서는 기오인 님께 일임받았으니.

짐승의 교육 정도로 화를 내실 속 좁은 분들이 아니야.

―감사합니다!!

―흥, 의식은 있나. 얼른 자리로 돌아가 공손하게 들어라.

소마의 말이 모두 옳다. 네놈은 살아 있기만 해도 기분이 나빠져.

―돌이켜 보면 그건 이미 가족이 아니었지.

괴로운 기억이다. 가족이라는 존재 전체를 미움의 칼날로 도려낸
기억.

완전히 녹아서 사라졌을 터인 질척거리는 감정이 쓰러진 아키라
의 손을 살짝 움직였다.


―그때처럼 몸에 가해진 충격.

과거의 기억과 직전의 기억이 몸 전체를 완전히 뒤죽박죽으로 만
들었다.

……머리에 남은 것은 그저 그 사실뿐이었다.

"커헉, 아, 흑."

순간 기억이 끊기며 어느새 서지도 못하고 두세 번 바닥을 굴렀다.

가슴을 강하게 맞았는지 숨이 막혀 산소를 찾아 허공을 향해 헐떡
거렸다.

"무슨, 일이―."

돌아가는 시야를 제어하려고 하며, 간신히 몸을 일으켰다.

이해하지 못한 채 주위를 둘러보자, 대량의 부정한 짐승과 수비병
이며 반원들이 여기저기 쓰러져 있었다.

손끝에 무언가가 닿아 무의식중에 잡고 그것을 내려다보았다.

누구의 것이었는지 하얗게 염색한 겉옷이 아키라의 시선을 꽂히게 했다.

언제나 동경하며 체념과 함께 참던 수비병의 상징.

―쿵!!

멍하니 선 아키라의 등을 굉음이 충격파를 수반하며 흔들었다.

소리가 난 방향을 돌아보자, 사키와 료타가 구릿빛 피부의 오니와 싸우는 광경이 눈에 들어왔다.

오니가 팔을 휘두를 때마다 쌓아 둔 나무를 날려 버리듯이 집이 허공을 날았다.

사키와 료타가 오니의 틈을 노려 거리를 좁히다 빠르게 물러난다.

그때마다 화염이며 번갯불이 오니를 덮쳤지만, 멀리서 보아도 그 효과가 나오는 듯 보이지 않는다.

――가, 아아아아아아아아앗!!

오니의 포효가 어둠을 뚫고 아키라에게 닿았다.

그 덕에 다행스럽게도 잃고 있던 의식을 되찾았다.

―아키라, 똑바로 서거라.

잔향으로 울리는 과거의 할머니가 했던 말.

그렇다. 가슴을 펴고, 고개를 들어라.

웃으며 등을 밀어준 할머니와 후요고젠에게 부끄럽지 않은 자신을 보여 주는 것이다.

그렇게 꿈과 현실 사이에서 자신이 외친 바람을 떠올렸다.

―힘을 원합니다. 불합리한 일을 떨쳐 낼 수 있는 무엇보다 강한

힘을.

아아, 그런가.

기억 저편
그 가람에서 금색 머리의 소녀 하네즈가 푸른 불꽃을 담은 눈으로 사랑스러운 듯 가늘게 뜨고 자신을 보았기 때문일까.

—부여하마. 그대가 손에 넣는 것은 타의 추종을 불허하는 강력한 힘이야.

벌어진 분홍 입술이 그렇게 말해 주었기 때문일까.

부서지려는 의지를 필사적으로 고무하여 그것이 자신의 각오임을 외치기 위해 아키라는 손에 든 겉옷을 걸쳤다.

이미 방패는 부서져 흔적도 없다. 그 대신 떨리는 오른손이 바닥에 떨어져 있던 창을 쥐었다.

형태뿐이더라도 수비병이 된 자신에게 부끄럽지 않도록, 떨리는 두 다리가 어떻게든 바닥을 딛고 아키라의 몸을 지탱해 주었다.

"—전원. 전력으로 강까지 오니를 유인하라!!"

그때 주택 지붕에 선 니쿠라가 그렇게 명령을 내렸다.

"달려라! 달려라! 강까지 가도 상관없으니 전력으로 오니의 주의를 끌어라!!"

그 말에 따르려고 하지만, 그때 깨닫고 말았다.

눈앞의 오니가 사키와 료타만 주시하며 무턱대고 공격을 하고 있다.

반면 두 사람은 고작 오니의 맹공을 피하는 것으로 보였다.

오니가 휘두르는 폭력의 폭풍은 후보라고 해도 위사 두 사람이 함께하는 맹공을 거의 완벽하게 막아 내며, 오니의 피부는 날아드는 정령 기술을 완전히 무효화하고 있다.

따라서 니쿠라의 명령이 들렸더라도 도망치기 위한 행동으로 옮길 수 없을 것이다.

거기까지 아키라가 달려봐야 오니의 주의를 끌 수 있을 것이라고는 생각할 수 없다.

"—젠장!!"

아키라의 입에서 무심코 욕설이 새어 나왔다.

그러나.

"뭐 하는 거야, 나. 무슨 짓을 하려는 거야 나—."

그것은 두 사람에게 하는 말이 아니었다.

아키라는 떨리는 손으로 지급받은 화격부를 들었다.

"질주할 뿐이잖아, 그것만 하면 되는데."

그 부적을 들어 창끝에 끼고 손을 바꿔 들었다.

"—그런데 왜 오니에게 덤비려는 거야!!"

자신에게 한 불평을 그 자리에 남기고 아키라는 오니를 향해 땅을 박찼다.

무섭지 않다고 말하면 거짓말이 된다. 그보다 오니 같은 강대한 화생에게 도전하여 무사히 살아남는다는 희망적인 미래를 꿈꿀 만큼 현실을 모르는 것도 아니다.

그러나 **씨자가 되었다.**

여러 곳에서, 잘 알지도 못하는 소녀 하네즈의 배려로 이곳 슈몬슈에 있을 곳이 생겼다.

수비병이 될 수 있는 가능성이 열렸다.

등에서 크게 휘날리는 옷자락에 부끄럽지 않은 자신이 될 수 있는 가능성을 아키라는 믿을 수 있었다.

따라서.

―따라서 적어도 하네즈가 보내 준 웃음에 부끄럽지 않은 행동을 하고 싶었다.

"아, 아아아아아아아아아아아아아앗!!"

아키라는 귀에 울리는 바람을 가르는 소리에 지지 않도록 외치며 오니를 향해 무모하게 돌격했다.

그러나 오니는 아키라에게 주의를 기울이지 않았다.

당연하다. 상위 정령은커녕 정령 자체가 깃들지 않은 아키라는 오니에게 공기보다 가벼운 존재일 터였다.

―따라서 이런 무모한 행동이 가능하다.

오니가 신경 쓰지 않은 것을 이용하여 아키라는 질주하며 창을 크게 쳐들고.

―던졌다.

투창이라는 것도, 투척술이라는 것도 존재는 하지만, 타카마가하라에 있어서 이러한 기술은 정석적이지 않은 것으로 여겨졌다.

투창 같은 것을 한 사실을 아소기 겐지에게 들키면 틀림없이 피를 토할 법한 특별 훈련을 받게 될 것이다.

그래도 오니에게 다가가지 못하는 이상, 아키라가 고를 수 있는 선택지는 이것밖에 없었다.

휙. 의외로 날카롭게 공기를 가르고 오니를 향해 창이 날아갔다.

사실 아키라는 창이 닿을 것이라고는 별로 기대하지 않았다.

잘하면 오니의 주의를 끄는 정도가 최선일 것이다.

그러나 그 생각이 아키라가 상상하지 못한 결과를 만들어 냈다.

──컥?!

푹. 사키와 료타가 덤벼도 **상처를 내지 못했던** 오니가 쳐든 왼쪽 팔꿈치에 아무렇지도 않게 창이 박혔다.

오니의 거구에 박힌 창은 아키라가 다룰 수 있을 정도의 크기밖에 되지 않아서 오니에게는 가시가 박힌 정도의 위화감밖에 주지 못했다.

그러나 처음으로 느낀 이질적인 불쾌함에 오니의 움직임이 처음으로 멈췄다.

그 옆으로 아키라는 힘껏 달려 지나갔다.

─오니의 맹공을 막고 있던 사키와 아키라의 시선이 그때 마주쳤다.

거기에 고양감은 전혀 없고, 그래도 오른손을 들어 멀리 있는 창 끝에 달린 부적의 영사를 잘라 냈다.

주금색 빛이 창끝에 꽂혀 있던 부적에서 빛나며 해방된 굉음과 폭발적인 화염이 순식간에 오니의 왼쪽 팔꿈치를 덮쳤다.

──컥! 아악! 으아아아아악!!

지금까지의 포효와는 전혀 다른, 확실히 고통스러운 외침이 울렸다.

칼날을 맞대고 있던 사키는 오니의 절규에 아연실색했다.

아무리 정령 기술을 퍼부어도 태연하던 오니가 고작 화격부 하나에 고통스러운 표정을 짓고 있다.

그것이 얼마나 이상한 일인가. 한 줄기 바람이 오니의 왼쪽 팔꿈치에 감돌던 연기를 흩어 놓았다.

그러자 오니의 팔꿈치는 뼈까지 드러나 있었다.

그 광경에 사키와 료타는 놀라 눈을 크게 떴다.

고작 창이 오니의 방어를 뚫고 박힌 것도 그렇지만, 화격부 한 장으로 오니를 여기까지 몰아넣는 것은 들어 본 적이 없기 때문이다.

격통에 격노하면서도 전의를 잃었는지 오니가 신음하며 강 쪽으로 도망치는 아키라를 노려보았다.

그대로 사키 쪽은 쳐다보지도 않고 몸을 돌려 아키라를 쫓기 시작했다.

"아, 쪼, 쫓아라!!"

니쿠라는 믿을 수 없는 광경에 잠시 멍하니 있었으나, 곧 정신을 차리고 지시를 내렸다.

사키와 료타도 니쿠라에게 재촉당하는 형태로 질주하기 시작했다.

그러나 오니의 속도가 몹시 빨라서 강에 도달할 때까지 따라잡을 수 있을지 미묘했다.

반면 아키라는 계속 질주하였다.

이미 십 간 가까이 달리고 있을 터인데 지치지 않고, 어디까지고 이어질 듯한 상쾌한 약동감이 아키라의 등을 밀어 주었다.

"하, 하하!!"

웃었다.

산소를 찾아 헐떡이는 폐의 고통이 기분 좋았고, 체력이 떨어질 일은 없다고 이유도 없이 확신하였다.

그러나 현실은 별로 웃을 수 없었다.

굉음과 쏟아지는 목재 파편이 아키라를 쫓는 오니가 다가오고 있다는 현실을 전해 주었기 때문이다.

무섭기는 하다. 그러나 그보다 이런 하잘것없는 애송이를 오니가 혈안이 되어 쫓아온다는 사실이 아키라에게 참을 수 없는 통쾌함을 느끼게 했다.

호흡하는 것도 잊을 만큼 감정이 원하는 대로 아키라는 달렸다.

아키라가 질주하는 거리는 강까지 일직선으로 이어진다.

가로막는 것이 없는 큰길 저 너머에 타테바미 강으로 이어지는 둑이 보였다.

—타테바미 강까지 앞으로 오십육 간.$^{100미터}$

이 거리를 완전히 질주하면 아키라의 승리다.

지금까지 없었던 진지함으로 두 다리에 힘을 주었다.

—그때 아키라가 달리는 거리 앞에서 굉음과 함께 집이 터지듯이 허공을 날았다.

"이런?!"

놀란 아키라의 앞에서 집이었던 장소의 자욱한 분진 너머로 두 마리째 오니가 모습을 드러냈다.

——가, 아, 아아아아아아아악!!

이미 아키라를 적이라고 인식한 모양이다. 오니가 포효하며 아키라를 향해 도약한다.

하늘로 뛰어오른 오니의 궤도는 정확히 아키라를 포착했다.

이대로 가면 오니에게 짓밟히고 만다.

그렇게 확신하고 아키라는 앞으로 구르듯이 몸을 날렸다.

오니의 착지.

도로가 흔들리며 지면을 구르는 아키라의 몸이 공처럼 튀었다.

"큭."

숨이 막혀 몸을 웅크릴 뻔했지만, 기합으로 일어나 다시 달렸다.

그리고 아키라를 쫓는 오니가 둘로 늘었다.

—강까지 앞으로 이십팔 간.<sup>50미터</sup>

달리 오니의 주의를 돌려 줄 사람은 없는 것인가, 나 혼자 도망치고 있을 뿐인 것인가.

그런 고독함으로 가득한 의문이 아키라의 뇌리에 스쳤으나, 답해 줄 사람도 당연히 없다.

—강까지 앞으로 십이 간<sup>20미터</sup>

그래도 달릴 수밖에 없는 상황에 갑자기 끝이 왔다.

한 오니가 아키라의 뒤를 짓밟았는지 충격에 의해 아키라의 몸이 앞으로 넘어졌다.

무의식중에 얼굴을 지키며 옆으로 구르는 아키라의 배에 무시할 수 없는 충격이 흘렀다.

오니에게 차인 것이다.

범상치 않은 격통과 축구공처럼 허공에 뜬 자신의 모습에 그렇게 확신했다.

그저 차였을 뿐이기 때문인지 회전이 걸리지 않은 것만이 그나마 다행이었다.

오니의 다릿심은 엄청나서 타테바미 강까지 앞으로 십이 간은<sup>20미터</sup> 남은 거리를 간단히 뛰어넘어, 강으로 이어지는 둑 너머까지 아키라의 몸을 보내 버렸다.

둑의 경사면에 이어지는 타테바미 강 중앙까지 아키라의 몸이 굴러갔다.

"······아, 크헉, 하."

이렇게 엉망진창으로 날아갔음에도 불구하고 아키라의 **의식은 또렷했다.**

충격에 멈출 뻔한 호흡을 산소를 삼키듯이 억지로 하였다.

그렇게 간신히 멈춘 몸을 애벌레처럼 움직여 천천히 일어나게 했다.

—발은 움직이고, 팔도 움직인다.

아키라는 세밀하게 관절을 움직여 몸의 동작을 빠르게 확인했다.

방어구는 떨어지고, 제복도 엉망이다. 덧붙여 부적을 떨어뜨린 것이 무엇보다 타격이 크다.

그러나 행운이게도 **골절도 없거니와 몸이 떨어져 나간 부분도 없었다.**

—정말 생채기, 찰과상 등은 셀 수 없을 만큼 생겼으나, 큰 상처나 골절과는 연이 없는 인생이다.

그런 의미도 없는 생각을 하다 아키라는 문득 강의 하류를 보았다.

하얀 이무기 괴이가 꿈틀거리며 날뛰는 것이 보였다.

저것이 쿠츠나가하라의 괴이인가.

—싸우는 사람은 아소기 대장일까.

이무기의 코앞에서 검을 휘두르는 사람이 보였다.

물론 이 거리에서는 판별할 수 없으나, 그래도 괴이를 상대로 맞설 수 있는 수비병은 아소기 대장밖에 생각나지 않았다.

—쾅!!

그때 밤공기를 찢는 굉음과 함께 두 마리의 오니가 아키라를 사이에 둔 형태로 타테바미 강에 나타났다.

상류 쪽에 아키라가 공격한 오니, 하류 쪽에 멀쩡한 오니.

상처가 난 오니가 아키라에게 도전하듯이 한 걸음 발을 들였다.

멀쩡한 오니에게 뒤를 가로막힌 상태로는 아키라가 취할 수 있는 선택지는 하나밖에 존재하지 않는다.

스르륵. 앞으로 쓰러지듯이 기울어진 자세를 취하고, 오니의 한걸음에 맞춰 앞으로 나아갔다.

노리는 것은 제대로 움직이지 않는 오니의 왼팔 바로 밑이다.

오니가 멀쩡한 오른팔을 쳐든 순간을 노려 반대편인 왼쪽 옆구리로 깊숙이 파고들었다.

빠져나갈 수 있다.

그렇게 확신한 것도 잠시, 아키라의 눈앞에 구릿빛 피부가 다가왔다. 아키라는 자신의 노림수가 들킨 것을 깨달았다.

보이지 않는 위치에서 날아온 발차기는 역시 무리가 있었는지, 아까의 위력과는 거리가 먼 발차기가 아키라를 원래 위치로 되돌렸다.

"젠, 장!!"

버티고 앞을 올려다보자 오니의 기백에 산이 다가온 듯한 압박감이 환각으로 보였다.

아키라는 그 기백에 움직이지도 못하고 어딘가 체념한 기분으로 밤하늘을 올려다보았다.

손에 무기는 없다. 부적도 잃어버리고 말았으니 저항할 방법은 이미 아키라에게 남아 있지 않다.

─그래도.

아키라는 오니의 안광을 똑바로 응시했다.

―그래도 살아라.

당연히 질 테고, 확실히 죽을 것이다.

―바닥을 기어서라도 생을 이어라.

그래도 마지막까지 오니에게 이를 드러내자며, 마음 깊은 곳에 사는 새끼 늑대가 **으르렁**거렸다.

―그래, 저항하는 것이다.

천천히 보여 주듯이 오니가 오른팔을 들었다.

대항하려는 아키라는 맨손이지만, 검을 든 것처럼 오른손을 왼쪽 어깨를 향해 들었다.

설령 소용없는 짓이더라도 어차피 죽는다면 적어도 한 방은 먹이고 죽고 싶었기 때문이다.

그것이 최후의 발버둥임을 아는지 오니의 얼굴에 비웃음이 흘렀다.

그 웃음에 온몸이 뜨거워졌다.

그리고 기억 깊은 곳에서 하네즈의 목소리가 선명하게 되살아났다.

―잊지 말아라, 아키라.

잊지 않는다. 잊을까 보냐.

씨자가 되었다. 그 은혜는 말로 다 하지 못할 만큼 크다.

―그대에게 준 것은 완벽하게 신성한 불, 단죄 절복(折伏)의 권능이니라.

그 말은 영혼에 새겨진 축복.

―잊지 말아라, 아키라.

그것은 온전한 불의 정수.

외롭고도 현란한 **한 줌의 불**.

그리고 오니가 쳐든 오른팔을 휘둘렀고,

―동시에 아키라도 움직였다.

―그 이름은······.

화르륵. 아키라를 태워 버릴 듯한 열기가 단전에서 온몸으로 퍼졌다.

그것을 자각할 틈도 없이 아키라는 쳐들었던 오른쪽 손바닥에 나타난 것을 쥐고, 정신없이 오니를 향해 휘둘렀다.

"자쿠엔(寂炎), 가요(雅燿)―!!!"

그 순간, 아키라의 시야 전체가 주금색 빛으로 물들었다.


**팁: 화생에 대하여.**

**부정체의 계급으로 보면 중위에 해당한다.**

**괴이와 마찬가지로 몸 대부분이 장기로 구성된 존재.**

**괴이와 혼동하기 쉽지만, 피와 살을 갖춘 생물이기도 하다.**

**괴이보다도 약하지만, 지혜가 있고 무엇보다 역사에 얽매이지 않는다.**

## 6화 봉황의 날개는 밤하늘을 날고,
##      달을 찌르는 것은 한 줌의 불 2

　—펄럭, 퍼얼럭, 펄럭…….

　몹시 잔잔한 바람 속에 엉망이 된 아키라의 제복이 휘날렸다.

　겉옷의 소매가 바람에 밀려 뒤집히며 하늘을 때리는 가벼운 소리가 아키라를 현실로 되돌렸다.

　잠시 정신이 아득해졌는지 앞뒤의 기억이 모호하다.

　"……어라?"

　주금색 빛에 어지럽던 사고가 그제야 제대로 돌아가며, 시야 끝에 펼쳐진 광경에 아키라는 저절로 이어질 말을 잃고 말았다.

　—그곳에 있는 것은 하늘 가득히 반짝이는 별.

　아키라가 있던 하천 부지도, 시가지도 아니다.

　온갖 의미로 현실에서 동떨어진 그 광경에 이번에야말로 아키라의 사고가 정지했다.

　후웅. 휘몰아치는 강풍이 아키라의 등을 덮쳤다.

　버틸 수 있을 만한 바람이 아니다.

　바람에 저항하려고 몸에 힘을 주었다.

　—저항한 보람을 전혀 얻지 못한 채, 아키라의 몸이 한 바퀴 굴렀다.

　빙글. 내장이 뜨는 듯한 기묘한 감각과 함께 시야가 오른쪽에서 왼쪽으로 흘러갔다.

　별빛이 꼬리를 그리며 하늘이 돌아가는 모습을 보여 주었다.

이어서 별빛과 같은 인공 불빛이 별 하늘에 지지 않고 선명하게 아키라의 시야에 떠다녔다.

인공의. 인간이 살아가기 위한 빛.

—카렌의 빛이다. <sup>도시</sup>

그제야 아키라는 자신이 지금 있는 장소가 어디인지 자각했다.

"……여, 여긴, **하늘**? 어, 어째서?? 하늘에?!"

강풍으로 인한 관성에 이끌려 두세 번 빙글빙글 꼴사납게 허공을 날았다.

그때마다 시야가 난잡하게 돌아 원래 자리로 돌아갔다.

너무 이상한 상황에 아키라는 무심코 팔다리를 파닥거렸다. 그러나 붙잡을 곳도 없는 하늘 높은 곳에서 당연히 움직임이 멈출 리 없기에 아키라의 몸은 계속해서 온 하늘을 떠다녔다.

문득 아키라는 발밑으로 시선을 보냈다.

대지는커녕 아무것도 없는 발끝과 카렌의 시가지가 시야에 들어왔다.

당황하기만 하던 아키라의 사고에 상공을 날고 있다는 현실에 대한 공포가 단숨에 밀려들었다.

"아, 아아아아앗!! 떠, 떨어, 떨어진다아아아아?!"

**평범한** 인간이 몸 하나로 하늘을 난다.

그런 이상한 일을 몸도 현실도 그제야 떠올렸는지 아키라의 비명을 계기로 몸에 묵직한 중력이 걸렸다.

낙하하는 속도는 줄어들지 않고 단숨에 아키라의 몸을 지표로 돌려보냈다.

"아. —아, 아아아아아아아아아아앗!!!"

"······크흡."

분홍 입술에서 괴로운 듯, 기쁜 듯한 그런 뒤섞인 숨이 새어 나왔다.

지금껏 들어 본 적 없는 눈앞의 신, 하네즈가 쿨럭거리는 모습에 옆에 대기하던 쿠호인 츠구호는 조심스럽게 자신의 주인에게 시선을 보냈다.

"**아카** 님, 무슨 일이십니까?"

드물게 문살을 넘어 툇마루로 나온 하네즈가 난간에 팔을 기대고 그 앞에 펼쳐진 밤의 카렌을 바라보고 있다.

"음. —**저것**이야."

아무것도 아니라는 듯 슥, 가녀린 손을 들어 도시 쪽을 가리킨다.

하네즈의 손을 따라 츠구호는 그 방향으로 시선을 옮겼으나, 그곳에는 익숙한 도시의 야경이 펼쳐졌을 뿐이었다.

무엇이 있더라도 오토리 산에 있는 저택과 카렌은 직선거리로 이 리 반은 떨어져 있다. 보통 사람은 눈으로 포착하기 어려운 거리다.

<sup>10킬로미터</sup>

그러나 하네즈도 츠구호도 그 거리를 무시하고 그 앞에 있는 것을 확실히 눈에 담았다.

"······날고 있네요."

"음. 날고 있구나."

아키라가 다소 꼴사나운 호를 그리며 카렌 상공을 날고 있다.

온갖 의미로 현실을 무시한 그 현상을 그래도 두 소녀는 당연한 듯 받아들였다.

아키라는 알아차리지 못했으나, 아키라가 허공을 날 때마다 주금색 빛이 파문과 같은 원을 그린다.

"자쿠엔가요<sup>저것</sup>에 비상하는 권능이 갖추어진 것은 전혀 듣지 못했습니다만."

"말하지 않았으니까. 그보다 말해 봐야 의미도 없지 않느냐."

그렇지도 않을 것이다.

츠구호는 쓴소리 하나쯤 말하고 싶었으나, 눈앞의 소녀와의 압도적인 신분 차이 때문에 간신히 입을 다물었다.

"말해 두겠다만, 역대 미쿠라들에게는 그때마다 말해 주었거든? 제대로 쓰는 사람은 없었다만."

"……그것은."

무엇 때문에? 그렇게 물으려다 츠구호는 이유를 깨달았다.

영력으로 현실을 바꾸기 위해서는 술사의 의사가 대전제되어야 한다.

이것은 음양술에서도 정령 기술에서도 **신기의 신역 특성**에서도 절대 변하지 않는다.

행사한다는 의사가 있기에 기적인 것이다.

역대 미쿠라들은 비상이 가능한 것은 알고 있었겠지만, 자신이 날 수 있다는 확신, 행사를 의한 의사가 없었을 것이다.

미쿠라라고 하더라도 날개도 없는 **평범한** 인간이 하늘을 떠다닌다.

그 현실을 받아들이고 술법으로서 현현시키기란 어려웠을 것이다.

어떤 의미로는 아키라가 예외인 것이다.

살아남고, 도망친다.

아마 그러한 부류의 부정적인 감정과 돌파하기 위한 의사.

그대로 자쿠엔가요를 휘둘러 상황을 타파하기 위해 정령이 대행하여 권능을 행사했다.

그것이 아키라의 비상으로 이어졌을 것이라고 츠구호는 상상했다.

—그리고 그것이 옳다는 것은 하네즈의 현 상태가 증명했다.

"—크흡."

다시 하네즈가 쿨럭거렸다.

츠구호의 눈에도 확실히 소녀는 정기를 잃고 있었다.

온갖 의미로 억지이자 치졸하다. 성립할 리가 없는 술법이라고 할 수 없는 술법의 성립.

그 반동과 대가를 눈앞의 소녀가 모두 받아들인 것이다.

"**아카** 님, 신기를……."

"……코야타 때도 그러했다."

츠구호의 배려를 제지하고, 하네즈가 말한 이름에 고개를 갸웃했다.

그리고 떠올렸다. 슈몬슈의 역사에서 처음으로 확인된 칸나의 미쿠라의 이름이다.

"신기를 다루는 것이 서툴렀지. 아무리 지나도 거침없이 나를 안쪽부터 탐하곤 했어."

"……"

다음 말을 잇지 못하는 츠구호를 힐끗 보고, 하네즈가 웃었다.

"그대도 남자를 알면 알 거야. 몸을 축내는 고통과 충족감을. —여자로서의 행복을 말이야."

"아, 네……."

어떻게 대답해야 할지 망설이는 츠구호를 놔두고, 슈몬슈를 지배하는 소녀는 다시 카렌 쪽으로 시선을 보냈다.

그 앞에는 현 상황을 이해한 아키라가 그제야 지상을 향해 활공을 시작한 참이었다.

"―잊지 말아라, 아키라."

나직하게 하네즈가 중얼거렸다.

"그대를 채운 것은 천공을 나는 봉황의 화신이니라."

한없이 즐겁게, 한없이 사랑스럽게.

"―잊지 말아라, 아키라."

그저 아키라만을 바라보며 말한다.

"그대가 선 땅을 다스리는 것은 불을 관장하는 신성이니라."

"……하앗, 아, 하앗, 하, 하."

결국 활공하던 기세를 몰아 아키라는 지표로 돌아가는 데 성공했다.

긴장하여 어떻게 돌아올 수 있었는지 제대로 이해하지 못할 만큼 혼란에 빠져 얕고 굵은 호흡을 반복했다.

무사한 것이 기쁜지, 살아 있는 것을 이해하지 못했는지, 스스로도 파악하지 못한 채 멋대로 눈물이 뚝뚝 흘렀다.

그러나 그것도 잠시였을 뿐, 백귀야행이 한창인 것을 떠올리고 아키라는 바로 일어났다.

활공하여 착지한 곳은 아키라가 있던 곳보다 십 정,<sup>1.1킬로미터</sup> 강 위로 떨어진 곳이었다.

아키라는 원래 있던 장소로 시선을 보냈다.

딱히 불빛도 없는데 멀리 떨어진 그 장소가 무슨 까닭인지 선명하게 보였다.

오니가 **하나**, 이무기가 하나.

나머지 한 오니는 어디로 갔을까?

소멸했다. 알지 못할 터인데 왠지 그런 확신이 들었다.

그리고 어쩐지 남은 오니와 이무기도 움직일 기미가 보이지 않는다.

거기까지 질문을 떠올리며 주위를 둘러보았다.

세계가 주금색으로 빛나고 있다.

방대한 양의 주금색 입자가 여기저기 솟구쳐, 아키라의 시야 전체를 그 색으로 가득 채웠다.

그것은 너무나 장엄하고 환상적인 광경이었다.

소리를 내지 않지만, 절대적인 위광<sup>威</sup>을 담은 빛은 아키라의 주위를 달리던 부정한 짐승들의 움직임마저 억누르듯이 그 자리에 머물고 있었다.

사슴과 멧돼지 종류는 떨면서도 간신히 일어나 있었고, 개 같은 작은 개체는 바닥에 쓰러져 숨을 쉬는 것도 고작인 꼴이었다.

부정한 짐승에게 이 정도로 효과가 나왔으니, 오니나 이무기더라도 움직이는 것이 쉬울 리 없다.

그렇게 받아들인 아키라는 그제야 자신의 상태에 의식을 집중할
여유가 생겼다.

겉옷 안에 입은 자신의 제복은 엉망이 되어 간신히 몸에 걸쳐져
있는 모습이었다.

겉옷에 가려져 그렇게 보이지 않지만, 살아 있는 것이 신기할 정
도의 참상이다.

―그러나 구멍 난 옷 밑에 있는 맨몸은 상처 하나 나지 않았다.

아키라는 중상을 입은 경험이 없다. 몸의 튼튼함은 아키라에게 비
밀스러운 자랑이었다.

그러나 **이것**은 다르다.

몸이 튼튼한 것과 상처가 없는 행운은 근저에 품고 있는 의미가
다르다.

본래 아키라가 오니에게 차인 시점에 **죽지 않은 것이 이상**하다.

"아."

기억났다.

―약속하마.

기억 속의 하네즈가 웃었다.

―슈몬슈에 그대가 발끝이라도 몸을 두는 한, 주<sup>나라</sup> 전체가 그대에게
협력할 것이니라.

약속을 지켜 준 것인가.

하네즈의 말에 가슴이 찡하고 뜨거워졌다.

"그렇구나. ―그럼 이번에는 내가 돌려줄 차례인가."

그리고 깨달았다.

오른손에 쥔 딱딱한 감촉.

들어 보았다.

손에 쥐고 있던 그것은 칼자루였다.

매끄러운 가죽에 검은 실로 꿰맨 실용을 중시한 칼자루. 외날로 쓰일 일이 없는 폭넓은 대륙풍 날밑.

그 끝에 중요한 도신은 존재하지 않았다.

―아니, 있다.

빛을 거의 반사하지 않을 만큼 무서울 정도로 투명한 양날 도신.

전혀 없다고 할 만큼 보이지 않지만, 길이는 아마 삼 척 육 촌<sup>1미터 10센티미터</sup>쯤 될까.

**이건** 뭐지? 자문한다. 기억에 없다. 그러나 아키라는 이 검의 이름을 알고 있다.

혼백에 새겨진 그 이름.

외롭고도 현란한 한 줌의 불.

"자쿠엔가요―?"

조심스럽게 검을 향해 그 이름을 불렀다.

검―자쿠엔가요는 마치 의사를 지닌 것처럼 그 물음에 한 번, 맥이 뛰더니 **그 도신을 뽑았다.**

투명한 도신 중앙의 철 부분에 푸른 불꽃이 피어오르더니 뒤엉키듯이 은색 입자가 푸른 불꽃을 뒤덮어 나갔다.

도신 전체에 푸른색과 은색을 채워 나타난 것은 현란한 주금색으로 빛나는 양날검이었다.

광범위하게 퍼져 모든 부정한 짐승을 억누르는 주금색 빛.

그 정수로 단련한 한 자루의 검.

막대한 영력이 아키라의 몸도 채워갔다.

마치 메마른 호수에 맑은 물이 채워지는 듯한 감각에 아키라는 도취되었다.

무엇이든 할 수 있다. 그런 말도 안 되는 생각이 떠오를 만큼 전능해진 느낌이다.

도신을 채운 막대한 열량이 도와주는 대로 두세 번 검을 휘둘렀다.

그때마다 주위에 빛나는 입자가 크게 휘몰아치며 아키라의 뜻대로 허공에 궤적을 그었다.

무한히 샘솟는 빛에 이끌려 겉옷이 아키라를 따르는 듯 크게 휘날렸다.

할 수 있다.

아키라는 살짝 자세를 낮추고 흔들림 없는 눈을 한 채 자세를 변형하여 단숨에 땅을 박찼다.

몸이 가볍다. 마치 나는 듯하다.

그런 터무니없는 생각이 오니를 향해 질주하며 머릿속에 떠올랐다.

—본인은 깨닫지 못했으나, 아키라의 속도는 보통 사람이 보여 주는 그런 것이 아니었다.

일 간을 한걸음에 나아간다.
<sup>1.8미터</sup>

땅을 박차는 다리는 힘찼고 내딛는 시간은 찰나였다.

이미 아키라의 몸은 거의 허공을 미끄러지듯이 대지를 달리고 있었다.

그 상태가 만들어 내는 기세는 엄청나서 십 정은 되던 오니와의 <sup>1.1킬로미터</sup> 거리를 순식간에 좁혔다.

달리면서 눈에 보이는 부정체를 향해 자쿠엔가요를 휘둘렀다.

**멧돼지 정도**의 부정한 짐승 따위 때문에 옆길로 샐 만한 여유는 없다.

그쪽 방향으로 칼을 허공에 휘두를 뿐이다.

―그것으로 충분했다.

휘두른 칼날의 궤적에 따라 주위에 휘몰아치는 주금색 입자가 정화의 파도를 일으켰다.

단지 그곳에 있는 것만으로 괴이마저 붙잡아 두는 정화의 입자.

그것이 명확한 이빨을 지니고 파도가 되어 부정한 짐승을 삼킨 순간, 부정한 짐승은 정화의 불로 모습을 바꾸었다.

"하, 하하."

아키라가 달려서 지나간 그 궤적에 따라 정화의 불이 무수히 피어올랐다.

그것이 참을 수 없이 통쾌하여 자연히 아키라의 입에서 웃음이 새어 나왔다.

몸이 뜨겁다. 업화에 그을리는 듯한, 그것을 모두 뒤덮는 듯한 쾌감.

압도적인 약자였던 아키라는 태어나서 처음으로 휘두르는 압도적인 폭력에 취했다.

지금 아키라의 모습은 제대로 된 자세고 뭐도 없이 어딘가 들판을 달리는 늑대와도, 땅을 나는 제비와도 같았다.

―진정해, 거리를 벌려.

정화의 파도로 부정한 짐승들을 유린하며 점점 가까워지는 오니의 모습에 한층 전의를 불태우며, 폭력에 취했더라도 머리 어딘가에서 냉정한 자신이 경계를 외쳤다.

　당연하다. 방금 전까지 아키라를 마음대로 희롱하던 폭력의 화신이다.

　간단히 쓰러뜨릴 수 있다고 생각하는 이 순간이 이상하다.

　그러나.

　─공격해라. **저 정도**, 정수리부터 내려쳐!

　생기고 만 오만한 생각이 아키라의 이성을 날려 버리고 그 기세를 몰아 자쿠엔가요가 한층 맹렬하게 열을 내뿜었다.

　결국 그 감정에 따라 아키라는 오니의 정수리가 내려다보이는 위치까지 뛰어올랐다.

　과연 대화생이라고 칭송해야 할까, 아키라의 훤히 보이는 그 공격에 제대로 움직이지 못했을 터인 오니도 손에 든 전신주를 들어 방어 자세를 취했다.

　단단한 삼나무로 만든 전신주는 쉽게 절단 낼 수 있는 물건이 아니다.

　검의 기세를 나무에 파고들게 하는 것으로 막아 낸 뒤, 아키라를 때릴 심산일 것이다.

　작열하는 궤적을 그리며 화행의 자세로 크게 치켜든 자쿠엔가요를 아래로 내리쳤다.

　오니의 노림이기도 한 전신주와 검의 격돌.

　─순간의 정체도 용납하지 않고 자쿠엔가요의 칼날이 전신주도,

오니도 완벽하게 둘로 갈라 버렸다.

오니의 오산은 아키라가 손에 든 검이 겉보기엔 검의 형태를 취했을 뿐인 다른 물건이었다는 것이다.

자쿠엔가요의 도신은 그 전체가 불이라는 개념 그 자체로 단련된 것이다.

존재 그 자체를 태워 버리는 업화의 태도, 아무리 단단하더라도 삼나무 따위로 막아 낼 수 있는 것이 아니다.

바닥에 아슬아슬하게 닿도록 도신을 내리치고, 숨이 끊어진 오니가 쓰러지는 모습을 보지도 않고, 그 옆으로 지나가 다시 앞으로 달리기 시작했다.

아키라의 시선 끝에는 이 사태를 일으킨 수괴, 쿠츠나가하라의 괴이인 이무기의 위용이 아키라를 맞이하듯이 우뚝 서 있었다.

달린다.

아니, 땅을 기듯이 비약했다.

하늘 높이 날 수 있다면, 저공비행을 하는 것은 상상보다 쉬울 것이다.

—이무기까지의 거리는 약 이십<sup>36미터</sup> 간.

그 거리가 순식간에 사라졌다.

이무기가 반응하려고 했을 때는 아키라의 몸은 이미 이무기의 품으로 깊이 파고들고 있었다.

어느새 좁혀 든 거리에 당황하면서도 이무기가 꼬리 끝을 구부렸다.

그러나 여기까지 거리가 좁혀지면 몸으로 요격하는 것도 마음대로 되지 않는다.

무리한 자세를 취했기 때문인가 매우 어중간한 일격이 되었다.

그래도 기다란 이무기의 꼬리가 자아낸 속도는 대기를 가르고 충격파의 날을 만들어 냈다.

하찮은 **평범한** 인간의 몸으로 꼬리의 질량과 강풍 칼날의 일격에 버티기란 불가능하다.

이무기는 그렇게 확신했다.

―따라서.

주금색이 그리는 궤적이 마치 저항이 없는 것처럼 이무기의 꼬리를 베어 날려 버렸을 때, 이무기의 사고는 혼란에 빠졌다.

그리고.

―쟈아아아아아앗?! 아아쟈악! 쟈아앗?!

이어지는 그 몸조차 태울 듯이 덮치는 격통에 마치 아이처럼 울부짖었다.

**평범한** 인간이었을 시절에도, 인간이 아닌 존재로 타락한 뒤에도 이렇게까지 고통에 휩싸인 것은 처음이기 때문이다.

따라서 울부짖으면서도 몸을 치유하기 위해 이무기는 바로 행동을 일으켰다.

아까 겐지가 간파한 대로 이무기의 정체는 도깨비불의 군체다.

설령 흩어지더라도, 날아가 버리더라도 장기로 증식시켜 원래 위치에 도깨비불이 모이면 외견만은 바로 복구될 것이기 때문이다.

그러나 무슨 까닭인지 꼬리는 원래대로 돌아갈 기미를 보이지 않았다.

오히려 조금씩 꼬리 단면에서 도깨비불이 흩어지기 시작했다.

그 현실에 혼란스러워하면서도 이무기는 이것을 해낸 아키라에게 시선을 되돌렸다.

아키라는 빛나는 대검을 휘두른 자세 그대로 고개를 숙인 채 표정을 보여 주지 않았다.

—안중에도 없다는 말인가!!

고통을 이기는 굴욕에 이무기의 눈빛이 분노로 물들었다.

꼬리를 잘린 분노로 이무기는 입속에 자신이 지닌 가장 짙은 농도의 장기를 모았다.

그리고 아키라에게 독염을 내뿜기 위해 입을 크게 벌렸고.

—그것이 이무기의 마지막 생각이 되었다.

이무기보다 한발 앞서 아키라가 움직였다.

자쿠엔가요가 뱀의 몸에 꽂히더니, 그 칼날이 수직으로 베어 올라갔다.

번쩍.

주금색으로 거꾸로 휘몰아치는 불의 탑이 이무기를 집어삼키고 구름 하나 없는 밤하늘을 가르며 달을 찔렀다.

—쟈, 하…….

강대한 힘의 격류에 저항하지 못하고 이무기는 순식간에 소멸했다.

이무기가 남긴 것은 마지막 숨과 비슷한 울음소리뿐이었다.

번쩍번쩍 내뿜어진 **신기**의 규모에 비해 매우 조용한 일격이었다.

막대한 힘의 발로와 함께 생성되었을 터인 충격과 폭발 소리는 끝없이 솟구치는 신기에 삼켜져 사라졌다.

뒤에 남은 것은 주금색으로 불타오르는 불의 탑과 상승 기류조차 집어삼키는 열량의 마찰이 일으킨 화조의 울음소리와 닮은 희미한 잔향뿐.

아키라가 날린 **그것**은 기묘하게도 쿠호인류에 있는 정령 기술의 하나와 매우 흡사했다.

그 불의 탑에 삼켜진 것을 끝으로 어떤 존재도 도망치지 못했다.

독특한 화조의 울음소리와 같기에 그 정령 기술은 이렇게 불렸다.

쿠호인류 정령 기술, 오전(奧伝)——. 피안야(彼岸鵺).

희로애락의 어느 것에도 해당하지 않는 복잡한 감정이 아키라의 마음을 사로잡았다.

감정에 기인한 순수한 충동이 가슴을 찌르며, 소리 없는 숨결이 되어 목에서 새어 나왔다.

주금색 빛에 축복을 받고, 자신이 만들어 낸 불빛에 비치며 멀어져가는 의식 속에 아키라는 소리도 없이 조금 울었다.

# 7화 붉은 환희, 검은 통곡 1

"——아하하하하하하!!!"

노골적으로 웃는 소리가 가람 안에 울려 퍼졌다.

웃음소리에 호응하는 것처럼 걸려 있던 풍경이 딸랑거리며 가람을 다채로운 소리로 채웠다.

목소리의 주인인 하네즈는 난간에서 밖으로 크게 몸을 내밀어 빠져들도록 아키라를 응시하면서 열에 들뜬 듯이 계속 웃었다.

"보아라. 보아라, 츠구호. 미쿠라야! 틀림없이 칸나의 미쿠라야!"

시선 끝에 펼쳐진 광경은 환하게 하늘로 타오르는 불의 탑.

그리고 검을 높이 치켜든 자세로 있는 아키라.

난간에서 밖으로 반쯤 상체를 내밀고, 그곳에 없는 아키라를 꽉 끌어안듯이 가녀린 손을 허공으로 휘젓는다.

"……축하드립니다."

—정말로 칸나의 미쿠라였구나.

츠구호는 하네즈에게 들키지 않도록 주먹을 쥐며, 애써 평정심을 가장하고 간신히 그 말만 입에 담았다.

자신이 모시는 신의 단언을 듣고도 직접 자신의 눈으로 확인한 것이 아니기에 반신반의였으나, 이 정도로 현실을 보여 준다면 받아들이지 않을 수 없다.

백 년에 한 번, **평범한** 인간의 정점인 팔가에서만 태어난다는 정자의 기적.

정령이 깃들지 않은 채 태어나는 그자는 칸나의 미쿠라라고 불린다.

정령이 깃들지 않았다는 사실이 의미하는 바는 정령에 의존하지 않아도 자신의 의사만으로 세상에 서는 것이 허락될 만큼 강인한 그릇이라는 뜻이다.

그 신명은 하나의 세계와 같다.

—그렇다. 즉, 신을 깃들이는 것이 가능할 만한 그릇이라는 뜻이다.

"아아, 사백 년 만의 칸나의 미쿠라야! 나만의 미쿠라다! 나만의 아키라야! —누구에게도 건네지 않아. **아오**에게도, **시로**에게도, 물론 **쿠로**에게도!"

"**아카** 님!"

타카마가하라를 둘로 나눌 법한 위험한 발언에 츠구호는 안색을 잃고 외쳤다.

그 말대로 일을 진행해 버리면 틀림없이 기오인이 적으로 돌아선다.

그렇다면 사백 년 전 **대륙의 간섭을 받기까지의 거칠고 거친 내란의 재현**이 있을 뿐이다.

그것만은 츠구호가 반드시 피해야 할 최악의 미래 예상도였다.

"……무엇이냐, 흥이 깨지지 않았느냐."

고양된 기분에 찬물을 끼얹었다는 듯 귀여운 입술을 삐죽거리는 하네즈에게 츠구호는 신중하게 단어를 고르며 설득에 나섰다.

"**아카** 님의 바람대로 일을 진행하면 **쿠로** 님께서 불만을 품을 것이 확실합니다. 타카마가하라를 여러모로 어지럽히는 것은 **아카** 님 역시 바라는 일은 아닐 것입니다."

"하지만 그래서는 **쿠로**에게 아키라를 빼앗기고 말 것이 아니냐."

"……그러니 **쿠로** 님과 아키라 씨의 소유에 관해 기한을 정하도록 교섭하지요. 이쪽에는 아키라 씨의 장기 체재와 카렌에서 공허의 자리에 이르렀다는 사실이 유리하게 작용할 테니까요. **쿠로** 님도 아키라 씨를 방치하고 만 실수를 지적하면 강하게 목소리를 내기란 어려울 것입니다. 충분히 교섭할 여지가 있지 않을까요."

"음, 한시라도 떠나보내는 것은 아쉽다만."

일리 있게 보였는지 집착을 보이면서도 바로 거부하는 것이 아니라 고민하는 모습을 보인다.

본래 칸나의 미쿠라의 처우는 그자가 태어난 주에 속하는 것이 관례다.

그 관례에 따른다면 아키라의 소재는 코쿠텐슈에 있으며, **쿠로**에게만 그 소유가 인정되는 것이 된다.

그러나 우게츠가 저지른 짓이 추측한 대로라면 아키라의 신상은 우게츠에서 추방되었을 터이고, **평범한** 인간의 규범에 따르면 슈몬슈가 아키라의 소재가 된다.

아키라는 기오인과 혼약 관계에 있으나, 동시에 우게츠에 그 몸을 두고 있었다.

팔가 관할의 영지 내에서는 어느 정도 자치가 인정되는 이상, 그 처우를 결정할 권한은 최종적으로 우게츠에 있다.

한마디로 현재 아키라의 소재를 선언할 권리는 코쿠텐슈와 슈몬슈 양쪽에 혼재되어 있다는 것이다.

우게츠의 폭주와 실수.

이것을 허락하고 만 이상, 아키라와의 관계를 원상태로 완전히 복구하기란 거의 불가능에 가깝다.

이성이 남아 있다면 기오인도 교섭의 자리에 나와 제안을 무시하지는 못할 터였다.

게다가 기오인이 강하게 나올 수 없는 이유가 하나 더 있다.

"아무리 관례를 전면으로 내세워 기오인이 불평하더라도 최종적인 의사 결정은 칸나의 미쿠라인 아키라 씨가 내려야 합니다. 칸나의 미쿠라의 마음을 얽매는 것은 신도 불가능한 일. 아키라 씨를 잡아 두지 못한 것은 기오인의, 나아가 **쿠로** 님의 실수입니다. 교섭의 자리를 무시하고 츠키노미야에 판결을 부탁해도 입장이 흔들리는 것은 **쿠로** 님이겠지요. ㅡ**아카** 님과 아키라 씨의 관계가 양호한 이상, **쿠로** 님도 아키라 씨의 심증을 악화시키는 수단은 자제하지 않을까요."

칸나의 미쿠라라는 칭호가 야기하는 가장 큰 은혜는 자신이 있을 땅을 자유롭게 선택할 수 있다는 점일 것이다.

좋든 나쁘든 정령에게, 그리고 그 토지에 얽매여 사는 **평범한** 인간 중에서 자유롭게 주를 건너가는 것이 허락된 사람은 칸나의 미쿠라라고 불리는 존재뿐이다.

그렇기에 신은 아키라의 마음을 끌려고 필사적이 되는 것이다.

사실 그 외의 수단으로는 아키라를 잡아 둘 수 없기에 필사적으로 자신이 지닌 것을 주어 아키라를 만족시키는 것이다.

그것을 게을리 한 **쿠로**에게 반론을 허락할 여지는 거의 없다.

기오인과의 관계성은 악화되겠지만, 직접적인 대립은 피할 수 있을 것이다.

막힘없이 말하는 츠구호의 감정을 읽을 수 없는 눈을 바라보며 하네즈는 말을 모두 듣자마자 크큭, 하고 목을 울리며 웃었다.

"뭐, 좋다. 필사적으로 신을 설득하는 그대의 성장을 보아 **쿠로**와의 교섭을 인정하마."

하네즈의 허락이 떨어지자 츠구호는 무의식중에 안도하는 한숨을 내뱉었다.

이것으로 기오인과의 교섭에 조금 희망이 보인다.

조금이지만 최악의 사태로 빠질 가능성이 멀어진 것이 츠구호는 솔직하게 기뻐했다.

"—하지만 아키라의 마음을 이쪽으로 기울일 노력은 해도 되겠지? 나도 오랜만에 칸나의 미쿠라를 만났으니까. 충분히 밀회를 즐기고 싶구나."

"네, 그쪽은 원하시는 대로."

깊숙이 머리를 숙이고 하네즈의 뜻을 받아들였다.

츠구호에게도 아키라와 하네즈의 거리가 **어느 정도** 좁아지는 것은 기쁜 일이다.

이 문제의 복잡함은 차치하고, 해결할 실마리가 아키라의 기분에 달려 있기 때문이다.

기오인과의 교섭을 우위로 진행하기 위해서도 아키라의 마음을 쿠호인에게 기울도록 노력하는 것은 당연한 수순이다.

"그럼 사후 처리가 있으므로 오늘 밤은 이것으로 실례하도록 하겠습니다."

"음. ……그러고 보니 츠구호. 그대의 반려 선발은 언제였더라?"

"……신무월의 신상제(神嘗祭)가 지난 뒤에 예정되어 있습니다."

"그런가. 알고 있겠지만, **그것**은 취소하여라. 그대의 반려는 아키라로 결정하였으니."

"알겠습니다."

아무렇지도 않게 내린 하네즈의 칙명을 츠구호는 이의를 제기하는 일도 없이 순순히 받아들였다.

표면적으로 칸나의 미쿠라의 혼인 상대가 되는 것은 삼궁 · 사원의 혈통을 이은 자의 의무이기 때문이다.

그것은 신대와 현대를 잇는 계약의 일환으로 옛날에 신과 삼궁 · 사원 · 팔가 사이에 이루어진 약정 중 하나다.

신대의 끝으로부터 사천 년, 그것은 신으로부터 갈라져 가지를 뻗은 삼궁 · 사원으로서도 너무나 오랜 세월이다.

삼궁 · 사원의 피는 반신반인을 이어받은 것이므로 인간의 세상과 신을 잇는 쐐기이지만, 아무리 강하게 연결되었더라도 이 세월 앞에서 **열화**를 피할 수 없다.

열화된 신의 핏줄을 현세에 다시 이을 방법은 단 하나, 칸나의 미쿠라의 피를 자신의 혈통에 한 방울이라도 더하는 것뿐이기 때문이다.

신과 **평범한** 인간이 피를 나누어 반신반인인 삼궁 · 사원을 낳은 것은 타카마가하라가 발흥한 한 번뿐.

전승에 따르면 그것을 해낸 것은 타카마가하라 오슈를 다스리는 신과 공허의 자리에 이르렀다는 칸나의 미쿠라였다고 한다.

아키라는 역사상 두 번째로 공허의 자리에 이른 칸나의 미쿠라다.

그렇기에 신은 무슨 일이 있어도 아키라를 차지하려고 할 것이다.

"가능하면 기오인과의 교섭에 들어갈 때까지 아키라 씨의 부재를 들키고 싶지 않습니다만."

"그건 불가능해. 어제까지는 모르지만, 틀림없이 지금 **쿠로** 녀석은 깨달았을 것이야."

"이유를 여쭈어도?"

"간단해. 아키라가 자쿠엔가요를 휘두르려면 아키라를 채우고 있던 **쿠로**의 신기가 방해되거든. 따라서 아키라가 자쿠엔가요를 뽑은 순간 **쿠로**의 신기를 봉인하도록 조치를 취해 두었어. 그에 더해 어젯밤에는 혼석의 연결을 새로운 것으로 바꾸었지. —아무리 발버둥을 쳐봐야 **쿠로**는 온종일 날뛸 수밖에 없을 것이니라."

"……그럼 서둘러야 하겠군요. 공공연하게 행동할 수 없는 이상, 기오인에 대한 접촉은 하기휴가 후(오봉 후)가 되겠습니다만."

"음. 알겠다."

현재 십이 세인 츠구호는 오슈의 텐료 학교 중등부에 재학 중이다.

십삼 세가 된 기오인 시즈미 역시 같은 학교의 중등부에 재적하고 있다.

가문의 격이 같고 나이도 가깝기에 두 사람의 교류는 나름대로 있는 편이다.

웬만큼 실수하지 않는 한, 학교에서 은밀하게 접촉하기란 그리 어렵지 않을 것이다.

지금 그 행운은 츠구호에게 무엇보다 감사한 일이었다.

인사를 하고 가람에서 나가는 츠구호를 뒤로하고, 하네즈는 다시 멀리 카렌 저편에 있는 아키라에게 시선을 되돌렸다.

일대를 뒤덮고 있던 주금색 빛이 안개처럼 강 주위에 감돌 뿐이다.

모든 힘을 짜냈는지 첨탑을 만들어 낸 아키라는 탑이 있던 장소에서 검을 쳐든 자세로 굳어 있었다.

그 너무나 사랑스러운 아키라의 모습에 하네즈는 크게 두 팔을 벌렸다.

"아아, 아키라. —나는 그대를 축복하마. —보아라, 정령의 기쁨을. —들어라, 슈몬슈의 축하를."

끝없이 흘러넘치는 마음이 이끄는 대로 슈몬슈를 관장하는 화행의 대신인 하네즈가 아키라에게 축복을 외쳤다.

"—그러니 나를 사랑하여라. 칸나의 미쿠라인 그대의 사랑은 나를 충족시킬 것이니라!!"

대신의 신기마저 그 몸에 깃들이는 것이 허락된 칸나의 미쿠라는 그가 짊어진 역할 때문에 그 호칭 또한 다양하다.

신대를 짊어진 인간.

말뚝을 박는 자.

그리고—.

—신들의 반려.

그 호칭에 어울리도록, 그저 한결같이 하네즈는 사랑을 외치며 웃었다.

# 7화 붉은 환희, 검은 통곡 2

하네즈가 환희의 소리를 올리던 때와 같은 시각.

—코쿠텐슈, 주도, 나나츠오.

**신역**, 흑요전에서.

"—————아, 아아아아아아아아아!!!!"

몸을 자르는 듯한 너무나 비통한 통곡이 깊은 어둠에 가라앉은 공간을 흔들었다.

부르르. 전율하는 듯 공간이 꿈틀거리며 잔물결이 몇 겹이나 겹쳐 **그 땅을 채운 수면**을 흐트러뜨렸다.

"······**쿠로** 님! 무슨 일이십니까?!"

평소 같지 않은 초조한 소리를 듣고 근처에서 대기하던 기오인 시즈미가 다급하게 신역으로 뛰어들었다.

신역으로 들어가자 시즈미의 발이 복사뼈까지 물에 가라앉았다.

그 순간 얼어붙는 듯한 차가움이 뇌를 흔들었다.

"······큭!"

그 고통에 무심코 목에서 비명이 새어 나왔다.

발을 찌르는 차가움은 시즈미가 처음으로 경험하는 물 온도였다.

신역이란 신의 거처임과 동시에 **본질 그 자체**이다.

그것이 의미하는 바는 한마디로 신역이란 신 그 자체와 같은 뜻이라고 말하는 것이나 마찬가지다.

당연히 시즈미의 발을 괴롭히는 이 물도 예외가 아니다.

알기 쉬운 말로 하자면, 이 물의 온도는 이 땅을 관장하는 신의 감정에 좌우되는 것이다.

얼어붙는 한겨울의 추위와 동시에 신의 혼란과 한탄이 시즈미의 감정을 괴롭혔다.

이곳의 신은 온화하고 다정한 성격이다.

그러니 이 흐트러진 상태는 평범한 일이라고는 생각할 수 없다.

"쿠로 님! 쿠로 님?! 어디 계십니까?!"

시즈미는 필사적으로 외쳤으나, 돌아오는 것은 물을 흔드는 잔물결의 소리뿐이다.

대답도 없이 얼마간 살이 에일 듯한 고요함만이 시즈미의 부름에 답하는 시간이 흘렀다.

—이윽고.

"……시즈미, 인가?"

어둠 저편에서 하네즈와 비슷한 나이의 어린 여자아이가 모습을 드러냈다.

"네. 시즈미는 어전에 대기하고 있습니다."

겉보기에는 그리 이상한 부분이 보이지 않은 것에 속으로 크게 안도하며 시즈미는 여자아이에게 달려갔다.

"쿠로 님, 무슨 일이십니까? 그렇게 마음이 흐트러지시니 정령도 두려워하고 있습니다."

쿠로. 그렇게 불린 여자아이는 비통한 표정을 지은 채 살짝 시선을 들어 시즈미를 응시했다.

어깨 길이로 자른 탐스러운 검은 머리가 움직임에 맞춰 찰랑거리며, 홍채가 보이지 않는 칠흑 같은 눈동자가 슬픔으로 일그러졌다.

"……시즈미. 아키라는 어디 있느냐?"

"아키라 씨, 말인가요? 지난 편지에는 사미다레 영지에서 당주 교육을 이제야 마칠 것 같다고 쓰여 있었습니다만."

시즈미는 갑자기 묻는 그 이름에 당황하면서도 바로 며칠 전에 근황을 전하는 편지의 내용을 전했다.

대답하면서도 그러고 보니, 하고 머리 한구석에서 생각이 들었다.

아키라가 당주 교육을 위해 주도를 방문하지 않게 된 지 벌써 삼 년이다.

흑요전에 아키라를 맞이하기 위한 수리도 끝이 보이기 시작하여 우게츠에 아키라의 방문을 계속 요청하는 중이었다.

그러나 최근 몇 개월간 우게츠의 대답은 이리저리 답을 회피하는 애매한 것이고, 좋은 대답은 얻지 못했다.

당주, 우게츠 텐잔의 말로는 아키라의 무능함에 교육이 제대로 진행되지 않아서 고생이 끊이지 않는다고 하였다.

반면 차남인 우게츠 소마를 몹시 자랑하는 그 자세에 최근 시즈미도 의구심을 느끼고 있었다.

아키라에게 괜한 이목을 집중시키는 것보다는 **적당히 우수한** 차남이 남의 시선을 끌게 하는 편이 다소 편리하기 때문에 일단 텐잔에게 그 점을 지적하지는 않았으나…….

애초에 칸나의 미쿠라와 그 이외의 자를 비교하는 것 자체가 오만하다.

그렇게 생각하는 동안 **쿠로**가 나직하게 불평하듯이 중얼거렸다.

"……없어."

"네?"

**"아키라가 어디에도 없단 말이다."**

"앗?!"

"바, 방금 아키라의 안에 채워 두었던 나의 신기가 상실되었느니라."

잘게 어깨를 떠는 **쿠로**가 전한 그 말에 시즈미는 머리를 맞은 듯한 충격을 느꼈다.

삼 년 동안 한 번도 아키라와 얼굴을 마주하지 않았음에도 기오인은 그 안위를 걱정하지 않았다.

그 이유는 단순하여 아키라의 내면에 신기가 가득 차 있었기 때문이다.

신기란 신을 구성하는 영질이며, 쉽게 말하면 신 **그 자체**이기도 하다.

이것에 이상이 생기면 장소나 거리에 상관없이 신기의 근원인 **쿠로**에게 알려진다.

그야말로 병이나 상처 등도 알려고 생각하면 모두 알려질 터였다.

"어, 어디서 상실되었는지 아시겠습니까?"

힘없이 고개를 가로젓는다.

시즈미는 그것만으로 절망적인 상황임을 알 수 있었다.

"모르겠구나. 평소에는 아키라의 위치를 파악하지 않았고, 갑자기 연결이 끊어졌구나. 서둘러 쫓았다만, 흔적도 느껴지지 않아."

코쿠텐슈를 널리 다스리는 대신(大神), 겐레이의 말이다.

일이 아키라와 관련된 이상, 실수나 속임수는 만에 하나라도 있을 수 없다.

게다가 계약한 신의 신기가 갑자기 끊어지는 일도 있을 수 없다.

그 대전제가 뒤집히다니 젠레이와 시즈미가 당황하는 것은 당연한 일이다.

아키라는 평범한 칸나의 미쿠라가 아니다.

칸나의 미쿠라는 약 백 년에 한 번의 간격으로 팔가 중 한 곳에서 태어나지만, 무슨 까닭인지 지금까지 코쿠텐슈에서는 태어난 적이 없다.

타카마가하라의 발흥으로부터 세어 사천 년.

지금까지의 현실을 뒤집고 코쿠텐슈에서 태어난 첫 칸나의 미쿠라다.

아키라의 탄생을 알았을 때 기오인의 기쁨은 필설로는 다할 수 없는 대망의 존재로 크게 들끓었다.

당연히 우게츠와의 교섭도 자칫하면 강제로도 보일 만큼 움직였고, 다양한 면에서 우대해 주었다.

다른 주의 간섭을 두려워하여 다른 곳은 물론이고 코쿠텐슈에서의 정보 통제도 강행했다. 그렇게 아키라는 존재가 흔들림 없이 기오인의 것임을 알릴 수 있을 때까지 비밀스러운 존재로 해 두었다.

그 정도로 노력을 기울여 아키라가 알려지는 일 없이, 앞으로 몇 달이면 세상에 선보일 수 있는 시기까지 왔는데 그러한 노력이 눈앞에서 파탄이 난 것이다.

아키라의 몸에서 신기가 사라지는 사태가 있을 리 없다.

그것이 일어날 일은 신기를 봉인당하거나, 아키라의 의사로 신기를 봉인하거나, **아키라가 죽었을 때**다.

"설마……."

아키라의 죽음. 시즈미의 머릿속에 최악의 상상이 떠올랐다.

그런 사태가 벌어지면 코쿠텐슈에 어떤 재앙이 내릴지 예상조차 두려워서 할 수 없다.

가장 나은 원인은 아키라가 자신의 의사로 신기를 봉인한 상황 정도인가.

그렇다면 아키라가 어떤 격의를 기오인에 품고 있다는 뜻이 되지만, 그 외에 돌이킬 수 없는 사태보다는 대화로 어떻게든 해결할 여지가 남아 있을 터였다.

시즈미가 거칠게 고개를 휙휙 가로젓고, 집요하게 생각을 괴롭히는 불길한 상상을 떨쳐 냈다.

말라리아라도 걸린 듯 떨리는 몸을 억지로 억누르며 애써 아무 일도 아닌 것처럼 평탄한 목소리로 젠레이에게 말을 걸었다.

"**쿠로** 님, 분명히 아무 일도 아닐 것입니다. 아키라 씨도 당주 교육으로 조금 풀이 죽었을 뿐이겠지요. 어쩌면 내일이라도 신기의 연결이 돌아올지도 모릅니다. 그렇게 되었을 때 **쿠로** 님이 모습을 보이면, 아키라 씨도 웃겠지요."

"……그럴, 려나?"

평소라면 시즈미가 애써 감춘 감정 따위는 꿰뚫어 보았겠지만, 젠레이도 상황을 생각할 여유가 없는지 불안하게 흔들리는 눈으로 시즈미를 보기만 할 뿐이었다.

"그렇고말고요. 자, 오늘 밤은 편안히 쉬세요. 아키라 씨에게는 제가 연락을 취해 두겠습니다."

"응……. 시즈미, 잘해 주어라……."

그 말을 남기고 겐레이의 모습이 어둠으로 스르륵 가라앉듯 사라졌다.

고개를 숙인 시즈미는 겐레이를 배웅하고 빠른 걸음으로 흑요전에서 밖으로 나갔다.

불안하기만 했던 겐레이와 달리 시즈미는 초조함을 감추려고도 하지 않고 미간을 찡그린 채 신역과 본저를 잇는 연결 복도를 걸었다. 그 너머에서 이변을 발견한 시종 두 사람이 허둥지둥 시즈미에게 달려왔다.

"공주님! 이게 대체 무슨 일입니까?!"

"……느긋하게 말할 여유가 없습니다. 소노미, 카에데, 숙직 임무를 해제하겠습니다. 서둘러 여행 준비를 해줘요."

"여행?! 이런 시간에? 대체 어디로 말입니까?"

"사미다레입니다. 되도록 우게츠에 이쪽의 동향을 들키지 않도록 다른 용건으로 향하는 형태로."

"공주님, 분부는 따르겠습니다만, 다소 무리한 말씀이지 않으십니까? 이 중요한 시기에 우게츠를 이상한 형태로 자극할지도 모릅니다만."

"―방금 아키라 씨를 채우고 있던 **쿠로** 님의 신기가 상실되었습니다."

그 말의 한 박자 뒤에 시종 소녀들의 얼굴에서 핏기가 사라졌다.

시종을 맡는 자들에게는 칸나의 미쿠라를 포함한 다양한 기밀을 가르쳐 주고 있다.

따라서 우게츠에 대해 과잉될 만큼 배려하는 기오인의 현 상황도 이해하고 있다.

그리고 아키라의 신기가 사라진 원인을 상상하고, 그것이 얼마나 치명적인 일인지 이해한 것이다.

"쿠, 쿠로 님은……?"

"아직 파괴신은 되지 않았습니다. 그러나 시간의 문제겠지요. ……이것으로 알겠지요, 여기서 문답할 시간도 아깝습니다. 당장이라도 준비를 마치고 무리해서라도 서둘러 아키라 씨의 안위를 확인해줘요."

"알겠습니다."

"카에데, 당신의 본가인 치지와는 목재상을 운영하고 있지요. 사미다레령에 지사가 있었던가요?"

"확실히 있던 것으로 기억합니다. 사미다레 삼나무는 그 영지의 특산품이니까요."

"좋습니다. 본가에 연락해서 그쪽에 용건이 있는 것으로 하여 떠나지요."

치지와 카에데의 동의와는 별개로, 시즈미는 소노미에게 시선을 옮겼다.

"소노미, 도교 가문에 무언가 움직임이 있었나요?"

"……몇 개월 전 귀성했을 때에는 특별히 다른 마음을 품고 있는 모습은 없었습니다. 게다가 아버지, 도교의 당주는 칸나의 미쿠라에 손을 델 만큼 어리석지 않습니다."

딱딱한 표정으로 팔가 제7위 도교의 말석에 이름을 올린 도교 소노미가 고개를 가로저었다.

도교에 우게츠가 칸나의 미쿠라를 얻었다는 정보는 새어 나가지 않았을 터였다.

애초에 당주로 선택받은 이상, 혈통에 더하여 능력도 있다는 뜻이다.

정세에 흥미가 있든 어떤 이유가 있더라도 칸나의 미쿠라에게 손을 댈 법한 자는 처음부터 선택되지 못한다.

"……그래, 의심해서 미안합니다."

"아니요. —사미다레의 뒤가 되겠습니다만, 본가 쪽도 찾아보겠습니다. 어찌 되었든 이렇게 된 이상 화족 전체를 의심하지 않으면 안될 테니까요."

"……그렇겠죠. 사미다레령에는 언제쯤 들어갈 수 있을까요?"

"아침에 떠나는 주철 기차를 타면 그다음 날 점심에는 도착하지 않을까요. 방해가 없는 것이 전제입니다만."

"오히려 방해해 주는 쪽이 좋아요. 상대에게 배신할 마음이 있다고 확신할 수 있으니. —그러고 보니 론다리아 경유로 수입한 증기 자동차가 있었지요? 그것을 이용하면 다소 시간 단축이 가능할까요?"

"속도로 기차에는 이기지 못합니다만, 하룻밤에 중계역인 우사령에 도착하면 내일 저녁에는 사미다레령에 침입할 수 있을지도 모릅니다. 그러나 크게 눈에 띄지 않을까요."

증기 자동차는 석탄으로 구동하는 소형 증기 기관을 탑재한, 최근

이 되어 이제야 수입이 시작된 외국의 최신 기술이다.

가격도 비싸고, 개인으로 소유하는 자도 지극히 적다.

해외와의 창구를 지니지 않은 코쿠텐슈에서 이것을 타고 돌아다니는 시점에 어디 누군가의 관계자임을 주위에 선전하는 것이나 마찬가지가 된다.

─그러나, 그럼에도.

"상관없습니다. 지금은 시간이 아까우니 망가질 기세로 달리게 해요. 움직이는 건 마부인 요시모리 씨겠지만. 지금 시간이면 돌아가서 자고 있겠군요. ─상관하지 말고 **바로 깨우세요.**"

마부 요시모리는 수십 년 기오인을 모셔 온 성실한 남자다.

그렇게 오래 기오인에 충성해 온 자를 배려도 하지 않고 혹사시킨다.

시즈미답지 않은 언동에 기오인의 다급함, 그리고 코쿠텐슈의 위기 상황을 두 사람은 새삼 이해했다.

"경비는 얼마가 들어도 됩니다. 확실하게 아키라 씨의 현 상황을 파악하세요. ─무슨 일이 없으면 다행이지만, 신기가 소실되다니 보통은 있을 수 없는 일이니 반드시 무언가 있을 겁니다."

"저기, 현 상황을 파악하려면 확실하게 아키라 님이 존재했다고 확신할 수 있는 시점이 필요합니다. 저, 그러면 마지막으로 아키라 님과 만나신 것은 언제쯤이십니까?"

"……그게."

조심스럽게 오른손을 들고 묻는 그 말에 시즈미는 말문이 막혔다.

"……실제로 만난 건 이……삼 년 전이려나. 편지는 주고받았지만, 우리도 아키라 씨를 맞이할 준비를 하는 데 집중하고 있었으니까요."

그렇게 말한 시즈미는 그제야 현재의 부자연스러움에 머리가 따라잡았다.

텐잔은 당주 교육에 난항을 겪고 있다고 변명하며 주도로 아키라를 데려오지 않았다. 아무리 그래도 신년 인사에 데려오지 않은 것은 어떻게 생각해도 너무 이상하다.

아키라가 무사한 것은 신기로 알고 있었고, 괜히 우게츠를 자극하는 일을 피한 결과라고 해도 이 이상한 상황을 간과한 기오인도 너무 안이했다.

"……그래요, 확실히 수상한 부분이 너무 많군요. 그쪽은 내가 찾아보죠. 우게츠 텐잔이 주도에 체재하고 있을 때 가깝게 지낸 자가 있으면 무언가 정보는 얻을 수 있겠지요."

"부탁드리겠습니다. 연락은 어떻게 하시겠습니까?"

"가능하면 매일, 전보를 이용하세요. 자세한 정보가 있으면 언제든지 보내고. —엽월 초에 우게츠의 방문이 예정되어 있으니 그때까지 이쪽에서 상황을 파악해 두고 싶습니다."

"알겠습니다. 당장이라도 출발하겠습니다."

"부탁하죠. —다른 사람들도, 앞으로 우리는 싸우게 됩니다."

무슨 일인가 하여 모여든 저택에 거주하는 가신들에게 시즈미가 목소리를 높였다.

"우게츠가 반역의 뜻을 보일 가능성이 있습니다. 상대에게 들키지 않도록 우게츠의 정보를 모아 와요."

우게츠는 팔가 필두이자 기오인의 신뢰도 두터운 역사적인 일족이다.

그런데 반역이라니. 좀처럼 생각할 수 없는 사태에 동요한 가신을 둘러보며 시즈미는 애써 평정심을 유지하고 단단히 일러두듯이 말했다.

"거듭 주의하겠습니다. 반역할 가능성이 있으며 확신은 없어요. 상대를 자극하는 것은 엄금합니다. 이쪽에서 현 상황을 정확히 파악할 때까지 공식적으로 움직이는 것을 금지합니다."

그렇게 말하며 시즈미는 두통을 참는 듯 이마에 손을 댔다.

자신이 하는 말이 아무런 위로도 되지 않는 것을 자각하고 있기 때문이다.

"앞으로 제대로 잘 여유도 없다고 생각해 주세요. 우게츠의 등전(登殿)까지 앞으로 한 달. 모두 당장 움직여 주세요."

시즈미의 지시에 가신들이 곧바로 움직이기 시작했다.

그것에 약간의 든든함을 느끼면서 시즈미는 불쑥 새어 나오는 말을 참을 수 없었다.

"……아키라 씨, 무사히 있어 줘요."

이때부터 기오인의 역사에서 가장 혼미한 나날이 시작되었다.

# 종장 소란은 멀리, 그대여 지금은 그저 평온하게

"에에잇! 방해하지 마라!! —얌전히 녀석을 건네면 방해죄는 묻지 않겠다!"

"진정하십시오, 반다 총대장님! 대상의 신병은 현재 제8수비대가 확보하였습니다. 상황의 확인은 이쪽에서 행하여 보고는 총본부에 우선적으로 보내드릴 테니."

"뭘 여유롭게. 그렇게 감싸면 네놈들도 같은 죄로 처벌하겠다! 에잇, 봐라, 봐······!!"

—쾅.

"······하~."

반다가 데려온 경라대와 수비대의 옥신각신한 소란이 주둔소의 문을 사이에 둔 순간 멀어졌다.

닫은 문에 막대를 걸어 허술하게나마 잠근 뒤에야 겐지는 간신히 숨을 돌렸다.

그 모습을 보니 반다에게 포기한다는 선택지는 없는 모양이다.

꽤 초조해 보였으니 크게 궁지에 몰린 것은 쉽게 상상되었다.

몹시 무리해서 경라대를 끌고 온 듯하다. 니쿠라 이하 소수밖에 남지 않은 수비대와 팽팽하게 맞선 것을 보면 경라대의 의욕 없음이 상당하다고 추측할 수 있다.

"—선생님. 아키라의 상태는 어떤가요?"

여름 햇빛이 차단된 복도 너머에서 사키가 다가왔다.

"다친 곳은 없으니 극도의 피로 때문에 기절했을 뿐이겠죠. ……
그야 그만큼 정령력을 흩뿌리고 부정체들을 섬멸했으니까."

"굉장하네요. 타카마가하라에서 아키라와 같은 일이 가능한 사람
이 얼마나 있을까요?"

"팔가 당주라면 간신히. ……확실히 가능하다고 단언할 수 있는
사람은 한 사람뿐입니다."

실제로는 신기의 신역 특성을 포함하여 평가의 최소치를 높였다.

그렇더라도 설명할 수 없는 일이 많지만.

"우리 팔가급인가. 부적도 쓸 수 있으니 그는 화족 출신 아닐까요?"

"……그럴지도 모르죠. 그 녀석은 여기에 입대했을 때부터 수비병
이 되고 싶다고 희망했으니까."

화족 출신이라면 수비병에 집착하는 것도 이해가 간다.

사연이 있어서 장래 희망이 가로막히는 일은 화족이더라도 어느
정도 듣는 말이기 때문이다.

그리고 그것은 눈앞에 선 소녀의 처지와도 매우 비슷했다.

"수비병이 되고 싶다고요?"

처음 듣는 아키라의 바람에 사키는 살짝 눈웃음을 지었다.

"—흐음, 그 아이도 그렇구나."

미소를 지으며 그 말을 남기고, 사키는 기모노 자락을 휘날리며
통용문으로 모습을 감췄다.

짧으면서 아직 도중인 꽃의 계절. 천천히 꽃봉오리가 맺히기 시작
한 소녀의 웃음에 적어도 강해지기는 했다며 겐지는 쓴웃음을 지었다.

주둔소 통로 안쪽의 눈에 띄지 않는 위치에 만들어진 의무실 문을 열었다.

그 순간 풀 냄새가 나는 초여름 미풍이 고요함에 지배된 의무실로 불어와 하얀 커튼을 은근슬쩍 즐겁게 흔들었다.

시선을 움직여 의무실 한구석에 멈췄다.

그 앞에는 바깥의 소란도 모르고 잠든 아키라의 모습이 있었다.

백귀야행으로부터 아직 반나절도 지나지 않았다.

그러나 그때의 광경은 어딘가 현실에서 떨어진 흐릿한 안개 너머를 보는 듯한 기분이 들었다.


방대한 양의 주금색 정령력이 시야를, 아니 세계를 물들였다.

그것은 그저 장엄하고 평온할 뿐인 세계였다.

"아니……."

호흡마저 송구하다.

잊을 뻔한 의식을 필사적으로 이으며 겐지는 사지에 힘을 주고 일어났다.

주금색으로 빛나는 흐릿한 안개 너머에서 한층 강한 빛이 크게 휘몰아치며 퍼졌다.

소용돌이를 휘감은 곳에 선 아키라가 주금색으로 빛나는 대검을 들고 있었다.

—**평범한** 인간들을 내려다보는 남쪽 하늘이 순수한 환희로 떨렸다.

빛나는 파도를 이끄는 아키라는 검 하나로 강대한 오니를 없애고, 부족한 듯 이무기에게 향했다.

정령이 환희를 노래하는 대로 주금색 빛이 한층 더 크게 물결쳤고.

소용돌이를 휘감은 막대한 정령력마저 삼킨, 항마의 작열하는 탑이 겐지의 눈앞에 조용히 솟아올랐다.

그것은 쿠호인류 정령 기술, 오전—.


"『피안야』라니……."

그 절묘한 기술은 겐지조차 그리 쉽게 쓰지 못한다.

일개, 그것도 연병 정도가 실수로라도 쓸 수 있는 기술은 절대 아니다.

주위에 극에 달한 혼란과 달리, 상식과 기량을 무시하고 『피안야』를 쓴 당사자는 그저 편안하게 지금도 자고 있다.

의무실 구석에 놓인 의자에 거칠게 앉았다.

커다란 겐지의 무게에 간소한 의자가 항의하는 비명을 질렀다.

"쳇. 이쪽의 고생도 모르고 기분 좋게 잠이나 자고."

의자의 삐걱거림을 무시하고 겐지는 아키라의 잠든 얼굴을 가만히 응시했다.

옅으면서도 격정에 사로잡힌 얼굴도 지금은 부드러웠다. 그곳에는 나이에 맞는 천진난만한 소년의 잠든 얼굴이 있을 뿐이다.


여러모로 문제를 남겨 준 데다 하고 싶은 말이 산처럼 쌓였다.

그래도 뭐…….

"잘했다, 아키라."

잠든 지금이기에 할 수 있는 말에 온갖 마음을 담아 말했다.

그리고 아키라가 눈을 뜰 때까지의 짧은 시간을 아쉬워하며 조금이라도 휴식을 취하려고 겐지는 눈을 감았다.

소란도 지금은 멀고, 초여름의 미풍만이 방을 지나갔다.

눈을 뜨면 곧바로 격동의 폭풍이 아키라를 덮칠 것이다.

―그러나 그 고생도 지금은 알 리가 없으니, 그대여 지금은 그저 평온하게 잠들어라.

# 여담 돌이 반면을 장식하고, 저녁놀에 미소를

"―나 참. 그 뒤에 큰일이었다니까요."

"벌써 몇 번이나 들었다. ―그러니 이렇게 그대의 취미에 맞춰 주고 있지 않느냐."

탁. 초여름의 저녁놀이 그림자를 드리우는 와중에 하얗고 가녀린 손가락이 바둑판에 흰 돌을 놓았다.

그 수에 츠구호의 입가가 고민하는 듯 일그러지며, 검은 돌을 손에서 굴렸다.

초여름에 부는 바람이 반큐 대가람을 스치며 풍경이 시원한 소리를 울렸다.

그 소리만이 츠구호의 몸에 서린 열정을 달래 주었다.

백귀야행의 뒤처리도 일단락된 며칠 뒤.

츠구호와 하네즈가 사이에 바둑판을 두고 흑백의 공격에 힘쓰는 중에 나온 대화였다.

"경제계와 오슈 언저리의 소문은 대체로 조용해졌습니다. ……당분간 입을 여는 것도 주저할 것입니다."

"크큭. 무섭구나, 무서워라. 상대가 여자애라고, 그렇게 얕잡아 본 자들을 충분히 물어뜯을 심산이로구나?"

"당연합니다. 갈 곳을 잃은 백귀야행의 큰 공적, 이용하지 않을 이유가 없으니까요."

탁. 흑이 백의 길을 가로막고 급소를 찌른다.

그 움직임에 하네즈의 손끝이 즐거운 듯 흰 돌을 굴렸다.

백귀야행의 위협은 누구나 아는 바다. ……그리고 그것은 종식된 뒤의 이익이 막대하다는 것을 의미한다.

백귀야행의 큰 공적은 이권 싸움의 발언력에 크게 기여한다. 그러나 제8수비대를 타테바미 강 중류 구역에 배치하도록 지시 내린 사람이 바로 쿠호인이므로 공적에 따른 중요한 발언력도 허공에 뜬 채였다.

덧붙여 백귀야행의 피해도 예상보다 크게 밑돌았다.

이래서는 부정체에 의해 황폐해진 토지의 재개발에 쏟아야 할 자금이 갈 곳을 잃고 만다.

반다도 그렇지만, 신탁이 내려온 직후에 일부 주의원들이 돈을 뿌려 댄 것은 알고 있다.

강제로 위법적인 수준의 낮은 가격으로 밀어붙여 평민의 토지 가옥을 사들이고, 재개발이라는 명목으로 쿠호인에서 나올 예산을 그대로 자신의 주머니에 넣을 생각이었을 것이다.

그런 생각을 떠올린 것은 반다일까? 그렇지 않더라도 한패일 것은 분명하다.

왜냐하면 자신의 부하<sup>키우는 경라대</sup>를 중류 구역에서 멀리 두어 고의로 피해가 확대되도록 꾸몄기 때문이다.

"아키라의 이름은 아직 숨겨야 하겠지. 괜한 자극은 민초에게 독이 될 테니."

"중요한 부분은 숨기겠습니다. ……그 때문에 민중의 이목<sup>보도 기관</sup>을 상류와 하류 구역에 모았으니까요."

토지를 사들인 주의원에 반다가 들러붙기 위해서는 상정된 손해의 제어와 상류 구역에서 막았다는 증명이 필요하다.

따라서 다른 수단이 없는 반다가 보도 기관에 정보를 흘릴 것도 츠구호 측은 확신하고 있었다.

반대로 츠구호의 생각보다 더 소인배라 제8수비대를 없앨 의도를 은폐하기 위해 중류 구역에서 완전히 기자를 멀어지게 할 것이라고는 생각도 못 했지만.

아무튼 중류 구역에서 시선을 제거하기 위해 츠구호는 일부러 정보 유출을 묵인했다.

츠구호의 의도대로 기자들은 반다의 정보에 유도되어 상류와 하류에 집중됐다. 오랜만에 눈을 뜬 쿠츠나가하라의 괴이는 발생의 확인과 종식되었다는 결말만 남았다.

"……유포한 정보에서 벗어나 단독 특종을 노린 기자 한 사람이 아키라 씨의 활약을 사진에 담았습니다만, 이쪽의 검열로 막았습니다. 필름째로 접수하였으니 나중에 이쪽에 보내질 것입니다."

"흐음. 제법 우수한 기자로구나?"

"—우연이겠지요. 눈에 띄지 않는 카스토리<sup>삼류 잡지</sup> 잡지의 기자니까요."

탁. 탁. ……타닥. 때때로 장고하면서도 흰색과 검은색이 바둑판을 교대로 수놓았다.

현재는 아슬아슬하게 우세. 고민스럽고도 즐거운 츠구호의 시선이 바둑판을 떠돌았다.

"어떻게 알지?"

"……그 잡지의 출판사는 저 개인이 소유하고 있으니까요. 작년에 시작한 회사로 기자도 아직 키우지 않았습니다."

어물거리는 대답에 하네즈가 어이가 없는 듯 시선을 들었다.

즉, 눈앞의 소녀는 학생으로서도 얼마 되지 않은 나이에 기업을 만들었단 말인가.

자산은 충분히 있다고 해도 아이의 행동력이 아니다.

"어린 시절부터 재벌들과 섞여 절충한 것은 그 인맥을 이어가기 위함인가. 이번에는 도움이 되었으나, 무엇을 위해 출판사를 만들었지?"

"이번에 한하지 않고 보도의 근원을 확보하기 위해서입니다. 실제로 무척 도움이 되었어요. ―삼류 기사이므로 진지하게 받아들일 사람도 적고, 기사의 날조도 쉽습니다."

세이하 대륙에서 흘러들어 온 고속 인쇄 기술과 통신 기술과 함께 신문과 보도 기관이 두드러지게 발전하였다.

이점은 많지만 동시에 공표하고 싶지 않은 정보의 제어도 과제가 되었으므로, 츠구호는 그 수단으로 일부러 신용도가 떨어지는 삼류 잡지를 만든 것이다.

목적은 충분히 달성해 주었다.

인간은 듣기 거북한 진실보다도 듣기 좋은 허구로 기울어지는 법이기 때문이다.

"보도에 관해서는 문제없습니다. 압도적 다수의 견해를 실어두었으니 그냥 놔두어도 민중은 진실을 무시하겠지요. ―그보다 **아카** 님께 여쭙고 싶은 것이 있습니다."

"응?"

"어떻게 하여 아키라 씨를 찾아내셨습니까? 아키라 씨는 항상 은둔을 쓰고 있었습니다. 그 수준이라면 설령 **아카** 님이라고 해도 발견은 쉽지 않았을 것입니다."

장고를 끝냈는지 츠구호의 잔잔한 시선이 하네즈의 시선과 마주
쳤다.

어린 여자아이의 입가가 요염하게 활짝 미소를 지었다. 그 모습이
츠구호의 눈에 비쳤다.


그 순간까지 하네즈는 변함없이 카렌의 모습을 바라볼 뿐이었다.

볼을 쓰다듬는 바람과 노는 것도 따분해했고, 반짝이는 야경도 그
녀에게는 칙칙하게 보였다.

그러나 그때.

슈몬슈 대신의 감정을 들끓게 할 만큼 정령들의 환희가 시야를 가
득 채웠다.

"……무엇이냐?"

—나타났어!

—아아, 나타났어!!

갑자기 감정 없는 환희가 자신의 주변을 흔들어 하네즈의 의식을
깨웠다.

소문을 좋아하는 정령들이 떠들어대며 재촉하는 대로 그녀는 슈
사 신사를 내려다보았다.

물에 비친 것은 상위 정령과 **평범한** 인간 소년이 선 그림자.

기적을 느꼈는지 자신의 지배하에 없는 상위 정령이 하네즈의 시
선을 원견법 너머로 마주 보았다.

상위 정령이 빈틈없이 은둔 결계를 친 모양인지 소년의 모습이 안

개에 가려진 듯 제대로 보이지 않았다.

"……꽤 무리하는군. 나의 눈을 가릴 수 있을 거라고는 생각도 못할 터인데."

영도와의 틈이라고 해도 현세에 직접 간섭하는 것은 신대 계약에 저촉했다는 사실을 의미한다.

그것을 증명하듯이 상위 정령은 소년과 대화를 나누며 붕괴되기 시작했다.

그러나 그것은 문제도 아니다.

소년을 지키는 것이 은둔 결계든 무엇이든 그녀가 지배하는 슈사 신사에서 은폐는 통하지 않는다.

칸나의 미쿠라. 정령이 깃들지 않은 지상의 기적을 목격하고 하네즈의 볼이 붉어졌다.

신대 계약에서 온갖 자유를 허락받은 그 존재는 신이 가장 바라는 반려를 의미한다.

─그 뒤로는 아무것도 생각할 것이 없다.

슈사에 휘몰아치는 정령 전체를 환희한 채 지배했다.

승화되는 신기에 따라 신역에 삼켜진 소년을 자신의 손으로 부드럽게 감쌌다.

보라색 정령이 소멸하기 전에 하네즈에게 맡긴 애원하는 듯한 바람만이 감정 한구석에 거스러미처럼 남았다.

─그래도. 아아, 그것보다도.

동요와 같은 감정이 잔물결처럼 밀려와 가까이에 있는 소년의 모습에 색채를 더했다.

볼에 느껴지는 열정을 떨쳐 내듯이 하네즈는 시선을 밖으로 향했다.

그 앞에 펼쳐진 것은 여전히 특별할 것 없는 카렌의 모습. 그러나 그 색채는 아까보다 풍요롭게 하네즈를 즐겁게 했다.


하네즈가 감상에 젖은 동안 어느새 우세했을 터인 검은 돌의 기세가 사라져 있었다.

탁. 꽤 채워진 바둑판을 앞에 두고 츠구호의 장고도 많아졌다.

바둑을 아주 좋아하는 눈앞의 소녀는 대화보다 바둑판에 집중하는 듯했다.

"그러고 보니 츠구호. 그대의 아키라에 대한 인상은 어떠한가?"

"어떻냐고 물으셔도. ……매우 믿음직스럽지 못한 분이라는 말밖에."

"흐음, 신랄하구나. 뭐, 그것도 어쩔 수 없겠지. 그대가 아키라와 직접 만난 것은 지난 한 번뿐이니."

츠구호의 시야에 비친 아키라는 그저 상황에 흘러갈 뿐인 소년에 불과하다.

그 모습은 슈몬슈를 함께 책임지는 데 필요한 자세에 미치지 못하여 그녀가 바랄 만한 상대라고는 생각할 수 없었다.

확실히 칸나의 미쿠라라는 것만으로도 가치는 있을 것이다.

무한히 신의 은총을 바랄 수 있는 존재. 전력으로서도 물론이고 정치에서도 이 이상의 상대는 없다는 것은 츠구호도 이해한다.

……무엇보다도.

"믿음직스럽지는 못하지만, 저의 비익이 되는 것은 충분히 인정합니다. 연모의 정은 다른 자에게 맡기겠습니다."

"좋아. 지금은 그것만으로도. ……하지만 그 감정은 충분하겠는가?"

"네? ……그게 무슨."

크큭. 목구멍을 울리며 즐겁게 웃으면서 의아해하는 츠구호를 무시하고 하네즈가 바둑판을 바라보았다.

비뚤어진 츠구호의 이상적인 연애관은 차치하고, 그녀는 사랑을 모를 뿐이다.

사랑에 기대하는 것마저 두려워 감정에 뚜껑을 덮고 현 상황에서 눈을 돌린 것에 불과하다.

"그대의 그것은 사랑을 동경하는 것이라고 해야 하겠구나."

사실 츠구호가 연애를 싫어하는 것은 아니다.

당사자는 숨기고 있을 심산이지만, 그녀가 선호하는 대중 소설 대부분이 연애에 비중을 둔 것이 많다는 것을 하네즈는 알고 있었다.

—그러나 화족에게 연애란 혼례 후에 키우는 것이 일반적이다.

왜냐하면 짝이 된 남녀의 아이는 기본적으로 낮은 지위의 정령에 맞춰 태어나기 때문이다.

정령을 깃들일 그릇의 열화. 그것은 지배층인 화족의 혈통에서 무엇보다 피해야 할 현실이기도 하다.

그릇의 강화가 **현실적이지 않은** 지금, 화족이라는 종의 존속은 쿠호인에서도 과제 중 하나였다.

사실 연애의 자유란 평민들에게만 허락된 특권인 것이다.

따라서 츠구호는 연애를 바라지 않는다. 자신에게 그것은 가장 거리가 먼 것을 알기 때문이다.

그래도 하네즈는 굳이 언급하였다.

"그대에게 연애란 하늘에서 내려오는 것인가? 연애도 사랑도 결국 상대가 없으면 키울 수 없다만."

"……**아카** 님, 설마 저의 책을."

짐작 가는 부분이라도 있었나. 신음하듯이 조심스럽게 따지는 츠구호의 말에 답하지 않고, 하네즈는 놀리듯이 웃으며 하얀 그림자를 바둑판 위에 딱 두었다.

찰나의 방심에 급소를 찔린 츠구호는 도주로를 찾아 바둑판을 바라보았다.

그러나 애초에 열세였다. 만회할 방법을 찾지 못하고 츠구호는 머리를 숙였다.

"졌습니다. ─중반에 크게 분단된 것이 문제였네요."

"음. 정치에서는 그 정도로 이치를 따지기를 좋아하면서 그대의 바둑은 움직임에 장난이 너무 많아. 그래서는 허를 찔리겠지."

잘그락잘그락 흑백 돌을 나누며 츠구호와 하네즈는 강평을 말하며 흐름을 되짚었다.

"……정석은 따분합니다. 승부에서 벗어난 놀이야말로 바둑의 좋은 부분이잖아요?"

정해진 길 따위는 따분하다고 대답하는 츠구호에게 하네즈는 잘 말했다는 듯 웃었다.

"바로 그거야."

"네?"

편안한 자세가 되어 사방침에 기댄 신의 지적에 츠구호는 살짝 고개를 갸웃했다.

"사랑도 마찬가지라고 말하고 싶을 뿐이니라. 연애의 승부는 밀고 당기는 묘미. 만난 뒤에 원하는 것 또한 좋은 것이야."

"이상이 너무 높다는 말씀이십니까?"

"아니. 과정을 즐겨라. 그것이야말로 그대가 열망하는 것의 본질이니."

어린 여자아이 모습을 한 신이 접은 부채로 흐뭇하게 웃는 입가를 가린 채 자신을 응시한다. 정곡을 찔린 츠구호는 볼을 붉혔다.

"……단것이 먹고 싶네요. 찹쌀떡도 괜찮으십니까?"

"크큭. 츠구호는 그것을 좋아하더구나. 차도 내오너라, 일국을 끝낸 피로를 푸는 데 딱 좋으니."

"알겠습니다."

준비를 위해 자리를 뜨는 츠구호로부터 시선을 떼고, 하네즈는 카렌의 거리를 내려다보았다.

여전히 사람들의 모습이 증기와 매연에 섞여 담담히 운행을 반복한다.

그 광경에 하네즈의 마음이 들뜨는 일은 없었으나, 황홀하게 바라보던 아키라의 모습이 떠오르자 풀어지는 입가를 막을 수 없었다.

―하늘에서 내려온 연모의 계절이 시작을 알리며, 하네즈가 바라보는 모든 것에 색채를 더하여 보여 주었다.

# 후기

처음 뵙겠습니다, 야스다 노라라고 합니다.

먼저 졸작 『물거품에 신은 잠이 든다』를 읽어 주셔서 감사합니다.

졸작은 「소설가가 되자」 사이트에서 같은 제목으로 집필을 계속해 온 것입니다.

독자 여러분의 응원을 받아 이렇게 서적으로 빛을 보게 되어 저자신도 기쁨과 놀라움으로 맞이하였습니다.


"무성 영화에 변사가 붙어 있는 듯한 문장."

졸작 전에 쓴 소설의 감상을 친구에게 부탁했을 때, 돌아온 첫마디가 이것이었습니다.

"그럼, 다음 작품은 시대에 문장을 맞춰야겠다."

머릿속에 떠오른 것은 문명개화가 한창인 메이지 시대와 아주 흡사한 이세계였습니다.

양장을 입은 유복해 보이는 남녀가 걸어가고, 기모노를 입은 상인들이 가격 흥정을 합니다.

노면 전차가 지나가고, 활보하는 사람들이 시대의 변화를 예감하게 하죠.

그리고 숲속에서 괴물과 싸우는 소년 소녀.

무엇보다 우뚝 서서 불을 노려보는 소년의 뒷모습.

아키라가 첫울음을 터뜨린 것은 바로 이 순간이었습니다.

울면서 도망치고, 소녀의 모습을 한 신과 만나고.

비뚤어질 듯하면서도 똑바로 저항하여 싸울 것을 맹세한 소년.

그를 주인공으로 하여 이야기는 많은 의도를 감추고 진행됩니다.

부디 아키라를 비롯한 인물들과 어깨를 나란히 하고 근대와 신대가 공존하는 세계를 맛보시기 바랍니다.

일러스트를 담당하신 아루테라 님.

근사한 캐릭터를 그려 주셔서 무엇보다 기쁩니다.

앳된 모습이 남은 아키라의 표정과 늠름한 사키, **아카** 님의 귀여움과 오만함이 하나가 된 모습.

저의 머릿속에만 있던 아키라며 사키 등이 그림 속에 살아 있는 그 모든 것에 흥분이 가라앉지 않았습니다.

제가 만든 작은 한 걸음이 다른 사람에 의해 무한히 펼쳐지는 것을 보여 주는 광경은 무언가를 만들어 낸 사람만이 맛볼 수 있는 최고의 기쁨임을 이번에 배웠습니다.

그리고 또 한 걸음, 아키라의 세계는 가능성을 보여 주었습니다.

이레이 유키토시 선생님의 손에 의해 코미컬라이즈 준비가 진행되고 있습니다.

수비대에서 싸우는 아키라의 모습을 한발 앞서 받았습니다.

타카마가하라라고 불리는 머나먼 그 땅. 인물들이 확실히 살아 숨쉬는 모습을 선생님의 손으로 그려 주시다니 감사드립니다.

『물거품에 신은 잠이 든다』
코미컬라이즈 이미지컷
    illust. 이레이 유키토시

　제 손을 떠나 더 멀리 날아가는 졸작을 부디 여러분도 오래도록
지켜봐 주시기 바랍니다.

　이 작품에 함께 해 주신 모든 분들께 감사를.

　무엇보다 졸작을 읽고 아키라의 세계를 즐겨 주신 독자 여러분께
감사를.

　감사합니다.

　앞으로도 함께 해 주세요. 잘 부탁드리겠습니다.

야스다 노라

# 물거품에 신은 잠이 든다 1

**초판 1쇄 발행**　　2024년 11월 1일

**지은이**　　야스다 노라
**일러스트**　　아루테라
**옮긴이**　　이서연

**책임편집**　　김기준
**디자인**　　정유정
**책임마케팅**　　김서연, 김예진, 김소희, 김찬빈, 박상은, 이서윤, 최혜연,
　　　　　　　　노진현, 최지현, 최정연, 조형한, 김가현, 황정아
**마케팅**　　최혜령, 유인철
**경영지원**　　백선희, 권영환, 이기경
**제작**　　제이오
**교정·교열**　　김혜인(북케어)

**펴낸이**　　서현동
**펴낸곳**　　㈜오팬하우스
**출판등록**　　2024년 5월 16일 제2024-000141호
**주소**　　서울특별시 강남구 테헤란로 419, 11층 (삼성동, 강남파이낸스플라자)
**이메일**　　ofansnovel@naver.com

UTAKATA NI KAMI WA MADOROMU Vol.1
TSUIHO SARETA SHONEN WA KASHIN NO KEN O TORU
©Nora Yasuda, Arutera 2023
First published in Japan in 2023 by KADOKAWA CORPORATION, Tokyo.
Korean translation rights arranged with KADOKAWA CORPORATION, Tokyo.

ISBN 979-11-94293-26-2 04830
ISBN 979-11-94293-25-5 (세트)

오팬스북스는 ㈜오팬하우스의 출판 브랜드입니다.